OEUVRES

DE

VICTOR HUGO.

IX.

H. REMY, IMPRIMEUR DU ROI.

NOTRE-DAME
DE PARIS,

PAR

Victor Hugo.

—

TOME SECOND.

——

BRUXELLES,

LOUIS HAUMAN ET COMPᵉ, LIBRAIRES.
—
1834.

Livre Cinquième.

I.

ABBAS BEATI MARTINI.

La renommée de dom Claude s'était étendue au loin. Elle lui valut, à-peu-près vers l'époque où il refusa de voir madame de Beaujeu, une visite dont il garda long-temps le souvenir.

C'était un soir. Il venait de se retirer après l'office dans sa cellule canonicale du cloître Notre-Dame. Celle-ci, hormis peut-être quelques fioles de verres, reléguées dans un coin, et pleines d'une poudre assez équivoque, qui ressemblait fort à de la poudre de projection, n'offrait rien d'étrange ni de mystérieux. Il y avait bien çà et là quelques inscriptions sur le mur, mais c'était de pures sentences de science ou de piété extraites des bons auteurs. L'archidiacre venait de s'asseoir à la clarté d'un trois-becs de cuivre devant un vaste bahut chargé de manuscrits. Il avait appuyé son coude sur le livre tout grand ouvert d'Honorius d'Autun, *de Prædestinatione et libero Arbitrio,* et il feuilletait avec une réflexion profonde un in-folio imprimé qu'il venait d'apporter, le seul produit de la presse que renfermât sa cellule. Au milieu de sa rêverie, on frappa à sa porte. — Qui est-là? cria le savant du ton gracieux d'un dogue affamé qu'on dérange de son os. Une voix répondit du dehors : — Votre ami Jacques Coictier. — Il alla ouvrir.

C'était en effet le médecin du roi; un personnage d'une cinquantaine d'années, dont la physionomie dure n'était corrigée que par un regard rusé. Un autre homme l'accompagnait. Tous deux portaient une longue robe couleur ardoise fourrée de petit gris, ceinturonnée et fermée, avec le bonnet de même étoffe et de même couleur. Leurs mains disparaissaient sous leurs manches, leurs pieds sous leurs robes, leurs yeux sous leurs bonnets.

—Dieu me soit en aide, messieurs ! dit l'archidiacre en les introduisant, je ne m'attendais pas à si honorable visite à pareille heure. Et tout en parlant de cette façon courtoise, il promenait du médecin à son compagnon un regard inquiet et scrutateur.

—Il n'est jamais trop tard pour venir visiter un savant aussi considérable que dom Claude Frollo de Tirechappe, répondit le docteur Coictier, dont l'accent franc-comtois faisait traîner toutes ses phrases avec la majesté d'une robe à queue.

Alors commença entre le médecin et l'archidiacre un de ces prologues congratulateurs qui précédaient à cette époque, selon

II.   I.

l'usage, toute conversation entre savans, et qui ne les empêchaient pas de se détester le plus cordialement du monde. Au reste, il en est encore de même aujourd'hui, toute bouche de savant qui complimente un autre savant est un vase de fiel emmiellé.

Les félicitations de Claude Frollo à Jacques Coictier avaient trait surtout aux nombreux avantages temporels que le digne médecin avait su extraire, dans le cours de sa carrière si enviée, de chaque maladie du roi, opération d'une alchimie meilleure et plus certaine que la poursuite de la pierre philosophale.

—En vérité, monsieur le docteur Coictier, j'ai eu grande joie d'apprendre l'évêché de votre neveu, mon révérend seigneur Pierre Versé. N'est-il pas évêque d'Amiens ?

—Oui, monsieur l'archidiacre; c'est une grâce et miséricorde de Dieu.

—Savez-vous que vous aviez bien grande mine le jour de Noël, à la tête de votre compagnie de la chambre des comptes, monsieur le président !

— Vice-président, dom Claude. Hélas ! rien de plus.

—Où en est votre superbe maison de la rue Saint-André-des-Arcs ? C'est un Louvre. J'aime fort l'abricotier qui est sculpté sur la porte avec ce jeu de mots, qui est plaisant : A L'ABRI-COTIER.

—Hélas, maître Claude, toute cette maçonnerie me coûte gros. A mesure que la maison s'édifie je me ruine.

—Ho ! n'avez-vous pas vos revenus de la geôle et du bailliage du Palais et la rente de toutes les maisons, étaux, loges, échoppes de la clôture ? C'est traire une belle mamelle.

—Ma châtellenie de Poissy ne m'a rien rapporté cette année.

—Mais vos péages de Triel, de Saint-James, de Saint-Germain-en-Laye, sont toujours bons.

—Six-vingts livres, pas même parisis.

—Vous avez votre office de conseiller du roi. C'est fixe, cela.

—Oui, confrère Claude, mais cette maudite seigneurie de Poligny, dont on fait bruit, ne me vaut pas soixante écus d'or, bon an mal an.

Il y avait dans les complimens que dom Claude adressait à Jacques Coictier cet accent sardonique, aigre et sourdement railleur, ce sourire triste et cruel d'un homme supérieur et malheureux qui joue un moment par distraction avec l'épaisse prospérité d'un homme vulgaire. L'autre ne s'en apercevait pas.

—Sur mon ame, dit enfin Claude en lui serrant la main, je suis aise de vous voir en si grande santé.

—Merci, maître Claude.

—A propos, s'écria dom Claude, comment va votre royal malade?

—Il ne paie pas assez son médecin, répondit le docteur en jetant un regard de côté à son compagnon.

—Vous trouvez, compère Coictier, dit le compagnon.

Cette parole prononcée du ton de la surprise et du reproche, ramena sur ce personnage inconnu l'attention de l'archidiacre

qui , à vrai dire, ne s'en était pas complètement détournée un seul moment depuis que
cet étranger avait franchi le seuil de la cellule. Il avait même fallu les mille raisons
qu'il avait de ménager le docteur Jacques
Coictier, le tout-puissant médecin du roi
Louis XI, pour qu'il le reçût ainsi accompa-
gné. Aussi sa mine n'eut-elle rien de bien
cordial quand Jacques Coictier lui dit :

—A propos, dom Claude, je vous amène
un confrère qui vous a voulu voir sur votre
renommée.

—Monsieur est de la science? demanda
l'archidiacre en fixant sur le compagnon de
Coictier son œil pénétrant. Il ne trouva pas
sous les sourcils de l'inconnu un regard
moins perçant et moins défiant que le sien.
C'était, autant que la faible clarté de la
lampe permettait d'en juger , un vieillard
d'environ soixante ans, et de moyenne taille,
qui paraissait assez malade et cassé. Son
profil , quoique d'une ligne très-bourgeoise ,
avait quelque chose de puissant et de sévère;
sa prunelle étincelait sous une arcade sour-

cillière très-profonde, comme une lumière au fond d'un antre ; et sous le bonnet rabattu qui lui tombait sur le nez on sentait tourner les larges plans d'un front de génie.

Il se chargea de répondre lui-même à la question de l'archidiacre :—Révérend maitre, dit-il d'un ton grave, votre renom est venu jusqu'à moi, et j'ai voulu vous consulter. Je ne suis qu'un pauvre gentilhomme de province qui ôte ses souliers avant d'entrer chez les savans. Il faut que vous sachiez mon nom. Je m'appelle le compère Tourangeau.

—Singulier nom pour un gentilhomme ! pensa l'archidiacre. Cependant il se sentait devant quelque chose de fort et de sérieux. L'instinct de sa haute intelligence lui en faisait deviner une non moins haute sous le bonnet fourré du compère Tourangeau, et en considérant cette grave figure, le rictus ironique que la présence de Jacques Coictier avait fait éclore sur son visage morose s'évanouit peu à peu, comme le crépuscule à un horizon de nuit. Il s'était rassis morne et si-

lencieux sur son grand fauteuil, son coude
avait repris sa place accoutumée sur la
table, et son front sur sa main. Après quel-
quelques momens de méditation, il fit signe
aux deux visiteurs de s'asseoir, et adressa
la parole au compère de Tourangeau.

— Vous venez me consulter, maître, et
sur quelle science ?

— Révérend, répondit le compère Tourangeau, je suis malade, très-malade. On
vous dit grand Esculape, et je suis venu
vous demander un conseil de médecine.

— Médecine ! dit l'archidiacre en hochant
la tête. Il sembla se recueillir un instant, et
reprit : — Compère Tourangeau, puisque
c'est votre nom, tournez la tête. Vous trouverez ma réponse tout écrite sur le mur.

Le compère Tourangeau obéit, et lut au-
dessus de sa tête cette inscription gravée sur
la muraille : —*La médecine est fille des son
ges.* —JAMBLIQUE.

Cependant le docteur Jacques Coictier
avait entendu la question de son compagnon
avec un dépit que la réponse de dom Claude

avait redoublé. Il se pencha à l'oreille du
compère Tourangeau, et lui dit, assez bas
pour ne pas être entendu de l'archidiacre :
— Je vous avais prévenu que c'était un fou.
Vous l'avez voulu voir !

— C'est qu'il se pourrait fort bien qu'il
eût raison, ce fou, docteur Jacques ! répondit le compère du même ton, et avec un
sourire amer.

— Comme il vous plaira, répliqua Coictier sèchement. Puis, s'adressant à l'archidiacre :—Vous êtes preste en besogne, dom
Claude, et vous n'êtes guère plus empêché
d'Hippocratès qu'un singe d'une noisette.
La médecine un songe ! Je doute que les
pharmacopoles et les maîtres-myrrhes se
tinssent de vous lapider s'ils étaient là. Donc
vous niez l'influence des philtres sur le sang,
des onguens sur la chair ! Vous niez cette
éternelle pharmacie de fleurs et de métaux
qu'on appelle le monde, faite exprès pour
cet éternel malade qu'on appelle l'homme !

— Je ne nie, dit froidement dom Claude
ni la pharmacie, ni le malade. Je nie le médecin.

—Donc il n'est pas vrai, reprit Coictier avec chaleur, que la goutte soit une dartre en dedans, qu'on guérisse une plaie d'artillerie par l'application d'une souris rôtie, qu'un jeune sang convenablement infusé rende la jeunesse à de vieilles veines; il n'est pas vrai que deux et deux font quatre, et que l'emprostathonos succède à l'opistathonos?

L'archidiacre répondit sans s'émouvoir :

—Il y a certaines choses dont je pense d'une certaine façon.

Coictier devint rouge de colère.

— Là, là, mon bon Coictier, ne nous fâchons pas, dit le compère Tourangeau. Monsieur l'archidiacre est notre ami.

Coictier se calma en grommelant à demi-voix :—Après tout, c'est un fou !

— Pasquedieu, maître Claude, reprit le compère Tourangeau, après un silence, vous me gênez fort. J'avais deux consultations à requérir de vous, l'une touchant ma santé, l'autre touchant mon étoile.

—Monsieur, repartit l'archidiacre, si c'est là votre pensée, vous auriez aussi bien fait de ne pas vous essouffler aux degrés de mon escalier. Je ne crois pas à la médecine. Je ne crois pas à l'astrologie.

—En vérité! dit le compère avec surprise.

Coictier riait d'un rire forcé.—Vous voyez bien qu'il est fou, dit-il tout bas au compère Tourangeau. Il ne croit pas à l'astrologie!

—Le moyen d'imaginer, poursuivit dom Claude, que chaque rayon d'étoile est un fil qui tient à la tête d'un homme!

—Et à quoi croyez-vous donc? s'écria le compère Tourangeau.

L'archidiacre resta un moment indécis, puis il laissa échapper un sombre sourire qui semblait démentir sa réponse : — *Credo in Deum.*

—*Dominum nostrum*, ajouta le compère Tourangeau avec un signe de croix.

—*Amen*, dit Coictier.

—Révérend maître, reprit le compère, je suis charmé dans l'ame de vous voir en si bonne religion. Mais, grand savant que vous êtes, l'êtes-vous donc à ce point de ne plus croire à la science?

—Non, dit l'archidiacre en saisissant le
bras du compère Tourangeau, et un éclair
d'enthousiasme se ralluma dans sa terne
prunelle, non, je ne nie pas la science. Je
n'ai pas rampé si long-temps à plat-ventre
et les ongles dans la terre à travers les innombrables embranchemens de la caverne
sans apercevoir au loin devant moi, au bout
de l'obscure galerie, une lumière, une
flamme, quelque chose, le reflet sans doute
de l'éblouissant laboratoire central où les pa-
tiens et les sages ont surpris Dieu.

— Et enfin, interrompit le Tourangeau,
quelle chose tenez-vous vraie et certaine?

—L'alchimie.

Coictier se récria :—Pardieu, dom Claude,
l'alchimie a sa raison sans doute, mais pourquoi blasphémer la médecine et l'astrologie?

— Néant, votre science de l'homme !
néant, votre science du ciel, dit l'archidiacre
avec empire.

— C'est mener grand train Épidaurus et
la Chaldée, répliqua le médecin en ricanant.

—Écoutez, messire Jacques. Ceci est dit

de bonne foi. Je ne suis pas médecin du roi.
et sa majesté ne m'a pas donné le jardin
Dédalus pour y observer les constellations.
— Ne vous fâchez pas et écoutez-moi. —
Quelle vérité avez-vous tirée, je ne dis pas
de la médecine, qui est chose par trop folle,
mais de l'astrologie ? Citez-moi les vertus du
boustrophédon vertiçal, les trouvailles du
nombre ziruph et du nombre zephirod.

— Nierez-vous, dit Coictier, la force sympathique de la clavicule et que la cabalistique en dérive ?

— Erreur, messire Jacques ! aucune de
vos formules n'aboutit à la réalité. Tandis
que l'alchimie a ses découvertes. Conteste-
rez-vous des résultats comme ceux-ci ? La
glace enfermée sous terre pendant mille ans
se transforme en cristal de roche.—Le plomb
est l'aïeul de tous les métaux.—Car l'or
n'est pas un métal, l'or est la lumière.—Il
ne faut au plomb que quatre périodes de
deux cents ans chacune pour passer successivement de l'état de plomb à l'état d'arsenic
rouge, de l'arsenic rouge à l'étain, de l'é-

tain à l'argent. — Sont-ce là des faits ? Mais croire à la clavicule, à la ligne pleine et aux étoiles, c'est aussi ridicule que de croire, avec les habitans du Grand-Cathay, que le loriot se change en taupe et les grains de blé en poissons du genre cyprin !

— J'ai étudié l'hermétique, s'écria Coictier, et j'affirme...

Le fougueux archidiacre ne le laissa pas achever. — Et moi j'ai étudié la médecine, l'astrologie et l'hermétique. Ici seulement est la vérité! (en parlant ainsi il avait pris sur le bahut une fiole pleine de cette poudre dont nous avons parlé plus haut), ici seulement est la lumière! Hippocratès, c'est un rêve, Urania, c'est un rêve, Hermès, c'est une pensée. L'or, c'est le soleil; faire de l'or, c'est être Dieu. Voilà l'unique science. J'ai sondé la médecine et l'astrologie, vous dis-je! néant! néant. Le corps humain, ténèbres ! les astres ténèbres.

Et il retomba sur son fauteuil dans une attitude puissante et inspirée. Le compère Tourangeau l'observait en silence. Coictier

s'efforçait de ricaner, haussait impercepti-
blement les épaules, et répétait à voix basse:
Un fou!

—Et, dit tout-à-coup le Tourangeau, le
but mirifique, l'avez-vous touché? avez-
vous fait de l'or?

—Si j'en avais fait, répondit l'archidiacre en articulant lentement ses paroles
comme un homme qui réfléchit, le roi de
France s'appellerait Claude et non Louis.

Le compère fronça le sourcil.

—Qu'est-ce que je dis là, reprit dom
Claude avec un sourire de dédain? Que me
ferait le trône de France quand je pourrais
rebâtir l'empire d'Orient!

—A la bonne heure! dit le compère.

—Oh! le pauvre fou, murmura Coictier.

L'archidiacre poursuivit, paraissant ne
plus répondre qu'à ses pensées.— Mais non,
je rampe encore; je m'écorche la face et les
genoux aux cailloux de la voie souterraine.
J'entrevois, je ne contemple pas! je ne lis
pas, j'épèle!

—Et quand vous saurez lire, demanda le
compère, ferez-vous de l'or?

—Qui en doute, dit l'archidiacre.

—En ce cas, Notre-Dame sait que j'ai grande nécessité d'argent, et je voudrais bien apprendre à lire dans vos livres. Dites-moi, révérend maître, votre science est-elle pas ennemie ou déplaisante à Notre-Dame?

A cette question du compère, dom Claude se contenta de répondre avec une tranquille hauteur : — de qui suis-je archidiacre?

—Cela est vrai, mon maître. Eh bien! vous plairait-il m'initier? Faites-moi épeler avec vous?

Claude prit l'attitude majestueuse et pontificale d'un Samuel.

—Vieillard, il faut de plus longues années qu'il ne vous en reste pour entreprendre ce voyage à travers les choses mystérieuses. Votre tête est bien grise! On ne sort de la caverne qu'avec des cheveux blancs, mais on n'y entre qu'avec des cheveux noirs. La science sait bien toute seule creuser, flétrir et dessécher les faces humaines; elle n'a pas besoin que la vieillesse lui apporte des visages tout ridés. Si cependant l'envie vous

possède de vous mettre en discipline à
votre âge et de déchiffrer l'alphabet redoutable des sages, venez à moi, c'est bien,
j'essaierai. Je ne vous dirai pas, à vous
pauvre vieux, d'aller visiter les chambres
sépulcrales des pyramides dont parle l'ancien Hérodus, ni la tour de briques de Ba-
bylone, ni l'immense sanctuaire de marbre
blanc du temple indien d'Eklinga. Je n'ai
pas vu plus que vous les maçonneries chal-
déennes construites suivant la forme sacrée
du Sikra, ni le temple de Salomon, qui est
détruit, ni les portes de pierre du sépulcre
des rois d'Israël, qui sont brisées. Nous
nous contenterons des fragmens du livre
d'Hermès que nous avons ici. Je vous expliquerai la statue de saint Christophe, le symbole du semeur, et celui des deux anges qui
sont au portail de la Sainte-Chapelle, et
dont l'un a sa main dans un vase et l'autre
dans une nuée.

Ici, Jacques Coictier, que les répliques
fougueuses de l'archidiacre avaient désar-
çonné, se remit en selle, et l'interrompit du

ton triomphant d'un savant qui en redresse
un autre :—*Erras, amice Claudi*. Le symbole
n'est pas le nombre. Vous prenez Orpheus
pour Hermès.

— C'est vous qui errez, répliqua gravement l'archidiacre. Dédalus, c'est le soubas-
sement, Orpheus, c'est la muraille, Hermès,
c'est l'édifice, c'est le tout. — Vous viendrez
quand vous voudrez, poursuit-il en se tournant vers le Tourangeau, je vous montrerai
les parcelles d'or restés au fond du creuset
de Nicolas Flamel, et vous les comparerez à
l'or de Guillaume de Paris. Je vous apprendrai les vertus secrètes du mot grec *peristera*.
Mais avant tout, je vous ferai lire l'une après
l'autre les lettres de marbre de l'alphabet,
les pages de granit du livre. Nous irons du
portail de l'évêque Guillaume et de Saint-
Jean-le-Rond à la Sainte-Chapelle, puis à
la maison de Nicolas Flamel, rue Marivaulx,
à son tombeau, qui est aux Saints-Innocens,
à ses deux hôpitaux rue de Montmorency.
Je vous ferai lire les hiéroglyphes dont sont
couverts les quatre gros chenets de fer du

portail de l'hôpital Saint-Gervais et de la
rue de la Ferronnerie. Nous épèlerons encore
ensemble les façades de Saint-Côme, de
Sainte-Geneviève-des-Ardens, de Saint-
Martin, de Saint-Jacques-de-la-Boucherie...

Il y avait déjà long-temps que le Tourangeau, si intelligent que fût son regard, paraissait ne plus comprendre dom Claude. Il
l'interrompit : — Pasquedieu! qu'est-ce que
c'est donc que vos livres?

— En voici un, dit l'archidiacre.

Et ouvrant la fenêtre de la cellule, il dé-
signa du doigt l'immense église de Notre-
Dame, qui, découpant sur un ciel étoilé la
silhouette noire de ses deux tours, de ses
côtes de pierre et de sa croupe monstrueuse,
semblait un énorme sphynx à deux têtes
assis au milieu de la ville.

L'archidiacre considéra quelque temps en
silence le gigantesque édifice, puis étendant
avec un soupir sa main droite vers le livre
imprimé qui était ouvert sur sa table et sa
main gauche vers Notre-Dame, et prome-
nant un triste regard du livre à l'église : —
Hélas, dit-il ! ceci tuera cela.

Coictier, qui s'était approché du livre avec
empressement, ne put s'empêcher de s'écrier :
— Hé mais qu'y a-t-il donc de si redoutable
en ceci : Glossa in epistolas D. Pauli. *No-
rimbergæ*, *Antonius Koburger*. 1474. Ce
n'est nouveau. C'est un livre de Pierre Lom-
bard, le maître des sentences. Est-ce parce
qu'il est imprimé?

— Vous l'avez dit, répondit Claude, qui
semblait absorbé dans une profonde méditation et se tenait debout, appuyant son
index reployé sur l'in-folio sorti des presses
fameuses de Nuremberg. Puis il ajouta ces
paroles mystérieuses : Hélas! hélas! les petites choses viennent à bout des grandes ;
une dent triomphe d'une masse. Le rat du
Nil tue le crocodile, l'espadon tue la ba-
leine, le livre tuera l'édifice !

Le couvre-feu du cloître sonna au moment
où le docteur Jacques répétait tout bas à son
compagnon son éternel refrain : *Il est fou.*
— A quoi le compagnon répondit cette fois :
Je crois que oui.

C'était l'heure où aucun étranger ne pouvait rester dans le cloître. Les deux visiteurs se retirèrent.—Maître, dit le compère Tourangeau en prenant congé de l'archidiacre, j'aime les savans et les grands esprits, et je vous tiens en estime singulière. Venez demain au palais des Tournelles, et demandez l'abbé de Saint-Martin-de-Tours.

L'archidiacre rentra chez lui stupéfait, comprenant enfin quel personnage c'était que le compère Tourangeau, et se rappelant ce passage du cartulaire de Saint-Martin de Tours : *Abbas beati Martini*, SCILICET REX FRANCIÆ, *est canonicus de consuetudine et habet parvam præbendam quam habet sanctus Venantius et debet sedere in sede thesaurarii.*

On affirmait que depuis cette époque l'archidiacre avait de fréquentes conférences avec Louis XI, quand sa majesté venait à Paris, et que le crédit de dom Claude faisait ombre à Olivier-le-Daim et à Jacques Coictier, lequel, selon sa manière, en rudoyait fort le roi.

II.

CECI TUERA CELA.

Nos lectrices nous pardonneront de nous arrêter un moment pour chercher quelle pouvait être la pensée qui se dérobait sous ces paroles énigmatiques de l'archidiacre : *Ceci tuera cela. Le livre tuera l'édifice.*

A notre sens, cette pensée avait deux faces. C'était d'abord une pensée de prêtre. C'était l'effroi du sacerdoce devant un agent

nouveau, l'imprimerie. C'était l'épouvante
et l'éblouissement de l'homme du sanctuaire
devant la presse lumineuse de Guttemberg.
C'était la chaire et le manuscrit, la parole
parlée et la parole écrite, s'alarmant de la
parole imprimée; quelque chose de pareil
à la stupeur d'un passereau qui verrait l'ange
Légion ouvrir ses six millions d'ailes. C'était
cri du prophète qui entend déja bruire et
fourmiller l'humanité émancipée, qui voit
dans l'avenir l'intelligence saper la foi, l'opinion détrôner la croyance, le monde secouer
Rome. Pronostic du philosophe qui voit la
pensée humaine volatilisée par la presse,
s'évaporer du récipient théocratique. Terreur du soldat qui examine le bélier d'airain et qui dit : La tour croulera. Cela signifiait qu'une puissance allait succéder à une
autre puissance. Cela voulait dire : La presse
tuera l'église.

Mais sous cette pensée, la première et la
plus simple sans doute, il y en avait à notre
avis une autre, plus neuve, un corollaire
de la première moins facile à apercevoir et

plus facile à contester, une vue tout aussi
philosophique, non plus du prêtre seulement, mais du savant et de l'artiste. C'était
pressentiment que la pensée humaine en
changeant de forme allait changer de mode
d'expression, que l'idée capitale de chaque
génération ne s'écrirait plus avec la même
matière et de la même façon, que le livre
de pierre, si solide et si durable, allait faire
place au livre de papier, plus solide et plus
durable encore. Sous ce rapport, la vague
formule de l'archidiacre avait un second
sens; elle signifiait qu'un art allait détrôner
un autre art. Elle voulait dire : L'imprimerie
tuera l'architecture.

En effet, depuis l'origine des choses jusqu'au quinzième siècle de l'ère chrétienne
inclusivement, l'architecture est le grand
livre de l'humanité, l'expression principale
de l'homme à ses divers états de développe-
ment soit comme force, soit comme intelligence.

Quand la mémoire des premières races se
sentit surchargée, quand le bagage des sou-

venirs du genre humain devint si lourd et si
confus que la parole, nue et volante, risqua
d'en perdre en chemin, on les transcrivit sur
le sol de la façon la plus visible, la plus durable et la plus naturelle à la fois. On scella
chaque tradition sous un monument.

Les premiers monumens furent de simples
quartiers de roche *que le fer n'avait pas tou-
chés,* dit Moïse. L'architecture commença
comme toute écriture. Elle fut d'abord alphabet. On plantait une pierre debout, et
c'était une lettre, et chaque lettre était un
hiéroglyphe, et sur chaque hiéroglyphe re-
posait un groupe d'idées comme le chapiteau
sur la colonne. Ainsi firent les premières races, partout, au même moment, sur la surface du monde entier. On retrouve la *pierre
levée* des Celtes dans la Sibérie d'Asie, dans
les pampas d'Amérique.

Plus tard on fit des mots. On superposa la
pierre à la pierre, on accoupla ces syllabes
de granit, le verbe essaya quelques combi-
naisons. Le dolmen et le cromlech celtes,
le tumulus étrusque, le galgal hébreu sont

des mots. Quelques-uns, le tumulus surtout,
sont des noms propres. Quelquefois même,
quand on avait beaucoup de pierre et une
vaste plage, on écrivait une phrase. L'immense entassement de Kernac est déjà une
formule tout entière.

Enfin on fit des livres. Les traditions avaient
enfanté des symboles, sous lesquels elles
disparaissaient comme le tronc de l'arbre
sous son feuillage; tous ces symboles, auxquels l'humanité avait foi, allaient croissant,
se multipliant, se croisant, se compliquant
de plus en plus; les premiers monumens ne
suffisaient plus à les contenir; ils en étaient
débordés de toutes parts; à peine ces monumens exprimaient-ils encore la tradition pri-
mitive, comme eux simple, nue et gisante
sur le sol. Le symbole avait besoin de s'épanouir dans l'édifice. L'architecture alors se
développa avec la pensée humaine; elle devint géante à mille têtes et à mille bras, et
fixa sous une forme éternelle, visible, palpable, tout ce symbolisme flottant. Tandis
que Dédale qui est la force, mesurait, tan-

dis qu'Orphée, qui est l'intelligence, chantait, le pilier qui est une lettre, l'arcade qui
est une syllabe, la pyramide qui est un mot,
mis en mouvement à-la-fois par une loi de
géométrie et par une loi de poésie, se grou-
paient, se combinaient, s'amalgamaient,
descendaient, montaient, se juxta-posaient
sur le sol, s'étageaient dans le ciel, jusqu'à
ce qu'ils eussent écrit, sous la dictée de l'idée
générale d'une époque, ces livres merveilleux qui étaient aussi de merveilleux édifices : la pagode d'Eklinga, le Rhamseïon
d'Égypte, le temple de Salomon.

L'idée-mère, le verbe, n'était pas seulement au fond de tous ces édifices, mais encore dans la forme. Le temple de Salomon,
par exemple, n'était point simplement la
reliure du livre saint, il était le livre saint
lui-même. Sur chacune de ses enceintes concentriques les prêtres pouvaient lire le verbe
traduit et manifesté aux yeux, et ils suivaient
ainsi ses transformations de sanctuaire en
sanctuaire jusqu'à ce qu'ils le saisissent dans
son dernier tabernacle sous sa forme la plus

concrète, qui était encore de l'architecture :
l'arche. Ainsi le verbe était enfermé dans
l'édifice, mais son image était sur son enveloppe comme la figure humaine sur le cer-
cueil d'une momie.

Et non-seulement la forme des édifices
mais encore l'emplacement qu'ils se choisis-
saient révélait la pensée qu'ils représen-
taient. Selon que le symbole à exprimer était
gracieux ou sombre, la Grèce couronnait ses
montagnes d'un temple harmonieux à l'œil,
l'Inde éventrait les siennes pour y ciseler ces
difformes pagodes souterraines portées par
de gigantesques rangées d'éléphans de granit.

Ainsi, durant les six mille premières années du monde, depuis la pagode la plus
immémoriale de l'Indoustan jusqu'à la cathédrale de Cologne, l'architecture a été la
grande écriture du genre humain. Et cela
est tellement vrai que non-seulement tout
symbole religieux, mais encore toute pensée
humaine a sa page dans ce livre immense et
son monument.

Toute civilisation commence par la théocratie et finit par la démocratie. Cette loi de
la liberté succédant à l'unité est écrite dans
l'architecture. Car, insistons sur ce point, il
ne faut pas croire que la maçonnerie ne soit
puissante qu'à édifier le temple, qu'à exprimer le mythe et le symbolisme sacerdotal,
qu'à transcrire en hiéroglyphes sur ses pages
de pierre les tables mystérieuses de la loi.
S'il en était ainsi, comme il arrive dans toute
société humaine un moment où le symbole
sacré s'use et s'oblitère sous la libre pensée,
où l'homme se dérobe au prêtre, où l'excrois-
sance des philosophies et des systèmes ronge
la face de la religion, l'architecture ne pourrait reproduire ce nouvel état de l'esprit humain, ses feuillets, chargés au recto, seraient
vides au verso, son œuvre serait tronquée,
son livre serait incomplet. Mais non.

Prenons pour exemple le moyen-âge, où
nous voyons plus clair parce qu'il est plus
près de nous. Durant sa première période,
tandis que la théocratie organise l'Europe,
tandis que le Vatican rallie et reclasse au-

tour de lui les élémens d'une Rome faite avec
la Rome qui gît écroulée autour du Capitole
tandis que le christianisme s'en va recher-
chant dans les décombres de la civilisation
antérieure tous les étages de la société et re-
bâtit avec ces ruines un nouvel univers hié-
rarchique dont le sacerdoce est la clef de
voûte, on entend sourdre d'abord dans ce
chaos, puis on voit peu à peu sous le souffle
du christianisme, sous la main des barbares
surgir des déblais des architectures mortes,
grecque et romaine, cette mystérieuse architecture romane, sœur des maçonneries
théocratiques de l'Égypte et de l'Inde, em-
blème inaltérable du catholicisme pur, im-
muable hiéroglyphe de l'unité papale. Toute
la pensée d'alors est écrite en effet dans ce
sombre style roman. On y sent partout l'autorité, l'unité, l'impénétrable, l'absolu,
Grégoire VII ; partout le prêtre, jamais
l'homme ; partout la caste jamais le peuple.
Mais les croisades arrivent. C'est un grand
mouvement populaire ; et tout grand mouvement populaire, quelle qu'en soit la cause

et le but, dégage toujours de son dernier
précipité l'esprit de liberté. Des nouveau-
tés vont se faire jour. Voici que s'ouvre la
période orageuse des Jaqueries, des Pra-
gueries et des Ligues. L'autorité s'ébranle,
l'unité se bifurque. La féodalité demande à
partager avec la théocratie, en attendant
le peuple qui surviendra inévitablement et
qui se fera, comme toujours, la part du lion.
Quia nominor leo. La seigneurie perce donc
sous le sacerdoce, la commune sous la seigneurie. La face de l'Europe est changée.
Eh bien! la face de l'architecture est changée
aussi. Comme la civilisation elle a tourné la
page, et l'esprit nouveau des temps la trouve
prête à écrire sous sa dictée. Elle est revenue
des croisades avec l'ogive, comme les na-
tions avec la liberté. Alors, tandis que Rome
se démembre peu à peu, l'architecture romane meurt. L'hiéroglyphe déserte la cathédrale et s'en va blasonner le donjon pour
faire un prestige à la féodalité. La cathédrale elle-même, cet édifice autrefois si dog-
matique, envahie désormais par la bour-

geoisie, par la commune, par la liberté,
échappe au prêtre et tombe au pouvoir de
l'artiste. L'artiste la bâtit à sa guise. Adieu
le mystère, le mythe, la loi. Voici la fantaisie et le caprice. Pourvu que le prêtre ait sa
basilique et son autel, il n'a rien à dire. Les
quatre murs sont à l'artiste. Le livre architectural n'appartient plus au sacerdoce, à
la religion, à Rome; il est à l'imagination, à
la poésie, au peuple. De-là les transformations rapides et innombrables de cette architecture qui n'a que trois siècles, si frappantes
après l'immobilité stagnante de l'architecture romane qui en a six ou sept. L'art cependant marche à pas de géant. Le génie et
l'originalité populaires font la besogne que
faisaient les évêques. Chaque race écrit en
passant sa ligne sur le livre; elle rature les
vieux hiéroglyphes romans sur le frontispice
des cathédrales, et c'est tout au plus si l'on
voit encore le dogme percer çà et là sous le
nouveau symbole qu'elle y dépose. La draperie populaire laisse à peine deviner l'osse-
ment religieux. On ne saurait se faire une

idée des licences que prennent alors les architectes même envers l'église. Ce sont des chapiteaux tricotés de moines et de nones honteusement accouplés, comme à la Salle-des-Cheminées du Palais de justice à Paris. C'est l'aventure de Noë sculptée *en toutes lettres,* comme sous le grand portail de Bourges. C'est un moine bachique à oreilles d'âne et le verre en main riant au nez de toute une communauté, comme sur le lavabo de l'abbaye de Bocherville. Il existe à cette époque pour la pensée écrite en pierre, un privilége, tout-à-fait comparable à notre liberté actuelle de la presse. C'est la liberté de l'architecture.

Cette liberté va très-loin. Quelquefois un portail, une façade, une église tout entière présente un sens symbolique absolument étranger au culte, ou même hostile à l'église. Dès le treizième siècle Guillaume de Paris, Nicolas Flamel au quinzième, ont écrit de ces pages séditieuses. Saint-Jacques-de-la-Boucherie était toute une église d'opposition.

La pensée alors n'était libre que de cette

façon ; aussi ne s'écrivait-elle tout entière que sur ces livres qu'on appelait édifices. Sous cette forme édifice, elle se serait vue brûler en place publique par la main du bourreau sous la forme manuscrite, si elle avait été assez imprudente pour s'y risquer. Ainsi n'ayant que cette voie pour se faire jour, elle s'y précipitait de toutes parts. De-là l'immense quantité de cathédrales qui ont couvert l'Europe, nombre si prodigieux qu'on y croit à peine, même après l'avoir vérifié. Toutes les forces matérielles, toutes les forces intellectuelles de la société convergeaient au même point : l'architecture. De cette manière, sous prétexte de bâtir des églises à Dieu, l'air se développait dans des proportions magnifiques.

Alors, quiconque naissait poète se faisait architecte. Le génie épars dans les masses, comprimé de toutes parts sous la féodalité comme sous une *testudo* de boucliers d'airain, ne trouvant issue que du côté de l'architecture, débouchait par cet art, et ses Iliades prenaient la forme de cathédrales.

II.   4

Tous les autres arts obéissaient et se met-
taient en discipline sous l'architecture. C'é-
taient les ouvriers du grand œuvre. L'architecte, le poète, le maître totalisait en sa
personne la sculpture qui lui ciselait ses
façades, la peinture qui lui enluminait ses
vitraux, la musique qui mettait sa cloche en
branle et soufflait dans ses orgues. Il n'y avait
pas jusqu'à la pauvre poésie proprement
dite, celle qui s'obstinait à végéter dans les
manuscrits, qui ne fût obligée pour être
quelque chose de venir s'encadrer dans l'é-
difice sous la forme d'hymne ou de *prose;* le
même rôle, après tout, qu'avaient joué les
tragédies d'Eschyle dans les fêtes sacerdo-
tales de la Grèce, la Genèse dans le temple
de Salomon.

Ainsi, jusqu'à Guttemberg, l'architecture
est l'écriture principale, l'écriture universelle. Ce livre granitique commencé par
l'Orient, continué par l'antiquité grecque et
romaine, le moyen-âge en a écrit la dernière
page. Du reste, ce phénomène d'une architecture de peuple succédant à une architec-

ture de caste que nous venons d'observer
dans le moyen-âge, se reproduit avec tout
mouvement analogue dans l'intelligence humaine aux autres grandes époques de l'histoire. Ainsi, pour n'énoncer ici que som-
mairement une loi qui demanderait à être
développée en des volumes, dans le haut
Orient, berceau des temps primitifs, après
l'architecture hindoue, l'architecture phénicienne, cette mère opulente de l'architecture arabe ; dans l'antiquité, après l'architecture égyptienne, dont le style étrusque et les
monumens cyclopéens ne sont qu'une variété, l'architecture grecque, dont le style
romain n'est qu'un prolongement surchargé
du dôme carthaginois ; dans les temps modernes, après l'architecture romane, l'architecture gothique. Et en dédoublant ces
trois séries, on retrouvera sur les trois sœurs
aînées, l'architecture hindoue, l'architecture égyptienne, l'architecture romane, le
même symbole : c'est-à-dire, la théocratie,
la caste, l'unité, le dogme, le mythe, Dieu ;
et pour les trois sœurs cadettes, l'architec-

ture phénicienne, l'architecture grecque, l'architecture gothique, quelle que soit du reste la diversité de forme inhérente à leur nature, la même signification aussi : c'est-à-dire, la liberté, le peuple, l'homme.

Qu'il s'appelle bramine, mage ou pape, dans les maçonneries hindoue, égyptienne ou romane, on sent toujours le prêtre, rien que le prêtre. Il n'en est pas de même dans les architectures de peuple. Elles sont plus riches et moins saintes. Dans la phénicienne, on sent le marchand, dans la grecque, le républicain, dans la gothique, le bourgeois.

Les caractères généraux de toute architecture théocratique sont l'immutabilité, l'horreur du progrès, la conservation des lignes traditionnelles, la consécration des types primitifs, le pli constant de toutes les formes de l'homme et de la nature aux caprices incompréhensibles du symbole. Ce sont des livres ténébreux que les initiés seuls savent déchiffrer. Du reste toute forme, toute difformité même y a un sens qui la fait inviolable. Ne demandez pas aux maçonneries hindoue, égyptienne, romane, qu'elles réforment leur dessin ou améliorent leur statuaire. Tout perfectionnement leur est impiété. Dans ces architectures, il semble que la raideur du dogme se soit répandue sur la pierre comme une seconde pétrification. — Les caractères généraux des maçonneries populaires au contraire sont la variété, le progrès, l'originalité, l'opulence, le mouvement perpétuel. Elles sont déjà assez détachées de la religion pour songer à leur beauté, pour la soigner, pour corriger sans relâche leur parure de statues ou d'arabesques. Elles sont du siècle. Elles ont quelque chose d'humain qu'elles mêlent sans cesse au symbole divin sous lequel elles se produisent encore. De-là des édifices pénétrables à toute ame, à toute intelligence, à toute imagination, symboliques encore, mais faciles à comprendre comme la nature. Entre l'architecture théocratique et celle-ci, il y a la différence d'une langue sacrée à une langue vulgaire, de l'hiéroglyphe à l'art, de Salomon à Phidias.

Si l'on résume ce que nous avons indiqué
jusqu'ici très-sommairement en négligeant
mille preuves et aussi mille objections de détail, on est amené à ceci : que l'architecture
a été jusqu'au quinzième siècle le registre
principal de l'humanité ; que dans cet intervalle il n'est pas apparu dans le monde une
pensée un peu compliquée qui ne se soit
faite édifice; que toute idée populaire comme
toute loi religieuse a eu ses monumens ; que
le genre humain enfin n'a rien pensé d'im-
portant qu'il ne l'ait écrit en pierre. Et pourquoi? c'est que toute pensée , soit religieuse,
soit philosophique , est intéressée à se perpétuer, c'est que l'idée qui a remué une génération veut en remuer d'autres , et laisser
trace. Or, quelle immortalité précaire que
celle du manuscrit ! Qu'un édifice est un
livre bien autrement solide , durable et résistant! Pour détruire la parole écrite il
suffit d'une torche et d'un turc. Pour démolir la parole construite il faut une révolution sociale , une révolution terrestre. Les
barbares ont passé sur le Colisée, le déluge
peut-être sur les Pyramides.

Au quinzième siècle tout change.

La pensée humaine découvre un moyen de se perpétuer non-seulement plus durable et plus résistant que l'architure, mais encore plus simple et plus facile. L'architecture est détrônée. Aux lettres de pierre d'Orphée vont succéder les lettres de plomb de Guttemberg.

Le livre va tuer l'édifice.

L'invention de l'imprimerie est le plus grand événement de l'histoire. C'est la révolution mère. C'est le mode d'expression de l'humanité qui se renouvelle totalement, c'est la pensée humaine qui dépouille une forme et qui en revêt une autre, c'est le complet et définitif changement de peau de ce serpent symbolique qui, depuis Adam, représente l'intelligence.

Sous la forme imprimerie, la pensée est plus impérissable que jamais; elle est volatile, insaisissable, indestructible. Elle se mêle à l'air. Du temps de l'architecture, elle se faisait montagne et s'emparait puissamment d'un siècle et d'un lieu. Maintenant elle se fait troupe d'oiseaux, s'éparpille aux quatre vents, et occupe à-la-fois tous les points de l'air et de l'espace.

Nous le répétons, qui ne voit que de cette façon elle est bien plus indélébile? De solide qu'elle était elle devient vivace. Elle passe de la durée à l'immortalité. On peut démolir une masse, comment extirper l'ubiquité? Vienne un déluge? la montagne aura disparu depuis long-temps sous les flots, que les oiseaux voleront encore; et qu'une seule arche flotte à la surface du cataclysme, ils s'y poseront, surnageront avec elle, assisteront avec elle à la décrue des eaux, et le nouveau monde qui sortira de ce chaos verra en s'éveillant planer au-dessus de lui, ailée et vivante, la pensée du monde englouti.

Et quand on observe que ce mode d'expression est non-seulement le plus conservateur, mais encore le plus simple, le plus commode, le plus praticable à tous, lorsqu'on songe qu'il ne traîne pas un gros bagage et ne remue pas un lourd attirail, quand on compare la pensée obligée pour se traduire

en un édifice de mettre en mouvement quatre
ou cinq autres arts et des tonnes d'or, toute
une montagne de pierres, toute une forêt de
charpentes, tout un peuple d'ouvriers,
quand on la compare à la pensée qui se fait
livre, et à qui il suffit d'un peu de papier,
d'un peu d'encre et d'une plume, comment
s'étonner que l'intelligence humaine ait quitté
l'architecture pour l'imprimerie? Coupez
brusquement le lit primitif d'un fleuve d'un
canal creusé au-dessous de son niveau, le
fleuve désertera son lit.

Ainsi voyez comme à partir de la décou-
verte de l'imprimerie l'architecture se des-
sèche peu à peu, s'atrophie et se dénude.
Comme on sent que l'eau baisse, que la sève
s'en va, que la pensée des temps et des peu-
ples se retire d'elle! Le refroidissement est
à peu près insensible au quinzième siècle,
la presse est trop débile encore, et soutire
tout au plus à la puissante architecture une
surabondance de vie. Mais dès le seizième
siècle, la maladie de l'architecture est visible; elle n'exprime déjà plus essentiellement

la société, elle se fait misérablement art classique; de gauloise, d'européenne, d'indigène, elle devient grecque et romaine, de vraie et de moderne, pseudo-antique. C'est cette décadence qu'on appelle la renaissance. Décadence magnifique pourtant, car le vieux génie gothique, ce soleil qui se couche derrière la gigantesque presse de Mayence, pénètre encore quelque temps de ses derniers rayons tout cet entassement hybride d'arcades latines et de colonnades corinthiennes.

C'est ce soleil couchant que nous prenons pour une aurore.

Cependant, du moment où l'architecture n'est plus qu'un art comme un autre, dès qu'elle n'est plus l'art total, l'art souverain, l'art tyran, elle n'a plus la force de retenir les autres arts. Ils s'émancipent donc, brisent le joug de l'architecte, et s'en vont chacun de leur côté. Chacun d'eux gagne à ce divorce. L'isolement grandit tout. La sculpture devient statuaire, l'imagerie devient peinture, le canon devient musique.

On dirait un empire qui se démembre à la mort de son Alexandre et dont les provinces se font royaumes.

De là Raphaël, Michel-Ange, Jean Goujon, Palestrina, ces splendeurs de l'éblouissant seizième siècle.

En même temps que les arts, la pensée s'émancipe de tous côtés! Les hérésiarques du moyen-âge avaient déjà fait de larges entailles au catholicisme. Le seizième siècle brise l'unité religieuse. Avant l'imprimerie, la réforme n'eût été qu'un schisme, l'imprimerie la fait révolution. Otez la presse, l'hérésie est énervée. Que ce soit fatal ou providentiel, Guttemberg est le précurseur de Luther.

Cependant, quand le soleil du moyen âge est tout-à-fait couché, quand le génie gothique s'est à jamais éteint à l'horizon de l'art, l'architecture va se ternissant, se décolorant, s'effaçant de plus en plus. Le livre imprimé, ce ver rongeur de l'édifice, la suce et la dévore. Elle se dépouille, elle s'effeuille, elle maigrit à vue d'œil. Elle est

mesquine, elle est pauvre, elle est nulle.
Elle n'exprime plus rien, pas même le souvenir de l'art d'un autre temps. Réduite à
elle-même, abandonnée des autres arts
parce que la pensée humaine l'abandonne,
elle appelle des manœuvres à défaut d'ar-
tistes. La vitre remplace le vitrail. Le tail-
leur de pierre succède au sculpteur. Adieu
toute sève, toute originalité, toute vie, toute,
intelligence. Elle se traîne, lamentable men-
diante d'atelier, de copie en copie. Michel-
Ange, qui dès le seizième siècle la sentait
sans doute mourir, avait eu une dernière
idée, une idée de désespoir. Ce Titan de
l'art avait entassé le Panthéon sur le Parthénon, et fait Saint-Pierre-de-Rome.
Grande œuvre qui méritait de rester unique, dernière originalité de l'architecture,
signature d'un artiste géant au bas du colossal registre de pierre qui se fermait. Michel-Ange mort, que fait cette misérable
architecture qui se survivait à elle-même à
l'état de spectre et d'ombre? Elle prend
Saint-Pierre-de-Rome, et le calque, et le

parodie. C'est une manie. C'est une pitié.
Chaque siècle a son Saint-Pierre-de-Rome ;
au dix-septième siècle le Val-de-Grâce, au
dix-huitième Sainte-Geneviève. Chaque pays
a son Saint-Pierre-de-Rome. Londres a le
sien. Pétersbourg a le sien. Paris en a deux
ou trois. Testament insignifiant, dernier ra-
dotage d'un grand art décrépit qui retombe
en enfance avant de mourir.

Si au lieu de monumens caractéristiques
comme ceux dont nous venons de parler,
nous examinons l'aspect général de l'art du
seizième au dix-huitième siècle, nous re-
marquons les mêmes phénomènes de dé-
croissance et d'étisie. A partir de François II,
la forme architecturale de l'édifice s'efface
de plus en plus et laisse saillir la forme
géométrique, comme la charpente osseuse
d'un malade amaigri. Les belles lignes de
l'art font place aux froides et inexorables
lignes du géomètre. Un édifice n'est plus
un édifice, c'est un polyèdre. L'architecture
cependant se tourmente pour cacher cette
nudité. Voici le fronton grec qui s'inscrit

dans le fronton romain et réciproquement.
C'est toujours le Panthéon dans le Parthénon, Saint-Pierre-de-Rome. Voici les maisons de briques de Henri IV à coins de
pierre; la Place-Royale, la Place-Dauphine.
Voici les églises de Louis XIII, lourdes, tra-
pues, surbaissées, ramassées, chargées d'un
dôme comme d'une bosse. Voici l'architecture mazarine, le mauvais pasticcio italien
des Quatre-Nations. Voici les palais de
Louis XIV, longues casernes à courtisans,
raides, glaciales, ennuyeuses. Voici enfin
Louis XV, avec les chicorées et les vermi-
celles et toutes les verrues et tous les fungus
qui défigurent cette vieille architecture ca-
duque, édentée et coquette. De François II
à Louis XV, le mal a crû en progression
géométrique. L'art n'a plus que la peau sur
les os. Il agonise misérablement.

Cependant que devient l'imprimerie? Toute
cette vie qui s'en va de l'architecture vient
chez elle. A mesure que l'architecture baisse,
l'imprimerie s'enfle et grossit. Ce capital de
forces que la pensée humaine dépensait en

édifices , elle le dépense désormais en livres.
Aussi dès le seizième siècle la presse, grandie
au niveau de l'architecture décroissante,
lutte avec elle et la tue. Au dix-septième elle
est déjà assez souveraine, assez triomphante,
assez assise dans sa victoire pour donner au
monde la fête d'un grand siècle littéraire.
Au dix-huitième, long-temps reposée à la
cour de Louis XIV, elle ressaisit la vieille
épée de Luther, en arme Voltaire, et court,
tumultueuse, à l'attaque de cette ancienne
Europe dont elle a déjà tué l'expression architecturale. Au moment où le dix-huitième
siècle s'achève, elle a tout détruit. Au dix-
neuvième , elle va reconstruire.

Or, nous le demandons maintenant, lequel
des deux arts représente réellement depuis
trois siècles la pensée humaine? Lequel la
traduit? Lequel exprime, non pas seulement
ses manies littéraires et scolastiques, mais
son vaste, profond, universel mouvement?
Lequel se superpose constamment, sans rup-
ture et sans lacune, au genre humain qui
marche, monstre à mille pieds? L'architecture ou l'imprimerie?

L'imprimerie. Qu'on ne s'y trompe pas,
l'architecture est morte, morte sans retour,
tuée par le livre imprimé, tuée parce qu'elle
dure moins, tuée parce qu'elle coûte plus
cher. Toute cathédrale est un milliard. Qu'on
se représente maintenant quelle mise de
fonds il faudrait pour récrire le livre architectural ; pour faire fourmiller de nouveau
sur le sol des milliers d'édifices ; pour revenir à ces époques où la foule des monumens était telle qu'au dire d'un témoin ocu-
laire, « on eût dit que le monde en se se-
» couant avait rejeté ses vieux habillemens
» pour se couvrir d'un blanc vêtement d'é-
» glises. » *Erat enim ut si mundus, ipse
excutiendo semet, rejectâ vetustate, candidam
ecclesiarum vestem indueret.* (GLABER RADUL-
PHUS.)

Un livre est si tôt fait, coûte si peu, et
peut aller si loin. Comment s'étonner que
toute la pensée humaine s'écoule par cette
pente? Ce n'est pas à dire que l'architecture
n'aura pas encore çà et là un beau monument, un chef-d'œuvre isolé. On pourra

bien encore avoir de temps en temps, sous le règne de l'imprimerie, une colonne faite, je suppose, par toute une armée, avec des canons amalgamés, comme on avait, sous le règne de l'architecture, des iliades et des romanceros, des Mahabâhrata et des Nibelungen, faits par tout un peuple avec des rapsodies amoncelées et fondues. Le grand accident d'un architecte de génie pourra survenir au vingtième siècle, comme celui de Dante au treizième. Mais l'architecture ne sera plus l'art social, l'art collectif, l'art dominant. Le grand poème, le grand édifice, la grande œuvre de l'humanité ne se bâtira plus, elle s'imprimera.

Et désormais, si l'architecture se relève accidentellement, elle ne sera plus maîtresse. Elle subira la loi de la littérature qui la recevait d'elle autrefois. Les positions respectives des deux arts seront interverties. Il est certain que dans l'époque architecturale les poèmes, rares, il est vrai, ressemblent aux monumens. Dans l'Inde, Vyasa est touffu, étrange, impénétrable comme une pagode.

Dans l'orient égyptien, la poésie a, comme les édifices, la grandeur et la tranquillité des lignes; dans la Grèce antique, la beauté, la sérénité, le calme; dans l'Europe chrétienne, la majesté catholique, la naïveté populaire, la riche et luxuriante végétation d'une époque de renouvellement. La Bible ressemble aux Pyramides, l'Iliade au Parthénon, Homère à Phidias. Dante au treizième siècle, c'est la dernière église romane; Shakespeare au seizième, la dernière cathédrale gothique.

Ainsi, pour résumer ce que nous avons dit jusqu'ici d'une façon nécessairement incomplète et tronquée, le genre humain a deux livres, deux registres, deux testamens, la maçonnerie et l'imprimerie, la Bible de pierre et la Bible de papier. Sans doute quand on contemple ces deux Bibles, si largement ouvertes dans les siècles, il est permis de regretter la majesté visible de l'écriture de granit, ces gigantesques alphabets formulés en colonnades, en pilones, en obélisques, ces espèces de montagnes hu-

maines qui couvrent le monde et le passé
depuis la pyramide jusqu'au clocher de
Chéops à Strasbourg. Il faut relire le passé
sur ces pages de marbre. Il faut admirer et
refeuilleter sans cesse le livre écrit par l'architecture ; mais il ne faut pas nier la grandeur de l'édifice qu'élève à son tour l'imprimerie.

Cet édifice, est colossal. Je ne sais quel
faiseur de statistique a calculé qu'en super-
posant l'un à l'autre tous les volumes sortis
de la presse depuis Guttemberg on comble-
rait l'intervalle de la terre à la lune ; mais
ce n'est pas de cette sorte de grandeur que
nous voulons parler. Cependant quand on
cherche à recueillir dans sa pensée une image
totale de l'ensemble des produits de l'imprimerie jusqu'à nos jours, cet ensemble ne
nous apparaît-il pas comme une immense
construction, appuyé sur le monde entier,
à laquelle l'humanité travaille sans relâche,
et dont la tête monstrueuse se perd dans les
brumes profondes de l'avenir? C'est la fourmilière des intelligences. C'est la ruche où

toutes les imaginations, ces abeilles dorées,
arrivent avec leur miel. L'édifice a mille
étages. Çà et là, on voit déboucher sur ses
rampes les cavernes ténébreuses de la science
qui s'entrecoupent dans ses entrailles. Partout sur sa surface l'art fait luxurier à l'œil
ses arabesques, ses rosaces et ses dentelles.
Là chaque œuvre individuelle, si capricieuse
et si isolée qu'elle semble, a sa place et sa
saillie. L'harmonie résulte du tout. Depuis
la cathédrale de Shakespeare jusqu'à la mos-
quée de Byron, mille clochetons s'encom-
brent pêle-mêle sur cette métropole de la
pensée universelle. A sa base on a récrit
quelques anciens titres de l'humanité que
l'architecture n'avait pas enregistrés. A
gauche de l'entrée on a scellé le vieux bas-
relief en marbre blanc d'Homère, à droite
la Bible polyglotte dresse ses sept têtes.
L'hydre du romancero se hérisse plus loin,
et quelques autres formes hybrides, les
Védas et les Nibelungen. Du reste, le prodigieux édifice demeure toujours inachevé.
La presse, cette machine géante, qui pompe

sans relâche toute la sève intellectuelle de la société, vomit incessamment de nouveaux matériaux pour son œuvre. Le genre humain tout entier est sur l'échafaudage. Chaque esprit est maçon. Le plus humble bouche son trou ou met sa pierre. Rétif de la Bretonne apporte sa hottée de platras. Tous les jours une nouvelle assise s'élève. Indépendamment du versement original et individuel de chaque écrivain, il y a des contingens collectifs. Le dix-huitième siècle donne l'Encyclopédie, la révolution donne le Moniteur. Certes, c'est là aussi une construction qui grandit et s'amoncèle en spirales sans fin; là aussi il y a confusion des langues, activité incessante, labeur infatigable, concours acharné de l'humanité tout entière, refuge promis à l'intelligence contre un nouveau déluge, contre une submersion de barbares. C'est la seconde tour de Babel du genre humain.

Livre Sixième.

I

COUP-D'OEIL IMPARTIAL

SUR L'ANCIENNE MAGISTRATURE.

C'était un fort heureux personnage, en l'an de grâce 1482, que noble homme Robert d'Estouteville, chevalier, sieur de Beyne, baron d'Ivry et saint-Andry en la Marche, conseiller et chambellan du roi, et garde de la prévôté de Paris. Il y avait déjà près de dix-sept ans qu'il avait reçu du roi, le 7 novembre 1465, l'année de la co-

mète ¹, cette belle charge de prévôt de
Paris, qui était réputée plutôt seigneurie
qu'office, *Dignitas,* dit Joannes Lœmnœus,
*quæ cum non exigua potestate politiam con-
cernante, atque prærogativis multis et juribus
conjuncta est.* La chose était merveilleuse en
82 qu'un gentilhomme ayant commission du
roi et dont les lettres d'institution remon-
taient à l'époque du mariage de la fille naturelle de Louis XI avec monsieur le bâtard
de Bourbon. Le même jour où Robert d'Estouteville avait remplacé Jacques de Villiers
dans la prévôté de Paris, maître Jehan
Dauvet remplaçait messire Hélye de Tho-
rettes dans la première présidence de la
cour de parlement, Jehan Jouvenel des
Ursins supplantait Pierre de Morvilliers dans
l'office de chancelier de France, Regnault
des Dormans désappointait Pierre Puy de
la charge de maître des requêtes ordinaire
de l'hôtel du roi. Or, sur combien de têtes la

---

(1) Cette comète, contre laquelle le pape Calixte, oncle
de Borgia, ordonna des prières publiques, est la même
qui reparaîtra en 1835.

présidence, la chancellerie et la maîtrise
s'étaient-elles promenées depuis que Robert
d'Estouteville avait la prévôté de Paris! Elle
lui avait été *baillée en garde*, disaient les
lettres patentes; et certes, il la gardait bien.
Il s'y était cramponné, il s'y était incorporé,
il s'y était identifié si bien, qu'il avait
échappé à cette furie de changement qui
possédait Louis XI, roi défiant, taquin et
travailleur, qui tenait à entretenir, par des
institutions et des révocations fréquentes,
l'élasticité de son pouvoir. Il y a plus : le
brave chevalier avait obtenu pour son fils la
survivance de sa charge, et il y avait déjà
deux ans que le nom de noble homme
Jacques d'Estouteville, écuyer, figurait à
côté du sien en tête du registre de l'ordinaire
de la prévôté de Paris. Rare, certes, et in-
signe faveur! Il est vrai que Robert d'Estouteville était un bon soldat, qu'il avait
loyalement levé le pennon contre *la ligue
du bien public*, et qu'il avait offert à la reine
un très-merveilleux cerf en confitures le jour
de son entrée à Paris en 14... Il avait de

plus la bonne amitié de messire Tristan
l'Hermite, prévôt des maréchaux de l'hôtel
du roi. C'était donc une très-douce et plai-
sante existence que celle de messire Robert.
D'abord, de fort bons gages, auxquels se
rattachaient, et pendaient comme des grappes
de plus à sa vigne, les revenus des greffes
civil et criminel de la prévôté, plus les revenus civils et criminels des auditoires
d'Embas du Châtelet, sans compter quelque
petit péage au pont de Mante et de Corbeil,
et les profits du tru sur l'esgrin de Paris,
sur les mouleurs de bûches et les mesureurs
de sel. Ajoutez à cela le plaisir d'étaler dans
les chevauchées de la ville et de faire ressortir sur les robes mi-parties rouge et tanné
des échevins et des quarteniers son bel habit
de guerre que vous pouvez encore admirer
aujourd'hui sculpté sur son tombeau à l'abbaye de Valmont en Normandie, et son
morion tout bosselé à Montlhéry. Et puis,
n'était-ce rien que d'avoir toute suprématie
sur les sergens de la douzaine, le concierge
et guette du Châtelet, les deux auditeurs du

Châtelet, *auditores Castelleti*, les seize com-
missaires des seize quartiers, le geôlier du
Châtelet, les quatre sergens fieffés, les cent
vingt sergens à cheval, les cent vingt sergens à verge, le chevalier du guet avec son
guet, son sous-guet, son contre-guet et son
arrière-guet? N'était-ce rien que d'exercer
haute et basse justice, droit de tourner, de
pendre et de traîner, sans compter la menue
juridiction en premier ressort (*in prima*
instantia, comme disent les chartes), sur
cette vicomté de Paris, si glorieusement
apanagée de sept nobles bailliages? Peut-on
rien imaginer de plus suave que de rendre
arrêts et jugemens, comme faisait quoti-
diennement messire Robert d'Estouteville,
dans le Grand-Châtelet, sous les ogives
larges et écrasées de Philippe-Auguste? et
d'aller, comme il avait coutume chaque soir,
en cette charmante maison sise rue Galilée,
dans le pourpris du Palais-Royal, qu'il tenait
du chef de sa femme, madame Ambroise
de Loré, se reposer de la fatigue d'avoir
envoyé quelque pauvre diable passer la

nuit de son côté dans « cette petite logette
» de la rue de l'Escorcherie, en laquelle les
» prévôts et échevins de Paris soulaient faire
» leur prison; contenant icelle onze pieds
» de long, sept pieds et quatre pouces de lez
» et onze pieds de haut [1] ? »

Et non-seulement messire Robert d'Estouteville avait sa justice particulière de
prévôt et vicomte de Paris; mais encore il
avait part, coup d'œil et coup de dent dans
la grande justice du roi. Il n'y avait pas de
tête un peu haute qui ne lui eût passé par
les mains avant d'échoir au bourreau. C'est
lui qui avait été quérir à la Bastille Saint-
Antoine, pour le mener aux Halles, M. de
Nemours, pour le mener en Grève, M. de
Saint-Pol, lequel rechignait et se récriait,
à la grande joie de monsieur le prévôt, qui
n'aimait pas monsieur le connétable.

En voilà, certes, plus qu'il n'en fallait
pour faire une vie heureuse et illustre, et
pour mériter un jour une page notable dans

---

[1] Comptes du domaine. 1583.

cette intéressante histoire des prévôts de
Paris, où l'on apprend que Oudard de Ville-
neuve avait une maison rue des Boucheries,
que Guillaume de Hangest acheta la grande
et petite Savoie, que Guillaume Thiboust
donna aux religieuses de Sainte-Geneviève
ses maisons de la rue Clopin, que Hugues
Aubriot demeurait à l'hôtel du Porc-Épic,
et autres faits domestiques.

Toutefois, avec tant de motifs de prendre
la vie en patience et en joie, messire Robert
d'Estouteville s'était éveillé le matin du 7
janvier 1482, fort bourru et de massacrante
humeur. D'où venait cette humeur? c'est ce
qu'il n'aurait pu dire lui-même. Était-ce que
le ciel était gris? que la boucle de son vieux
ceinturon de Montlhéry était mal serrée, et
sanglait trop militairement son embonpoint
de prévôt? qu'il avait vu passer dans la
rue sous sa fenêtre des ribauds lui faisant
nargue, allant quatre de bande, pourpoint
sans chemise, chapeau sans fond, bissac et
bouteille au côté. Était - ce pressentiment
vague des trois cents soixante - dix livres

seize sols huit deniers que le futur roi
Charles VIII devait, l'année suivante, re-
trancher des revenus de la prévôté? Le lecteur peut choisir ; quant à nous, nous incli-
nerions à croire tout simplement qu'il était
de mauvaise humeur parce qu'il était de
mauvaise humeur.

D'ailleurs, c'était un lendemain de fête,
jour d'ennui pour tout le monde, et surtout
pour le magistrat chargé de balayer toutes
les ordures, au propre et au figuré, que fait
une fête à Paris. Et puis, il devait tenir
séance au Grand-Châtelet. Or, nous avons
remarqué que les juges s'arrangent en général de manière à ce que leur jour d'audience
soit aussi leur jour d'humeur, afin d'avoir
toujours quelqu'un sur qui s'en décharger
commodément, de par le roi, la loi et justice.

Cependant l'audience avait commencé sans
lui. Ses lieutenans, au civil, au criminel et au
particulier, faisaient sa besogne, selon l'u-
sage ; et dès huit heures du matin, quelques
dizaines de bourgeois et de bourgeoises, en-

tassés et foulés dans un coin obscur de l'auditoire d'Embas du Châtelet, entre une forte
barrière de chêne et le mur, assistaient avec
béatitude au spectacle varié et réjouissant de
la justice civile et criminelle, rendue par
maître Florian Barbedienne, auditeur au
Châtelet, lieutenant de M. le prévôt, un
peu pêle-mêle et tout-à-fait au hasard.

La salle était petite, basse voûtée. Une
table fleurdelisée était au fond, avec un
grand fauteuil de bois de chêne sculpté, qui
était au prévôt et vide, et un escabeau à
gauche pour l'auditeur, maître Florian. Au-
dessous se tenait le greffier, griffonnant. En
face était le peuple; et devant la porte, et
devant la table, force sergens de la prévôté,
en hoquetons de camelot violet à croix blanches. Deux sergens du Parloir-aux-Bourgeois,
vêtus de leurs jacquettes de la Toussaint,
mi-parties rouge et bleu, faisaient sentinelle
devant une porte basse fermée, qu'on apercevait au fond derrière la table. Une seule
fenêtre ogive, étroitement encaissée dans
l'épaisse muraille, éclairait d'un rayon blême

de janvier deux grotesques figures : le capricieux démon de pierre sculpté en cul-de-
lampe dans la clef de la voûte, et le juge
assis au fond de la salle sur fleurs-de-lis.

En effet, figurez-vous à la table prévôtale,
entre deux liasses de procès, accroupi sur
ses coudes , le pied sur la queue de sa robe
de drap brun plain , la face dans sa fourrure
d'agneau blanc , dont ses sourcils semblaient
détachés , rouge , revêche , clignant de l'œil ,
portant avec majesté la graisse de ses joues,
lesquelles se rejoignaient sous son menton ,
maître Florian Barbedienne , auditeur au
Châtelet.

Or, l'auditeur était sourd. Léger défaut
pour un auditeur. Maître Florian n'en jugeait
pas moins sans appel et très-congrument. Il
est certain qu'il suffit qu'un juge ait l'air
d'écouter ; et le vénérable auditeur remplissait d'autant mieux cette condition , la seule
essentielle en bonne justice, que son attention ne pouvait être distraite par aucun
bruit.

Du reste , il avait dans l'auditoire un impitoyable contrôleur de ses faits et gestes dans la personne de notre ami Jehan Frollo du Moulin, ce petit écolier d'hier, ce *piéton* qu'on était toujours sûr de rencontrer partout dans Paris, excepté devant la chaire des professeurs.

— Tiens , disait-il tout bas à son compagnon Robin Poussepain , qui ricanait à côté de lui, tandis qu'il commentait les scènes qui se déroulaient sous leurs yeux, voilà Jehanneton du Buisson. La belle fille du Cagnard-au-Marché-Neuf! — Sur mon ame, il la condamne, le vieux ! il n'a donc pas plus d'yeux que d'oreilles. Quinze sols quatre deniers parisis, pour avoir porté deux patenôtres! C'est un peu cher. *Lex duri carminis.* —Qu'est celui-là ! Robin Cief-de-ville, haubergier! — Pour avoir été passé et reçu maître audit métier? — C'est son denier d'entrée. — Hé! deux gentilshommes parmi ces marauds! Aiglet de Soins, Hutin de Mailly. Deux écuyers, *corpus-Christi!* Ah! ils ont joué aux dés. Quand verrai-je ici notre recteur ! cent livres parisis d'amende

envers le roi! Le Barbedienne frappe comme
un sourd , — qu'il est! — Je veux être mon
frère l'archidiacre , si cela m'empêche de
jouer ; de jouer le jour, de jouer la nuit, de
vivre au jeu , de mourir au jeu, et de jouer
mon ame après ma chemise!—Sainte Vierge,.
que de filles! l'une après l'autre, mes brebis!
Ambroise Lécuyère ! Isabeau-la-Paynette !
Berárde Gironin! Je les connais toutes, par
Dieu! à l'amende! à l'amende! Voilà qui
vous apprendra à porter des ceintures dorées! dix sols parisis, coquettes! — Oh! le
vieux museau de juge, sourd et imbécile !
Oh! Florian le lourdaud ! Oh! Barbedienne
le butor ! le voilà à table! il mange du plai-
deur, il mange du procès, il mange, il
mâche, il se gave, il s'emplit. Amendes,
épaves, taxes, frais, loyaux coûts, salaires,
dommages et intérêts, gehenne, prison et
geôle et ceps avec dépens, lui sont cami-
chons de Noël et massepains de la Saint-
Jean! Regarde-le! le porc! — Allons! bon!
encore une femme amoureuse! Thibaud-la-
Thibaude, ni plus, ni moins! — Pour être

sortie de la rue Glatigny! — Quel est ce fils?
Gieffroy Mabonne, gendarme cranequinier
à main. Il a maugréé le nom du Père. — A
l'amende, la Thibaude! à l'amende le Gieffroy! à l'amende tous les deux! Le vieux
sourd! il a dû brouiller les deux affaires!
Dix contre un, qu'il fait payer le juron à la
fille et l'amour au gendarme! Attention,
Robin Poussepain! Que vont-ils introduire?
Voilà bien des sergens! par Jupiter! tous
les levriers de la meute y sont. Ce doit être
la grosse pièce de la chasse. Un sanglier. —
C'en est un, Robin! c'en est un. — Et un
beau encore! — *Herclè!* c'est notre prince
d'hier, notre pape des fous, notre sonneur
de cloches, notre borgne, notre bossu, notre
grimace! C'est Quasimodo!... —

Ce n'était rien moins.

C'était Quasimodo, sanglé, cerclé, ficelé,
garrotté et sous bonne garde. L'escouade de
sergens qui l'environnait était assistée du
chevalier du guet en personne, portant bro-
dées les armes de France sur la poitrine et
les armes de la ville sur le dos. Il n'y avait

II.   7

rien du reste dans Quasimodo, à part sa difformité, qui pût justifier cet appareil de hallebardes et d'arquebuse; il était sombre, silencieux et tranquille. A peine son œil unique jetait-il de temps à autre sur les liens qui le chargeaient un regard sournois et colère.

Il promena ce même regard autour de lui, mais si éteint et si endormi que les femmes ne se le montraient du doigt que pour en rire.

Cependant maître Florian l'auditeur feuilleta avec attention le dossier de la plainte dressée contre Quasimodo, que lui présenta le greffier, et, ce coup-d'œil jeté, parut se recueillir un instant. Grâce à cette précaution qu'il avait toujours soin de prendre au moment de procéder à un interrogatoire, il savait d'avance les noms, qualités, délits du prévenu, faisait des répliques prévues à des réponses prévues, et parvenait à se tirer de toutes les sinuosités de l'interrogatoire, sans trop laisser deviner sa surdité. Le dossier du procès était pour lui le chien de

l'aveugle. S'il arrivait par hasard que son
infirmité se trahît çà et là par quelque apos-
trophe incohérente ou quelque question in-
intelligible, cela passait pour profondeur
parmi les uns, et pour imbécillité parmi les
autres. Dans les deux cas, l'honneur de la
magistrature ne recevait aucune atteinte;
car il vaut encore mieux qu'un juge soit
réputé imbécile ou profond, que sourd. Il
mettait donc grand soin à dissimuler sa surdité aux yeux de tous, et il y réussissait
d'ordinaire si bien qu'il était arrivé à se faire
illusion à lui-même. Ce qui est du reste plus
facile qu'on ne le croit. Tous les bossus vont
tête haute, tous les bègues pérorent, tous
les sourds parlent bas. Quant à lui, il se
croyait tout au plus l'oreille un peu rebelle.
C'était la seule concession qu'il fît sur ce
point à l'opinion publique, dans ses momens
de franchise et d'examen de conscience.

Ayant donc bien ruminé l'affaire de Quasimodo, il renversa sa tête en arrière et
ferma les yeux à demi, pour plus de majesté
et d'impartialité, si bien qu'il était tout à-la-

fois en ce moment sourd et aveugle. Double
condition sans laquelle il n'est pas de juge
parfait. C'est dans cette magistrale attitude
qu'il commença l'interrogatoire.

— Votre nom?

Or, voici un cas qui n'avait été « prévu
par la loi, » celui où un sourd aurait à interroger un sourd.

Quasimodo, que rien n'avertissait de la
question à lui adressée, continua de regarder le juge fixement et ne répondit pas. Le
juge, sourd et que rien n'avertissait de la
surdité de l'accusé, crut qu'il avait répondu, comme faisaient en général tous les
accusés, et poursuivit avec son aplomb mé-
canique et stupide.

— C'est bien : Votre âge?

Quasimodo ne répondit pas davantage à
cette question. Le juge la crut satisfaite, et
continua :

— Maintenant, votre état?

Toujours même silence. L'auditoire cependant commençait à chuchoter et à s'en-
tre-regarder.

— Il suffit, reprit l'imperturbable auditeur, quand il supposa que l'accusé avait
consommé sa troisième réponse. Vous êtes
accusé, par-devant nous : *primo*, de trouble
nocturne ; *secundo*, de voie de fait déshon-
nête sur la personne d'une femme folle, *in
præjudicium meretricis* ; *tertio*, de rebellion
et déloyauté envers les archers de l'ordonnance du roi, notre sire. Expliquez-vous sur
tous les points. — Greffier, avez-vous écrit
ce que l'accusé a dit jusqu'ici.

A cette question malencontreuse, un éclat
de rire s'éleva, du greffe à l'auditoire, si
violent, si fou, si contagieux, si universel
que force fut bien aux deux sourds de s'en
apercevoir. Quasimodo se retourna en haussant sa bosse avec dédain ; tandis que maître Florian, étonné comme lui, et supposant
que le rire des spectateurs avait été provo-
qué par quelque réplique irrévérente de
l'accusé, rendue visible pour lui par ce
haussement d'épaules, l'apostropha avec indignation.

— Vous avez fait là, drôle, une réponse

qui mériterait la hart ! savez-vous à qui vous
parlez ?

Cette sortie n'était pas propre à arrêter
l'explosion de la gaîté générale. Elle parut
à tous si hétéroclite et si cornue que le fou
rire gagna jusqu'aux sergens du Parloir-aux-
Bourgeois, espèce de valets de pique chez
qui la stupidité était d'uniforme. Quasimodo
seul conserva son sérieux, par la bonne raison qu'il ne comprenait rien à ce qui se passait autour de lui. Le juge, de plus en plus
irrité, crut devoir continuer sur le même
ton, espérant par-là frapper l'accusé d'une
terreur qui réagirait sur l'auditoire et le ra-
mènerait au respect.

— C'est donc à dire, maître pervers et
rapinier que vous êtes, que vous vous per-
mettez de manquer à l'auditeur du Châtelet,
au magistrat commis à la police populaire
de Paris, chargé de faire recherche de crimes, délits et mauvais trains; de contrôler
tous métiers et interdire le monopole ; d'entretenir les pavés; d'empêcher les regratiers
de poulailles, volailles et sauvagine ; de faire

mesurer la bûche et autres sortes de bois ;
de purger la ville des boues et l'air des ma-
ladies contagieuses; de vaquer continuelle-
ment au fait du public, en un mot, sans
gages ni espérances de salaire ! Savez-vous
que je m'appelle Florian Barbedienne, propre
lieutenant de monsieur le prévôt, et de plus
commissaire, enquesteur, contrerolleur et
examinateur avec égal pouvoir en prévôté,
bailliage, conservation et présidial !....

Il n'y a pas de raison pour qu'un sourd
qui parle à un sourd s'arrête. Dieu sait où
et quand aurait pris terre maître Florian,
ainsi lancé à toutes rames dans la haute éloquence, si la porte basse du fond ne s'était
ouverte tout-à-coup et n'avait donné passage
à monsieur le prévôt en personne.

A son entrée, maître Florian ne resta pas
court, mais faisant un demi-tour sur ses
talons, et pointant brusquement sur le
prévôt la harangue dont il foudroyait Quasimodo le moment d'auparavant : — Monseigneur, dit-il, je requiers telle peine qu'il
vous plaira contre l'accusé ci-présent, pour
grave et mirifique manquement à la justice.

Et il se rassit tout essoufflé, essuyant de grosses gouttes de sueur qui tombaient de son front et trempaient comme larmes les parchemins étalés devant lui. Messire Robert d'Estouteville fronça le sourcil, et fit à Quasimodo un geste d'attention tellement impérieux et significatif que le sourd en comprit quelque chose.

Le prévôt lui adressa la parole avec sévérité : — Qu'est-ce que tu as donc fait pour être ici, maraud?

Le pauvre diable, supposant que le prévôt lui demandait son nom, rompit le silence qu'il gardait habituellement, et répondit avec une voix rauque et gutturale : — Quasimodo.

La réponse coïncidait si peu avec la question, que le fou rire recommença à circuler, et que messire Robert s'écria rouge de colère : — Te railles-tu aussi de moi, drôle fieffé?

— Sonneur de cloches à Notre-Dame, répondit Quasimodo, croyant qu'il s'agissait d'expliquer au juge qui il était.

— Sonneur de cloches ! reprit le prévôt,
qui s'était éveillé le matin d'assez mauvaise
humeur, comme nous l'avons dit, pour que
sa fureur n'eût pas besoin d'être attisée par
de si étranges réponses. Sonneur de cloches!
Je te ferai faire sur le dos un carillon de
boussines par les carrefours de Paris. Entends-tu, maraud?

— Si c'est mon âge que vous voulez savoir, dit Quasimodo, je crois que j'aurai
vingt-ans à la Saint-Martin.

Pour le coup c'était trop fort; le prévôt
n'y put tenir.

— Ah! tu nargues la prévôté, misérable!
Messieurs les sergens à verge, vous me
mènerez ce drôle au pilori de la Grève, vous
le battêrez et vous le tournerez une heure.
Il me le paiera, tête-Dieu! et je veux qu'il
soit fait un cri du présent jugement, avec
assistance de quatre trompettes-jurés, dans
les sept châtellenies de la vicomté de Paris.

Le greffier se mit à rédiger incontinent le
jugement.

— Ventre-Dieu! que voilà qui est bien

jugé ! s'écria de son coin le petit écolier Jehan Frollo du Moulin.

Le prévôt se retourna, et fixa de nouveau sur Quasimodo ses yeux étincelans. — Je crois que le drôle a dit *ventre-Dieu !* Greffier, ajoutez douze deniers parisis d'amende pour jurement, et que la fabrique de Saint-Eustache en aura la moitié. J'ai une dévotion particulière à Saint-Eustache.

En quelques minutes, le jugement fut dressé. La teneur en était simple et brève. La coutume de la prévôté et vicomté de Paris n'avait pas encore été travaillée par le président Thibaut Baillet et par Roger Barmne, l'avocat du roi ; elle n'était pas obstruée alors par cette haute futaie de chicanes et de procédures que les deux jurisconsultes y plantèrent au commencement du seizième siècle. Tout y était clair, expéditif, explicite. On y cheminait droit au but, et l'on apercevait tout de suite au bout de chaque sentier, sans broussailles et sans détour, la roue, le gibet ou le pilori. On savait du moins où l'on allait.

Le greffier présenta la sentence au prévôt, qui y apposa son sceau , et sortit pour
continuer sa tournée dans les auditoires,
avec une disposition d'esprit qui dut peu-
pler, ce jour-là , toutes les geôles de Paris.
Jehan Frollo et Robin Poussepain riaient
sous cape. Quasimodo regardait le tout d'un
air indifférent et étonné.

Cependant le greffier, au moment où
maître Florian Barbedienne lisait à son tour
le jugement pour le signer , se sentit ému de
pitié pour le pauvre diable de condamné,
et, dans l'espoir d'obtenir quelque diminu-
tion de peine , il s'approcha le plus près qu'il
put de l'oreille de l'auditeur , et lui dit en
lui montrant Quasimodo : — Cet homme est
sourd.

Il espérait que cette communauté d'infirmité éveillerait l'intérêt de maître Florian
en faveur du condamné. Mais d'abord , nous
avons déjà observé que maître Florian ne se
souciait pas qu'on s'aperçût de sa surdité.
Ensuite, il avait l'oreille si dure qu'il n'entendit pas un mot de ce que lui dit le gref-

fier ; pourtant, il voulut avoir l'air d'entendre, et répondit : — Ah ! ah ! c'est diffé-
rent ; je ne savais pas cela. Une heure de
pilori de plus, en ce cas.

Et il signa la sentence ainsi modifiée.

— C'est bien fait, dit Robin Poussepain,
qui gardait une dent à Quasimodo ; cela lui
apprendra à rudoyer les gens.

II.

LE TROU-AUX-RATS.

Que le lecteur nous permette de le ramener à la place de Grève, que nous avons
quittée hier avec Gringoire pour suivre la
Esmeralda.

Il est dix heures du matin; tout y sent le
lendemain de fête. Le pavé est couvert de
débris ; rubans, chiffons , plumes des pa-
naches, gouttes de cire des flambeaux,

miettes de la ripaille publique. Bon nombre
de bourgeois *flanent*, comme nous disons,
çà et là, remuant du pied les tisons éteints
du feu de joie, s'extasiant devant la Mai-
son-aux-Piliers, au souvenir des belles tentures de la veille, et regardant aujourd'hui
les clous, dernier plaisir. Les vendeurs de
cidre et de cervoise roulent leur fabrique à
travers les groupes. Quelques passans affai-
rés vont et viennent. Les marchands cau-
sent et s'appellent du seuil des boutiques.
La fête, les ambassadeurs, Coppenole, le
pape des fous, sont dans toutes les bouches;
c'est à qui glosera le mieux et rira le plus.
Et cependant quatre sergens à cheval, qui
viennent de se poster aux quatre côtés du
pilori, ont déjà concentré autour d'eux une
bonne portion du *populaire* épars sur la
place, qui se condamne à l'immobilité et à
l'ennui, dans l'espoir d'une petite exécution.

Si maintenant le lecteur, après avoir con-
templé cette scène vive et criarde qui se
joue sur tous les points de la place, porte

ses regards vers cette antique maison demi-
gothique, demi-romane, de la Tour-Roland
qui fait le coin du quai au couchant, il
pourra remarquer à l'angle de la façade un
gros bréviaire public à riches enluminures,
garanti de la pluie par un petit auvent, et
des voleurs par un grillage qui permet toutefois de le feuilleter. A côté de ce bréviaire
est une étroite lucarne ogive, fermée de
deux barreaux de fer en croix, donnant sur
la place ; seule ouverture qui laisse arriver
un peu d'air et de jour à une petite cellule
sans porte pratiquée au rez-de-chaussée
dans l'épaisseur du mur de la vieille maison,
et pleine d'une paix d'autant plus profonde,
d'un silence d'autant plus morne qu'une
place publique, la plus populeuse et la plus
bruyante de Paris, fourmille et glapit à l'entour.

Cette cellule était célèbre dans Paris depuis près de trois siècles que madame Rolande de la Tour-Roland, en deuil de son
père, mort à la croisade, l'avait fait creuser
dans la muraille de sa propre maison pour

s'y enfermer à jamais, ne gardant de son
palais que ce logis dont la porte était murée
et la lucarne ouverte, hiver comme été,
donnant tout le reste aux pauvres et à Dieu.
La désolée demoiselle avait en effet attendu
vingt ans la mort dans cette tombe anticipée,
priant nuit et jour pour l'ame de son père,
dormant dans la cendre, sans même avoir
une pierre pour oreiller, vêtue d'un sac noir,
et ne vivant que de ce que la pitié des passans déposait de pain et d'eau sur le rebord
de sa lucarne, recevant ainsi la charité
après l'avoir faite. A sa mort, au moment
de passer dans l'autre sépulcre, elle avait
légué à perpétuité celui-ci aux femmes affli-
gées, mères, veuves ou filles qui auraient
beaucoup à prier pour autrui ou pour elles,
et qui voudraient s'enterrer vives dans une
grande douleur ou dans une grande pénitence. Les pauvres de son temps lui avaient
fait de belles funérailles de larmes et de bénédictions, mais à leur grand regret, la
pieuse fille n'avait pu être canonisée sainte,
faute de protections. Ceux d'entre eux qui

étaient un peu impies avaient espéré que la
chose se ferait en paradis plus aisément qu'à
Rome, et avaient tout bonnement prié Dieu
pour la défunte à défaut du pape. La plupart
s'étaient contentés de tenir la mémoire de
Rolande pour sacrée et de faire reliques de
ses haillons. La ville, de son côté, avait
fondé, à l'intention de la demoiselle, un
bréviaire public qu'on avait scellé près de la
lucarne de la cellule, afin que les passans
s'y arrêtassent de temps à autre, ne fût-ce
que pour prier, que la prière fît songer à
l'aumône, et que les pauvres recluses, héri-
tières du caveau de madame Rolande, n'y
mourussent pas tout-à-fait de faim et d'oubli.

Ce n'était pas du reste chose très-rare dans
les villes du moyen-âge que cette espèce
de tombeaux. On rencontrait souvent, dans
la rue la plus fréquentée, dans le marché le
plus bariolé et le plus assourdissant, tout
au beau milieu, sous les pieds des chevaux,
sous la roue des charrettes en quelque sorte,
une cave, un puits, un cabanon muré et

grillé, au fond duquel priait jour et nuit un
être humain, volontairement dévoué à quelque lamentation éternelle, à quelque grande
expiation. Et toutes les réflexions qu'éveillerait en nous aujourd'hui cet étrange spectacle ; cette horrible cellule, sorte d'anneau
intermédiaire de la maison et de la tombe,.
du cimetière et de la cité ; ce vivant retran-
ché de la communauté humaine et compté
désormais chez les morts ; cette lampe con-
·sumant sa dernière goutte d'huile dans
l'ombre ; ce reste de vie vacillant dans une
fosse ; ce souffle, cette voix, cette prière
éternelle dans une boîte de pierre ; cette
face à jamais tournée vers l'autre monde ; cet
œil déjà illuminé d'un autre soleil ; cette
oreille collée aux parois de la tombe ; cette
ame prisonnière dans ce corps, ce corps
prisonnier dans ce cachot, et sous cette double enveloppe de chair et de granit le bourdonnement de cette ame en peine ; rien de
tout cela n'était perçu par la foule. La piété
peu raisonneuse et peu subtile de ce temps-
là ne voyait pas tant de facettes à un acte de

religion. Elle prenait la chose en bloc, et
honorait, vénérait, sanctifiait au besoin le
sacrifice, mais n'en analysait pas les souf-
frances et s'en apitoyait médiocrement. Elle
apportait de temps en temps quelque pitance
au misérable pénitent, regardait par le trou
s'il vivait encore, ignorait son nom, savait
à peine depuis combien d'années il avait
commencé à mourir, et à l'étranger qui les
questionnait sur le squelette vivant qui
pourrissait dans cette cave, les voisins ré-
pondaient simplement, si c'était un homme :
— « C'est le reclus ; » si c'était une femme :
— « C'est la recluse. »

On voyait tout ainsi alors, sans métaphysique, sans exagération! sans verre grossis-
sant, à l'œil nu. Le microscope n'avait pas
encore été inventé, ni pour les choses de la
matière, ni pour les choses de l'esprit.

D'ailleurs, bien qu'on s'en émerveillât peu,
les exemples de cette espèce de claustration
au sein des villes étaient, en vérité, fré-
quens, comme nous le disions tout-à-l'heure.
Il y avait dans Paris assez bon nombre de ces

cellules à prier Dieu et à faire pénitence;
elles étaient presque toutes occupées. Il est
vrai que le clergé ne se souciait pas de les
laisser vides, ce qui impliquait tiédeur dans
les croyans, et qu'on y mettait des lépreux
quand on n'avait pas de pénitens. Outre la
logette de la Grève, il y en avait une à Mont-
faucon, une au Charnier des Innocens; une
autre je ne sais plus où, au logis Clichon, je
crois; d'autres encore à beaucoup d'endroits
où l'on en retrouve la trace dans les traditions, à défaut des monumens: L'Université
avait aussi les siennes. Sur la montagne
Sainte-Geneviève une espèce de Job du
moyen-âge chanta pendant trente ans les
sept psaumes de la pénitence sur un fumier
au fond d'une citerne, recommençant quand
il avait fini, psalmodiant plus haut la nuit,
magnâ voce per umbras, et aujourd'hui l'an-
tiquaire croit entendre encore sa voix en
entrant dans la rue du *Puits-qui-parle.*

Pour nous en tenir à la loge de la Tour-
Roland, nous devons dire qu'elle n'avait
jamais chômé de recluses. Depuis la mort

de madame Rolande, elle avait été rarement
une année ou deux vacante. Maintes femmes
étaient venues y pleurer jusqu'à la mort des
parens, des amans, des fautes. La malice
parisienne, qui se mêle de tout, même des
choses qui la regardent le moins, prétendait
qu'on y avait vu peu de veuves.

Selon la mode de l'époque, une légende
latine, inscrite sur le mur, indiquait au passant lettré la destination pieuse de cette cel-
-lule. L'usage s'est conservé jusqu'au milieu
du seizième siècle d'expliquer un édifice par
une brève devise écrite au-dessus de la porte.
Ainsi on lit encore en France, au-dessus du
guichet de la prison de la maison seigneu-
riale de Tourville : *Sileto et spera*; en Ir-
lande, sous l'écusson qui surmonte la
grande porte du château de Fortescuc :
Forte scutum, salus ducum; en Angleterre,
sur l'entrée principale du manoir hospitalier
des comtes Cowper : *Tuum est.* C'est qu'a-
lors tout édifice était une pensée.

Comme il n'y avait pas de porte à la cellule murée de la Tour-Roland, on avait

gravé en grosses lettres romanes, au-dessus de la fenêtre ces deux mots :

TU, ORA.

Ce qui fait que le peuple, dont le bon sens ne voit pas tant de finesses dans les choses, et traduit volontiers *Ludovico Magno* par *Porte Saint - Denis*, avait donné à cette cavité noire, sombre et humide, le nom de *Trou-aux-Rats*. Explication moins sublime peut-être que l'autre, mais en revanche plus pittoresque.

III.

HISTOIRE D'UNE GALETTE

AU LEVAIN DU MAÏS.

A l'époque où se passe cette histoire la cellule de la Tour-Roland était occupée. Si le lecteur désire savoir par qui, il n'a qu'à écouter la conversation de trois braves commères qui, au moment où nous avons arrêté son attention sur le Trou-aux-Rats, se dirigeaient précisément du même côté, en remontant au Châtelet vers la Grève, le long de l'eau.

Deux de ces femmes étaient vêtues en bonnes bourgeoises de Paris. Leur fine gorgerette blanche ; leur jupe de tiretaine rayée, rouge et bleue ; leurs chausses de tricot blanc, à coins brodés en couleur, bien tirés sur la jambe ; leurs souliers carrés de cuir fauve à semelles noires, et surtout leur coiffure, cette espèce de corne de clinquant surchargée de rubans et de dentelles que les Champenoises portent encore, concurremment avec les grenadiers de la garde impériale russe, annonçaient qu'elles appartenaient à cette classe de riches marchandes qui tient le milieu entre ce que les laquais appellent *une femme* et ce qu'ils appellent *une dame*. Elles ne portaient ni bagues, ni croix d'or, et il était aisé de voir que ce n'était pas chez elles pauvreté, mais tout ingénument peur de l'amende. Leur compagne était attifée à-peu-près de la même manière, mais il y avait dans sa mise et dans sa tournure ce je ne sais quoi qui sent la femme de notaire de province. On voyait, à la manière dont sa ceinture lui remontait au-dessus des

hanches, qu'elle n'était pas depuis long-
temps à Paris. Ajoutez à cela une gorgerette
plissée, des nœuds de rubans sur les souliers, que les raies de la juppe étaient dans
la largeur et non dans la longueur, et mille
autres énormités dont s'indignait le bon goût.

Les deux premières marchaient de ce pas
particulier aux Parisiennes qui font voir Paris
à des provinciales. La provinciale tenait à sa
main un gros garçon qui tenait à la sienne
une grosse galette.

Nous sommes fâchés d'avoir à ajouter que,
vu la rigueur de la saison, il faisait de sa
langue son mouchoir.

L'enfant se faisait traîner, *non passibus
æquis*, comme dit Virgile, et trébuchait à
chaque moment, au grand récri de sa mère.
Il est vrai qu'il regardait plus la galette que
le pavé. Sans doute quelque grave motif
l'empêchait d'y mordre (à la galette), car il
se contentait de la considérer tendrement.
Mais la mère eût dû se charger de la galette.
Il y avait cruauté à faire un Tantale du gros
jouflu.

Cependant les trois damoiselles (car le nom de *dames* était réservé alors aux femmes nobles) parlaient à-la-fois.

—Dépêchons-nous, damoiselle Mahiette, disait la plus jeune des trois, qui était aussi la plus grosse, à la provinciale. J'ai grand'peur que nous n'arrivions trop tard ; on nous disait, au Châtelet, qu'on allait le mener tout de suite au pilori.

— Ah, bah ! que dites-vous donc là, damoiselle Oudarde Musnier? reprenait l'autre parisienne. Il restera deux heures au pilori. Nous avons le temps. — Avez-vous jamais vu pilorier, ma chère Mahiette?

—Oui, dit la provinciale, à Reims.

—Ah, bah ! qu'est-ce que c'est que ça, votre pilori de Reims? Une méchante cage où l'on ne tourne que des paysans. Voilà grand'chose !

— Que des paysans ! dit Mahiette, au Marché-aux-Draps ! à Reims ! Nous y avons vu de fort beaux criminels, et qui avaient tué père et mère ! Des paysans ! pour qui nous prenez-vous, Gervaise?

Il est certain que la provinciale était sur
le point de se fâcher, pour l'honneur de
son pilori. Heureusement la discrète damoiselle Oudarde Musnier détourna à temps la
conversation.

— A propos, damoiselle Mahiette, que
dites-vous de nos ambassadeurs flamands?
en avez-vous d'aussi beaux à Reims!

—J'avoue, répondit Mahiette, qu'il n'y a
que Paris pour voir des flamands comme
ceux-là.

—Avez-vous vu dans l'ambassade ce grand
ambassadeur qui est chaussetier? demanda
Oudarde.

— Oui, dit Mahiette. Il a l'air d'un Sa-
turne.

— Et ce gros dont la figure ressemble à
un ventre nu? reprit Gervaise. Et ce petit
qui a de petits yeux bordés d'une paupière
rouge, ébarbillonnée et déchiquetée comme
une tête de chardon?

—Ce sont leurs chevaux qui sont beaux
à voir, dit Oudarde, vêtus comme ils sont
à la mode de leur pays!

— Ah ! ma chère, interrompit la provinciale Mahiette, prenant à son tour un air
de supériorité, qu'est-ce que vous diriez
donc si vous aviez vu, en 61, au sacre de
Reims, il y a dix-huit ans, les chevaux des
princes et de la compagnie du roi? Des hous-
sures et des caparaçons de toutes sortes ; les
uns de drap de Damas, de fin drap d'or,
fourrés de martres zibelines ; les autres, de
velours, fourrés de pennes d'hermine ; les
autres, tout chargés d'orféveries et de grosses campanes d'or et d'argent ! Et la finance
que cela avait coûté ! et les beaux enfans
pages qui étaient dessus !

— Cela n'empêche pas, répliqua sèchement damoiselle Oudarde, que les flamands
ont de fort beaux chevaux, et qu'ils ont fait
hier un souper superbe chez monsieur le
prévôt des marchands, à l'Hôtel-de-Ville,
où on leur a servi des dragées, de l'hypocras, des épices et autres singularités.

— Que dites-vous là, ma voisine ! s'écria
Gervaise. C'est chez monsieur le cardinal,
au Petit-Bourbon, que les flamands ont
soupé.

— Non pas. A l'Hôtel-de-Ville !

— Si fait. Au Petit-Bourbon !

— C'est si bien à l'Hôtel-de-Ville, reprit Oudarde avec aigreur, que le docteur Scourable leur a fait une harangue en latin, dont ils sont demeurés fort satisfaits. C'est mon mari qui est libraire-juré, qui me l'a dit.

— C'est si bien au Petit-Bourbon, répondit Gervaise non moins vivement, que voici ce que leur a présenté le procureur de monsieur le cardinal : Douze doubles quarts d'hypocras blanc, clairet et vermeil ; vingt-quatre layettes de massepain double de Lyon doré ; autant de torches de deux livres pièce : et six demi-queues de vin de Beaune, blanc et clairet, le meilleur qu'on ait pu trouver. J'espère que cela est positif. Je le tiens de mon mari, qui est cinquantenier au Parloiraux-Bourgeois, et qui faisait ce matin la comparaison des ambassadeurs flamands avec ceux du Prete-Jean et de l'empereur de Trébisonde, qui sont venus de Mésopotamie à Paris, sous le dernier roi, et qui avaient des anneaux aux oreilles.

— Il est si vrai qu'ils ont soupé à l'Hôtel-de-Ville, répliqua Oudarde peu émue de cet étalage, qu'on n'a jamais vu un tel triomphe de viandes et de dragées.

— Je vous dis, moi, qu'ils ont été servis par le Sec, sergent de la ville, à l'Hôtel du Petit-Bourbon, et que c'est là ce qui vous trompe.

— A l'Hôtel-de-Ville, vous dis-je !

— Au Petit-Bourbon, ma chère ! si bien qu'on avait illuminé en verres magiques le mot *Espérance* qui est écrit sur le grand portail.

— A l'Hôtel-de-Ville ! à l'Hôtel-de-Ville ! Même que Husson-le-Voir jouait de la flûte !

— Je vous dis que non.

— Je vous dis que si.

— Je vous dis que non.

La bonne grosse Oudarde se préparait à répliquer, et la querelle en fût peut-être venue aux coiffes, si Mahiette ne se fût écriée tout-à-coup : Voyez donc ces gens qui sont attroupés là-bas au bout du pont ! Il y a au milieu d'eux quelque chose qu'ils regardent.

—En vérité, dit Gervaise, j'entends tambouriner. Je crois que c'est la petite Smeralda qui fait ses momeries avec sa chèvre.
Eh vite, Mahiette, doublez le pas, et traînez
votre garçon. Vous êtes venue ici pour visiter les curiosités de Paris. Vous avez vu hier
les flamands ; il faut voir aujourd'hui l'égyptienne.

—L'égyptienne ! dit Mahiette en rebrous-
sant brusquement chemin, et en serrant
avec force le bras de son fils. Dieu m'en
garde ! elle me volerait mon enfant !—Viens,
Eustache !

Et elle se mit à courir sur le quai vers la
Grève, jusqu'à ce qu'elle eût laissé le pont
bien loin derrière elle. Cependant l'enfant,
qu'elle traînait, tomba sur les genoux ; elle
s'arrêta essoufflée. Oudarde et Gervaise la
rejoignirent.

—Cette égyptienne vous voler votre enfant ! dit Gervaise. Vous avez là une singulière fantaisie.

Mahiette hochait la tête d'un air pensif.

—Ce qui est singulier, observa Oudarde,

c'est que la sachette a la même idée des égyptiennes.

— Qu'est-ce que c'est que la sachette ? dit Mahiette.

— Hé ! dit Oudarde, sœur Gudule.

— Qu'est-ce que c'est, reprit Mahiette, que sœur Gudule ?

— Vous êtes bien de votre Reims, de ne pas savoir cela ! répondit Oudarde. C'est la recluse du Trou-aux-Rats.

— Comment ! demanda Mahiette, cette pauvre femme à qui nous portons cette galette !

Oudarde fit un signe de tête affirmatif.

— Précisément. Vous allez la voir tout-à-l'heure à sa lucarne sur la Grève. Elle a le même regard que vous sur ces vagabonds d'Égypte qui tembourinent et disent la bonne aventure au public. On ne sait pas d'où lui vient cette horreur des zingari et des égyptiens. Mais vous, Mahiette, pourquoi donc vous sauvez-vous ainsi, rien qu'à les voir !

— Oh ! dit Mahiette en saisissant entre ses deux mains la tête ronde de son enfant, je

ne veux pas qu'il m'arrive ce qui est arrivé
à Paquette-la-Chantefleurie.

— Ah ! voilà une histoire que vous allez
nous conter , ma bonne Mahiette , dit Gervaise en lui prenant le bras.

— Je veux bien , répondit Mahiette ; mais
il faut que vous soyez bien de votre Paris ,
pour ne pas savoir cela ! Je vous dirai donc,
— mais il n'est pas besoin de nous arrêter
pour conter la chose, — que Paquette-la-
Chantefleurie était une jolie fille de dix-huit
ans , quand j'en étais une aussi , c'est-à-dire,
il y a dix-huit ans , et que c'est sa faute si
elle n'est pas aujourd'hui comme moi, une
bonne grosse fraîche mère de trente-six ans,
avec un homme et un garçon. Au reste, dès
l'âge de quatorze ans , il n'était plus temps !
— C'était donc la fille de Guybertaut, menestrel de bateaux à Reims, le même qui
avait joué devant le roi Charles VII , à son
sacre , quand il descendit notre rivière de
Vesle depuis Sillery jusqu'à Muison, que
madame la pucelle était dans le bateau. Le
vieux père mourut que Paquette était encore

tout enfant ; elle n'avait donc plus que sa
mère, sœur de monsieur Matthieu Pradon,
maître dinandinier et chaudronnier, à Paris,
rue Parin-Garlin, lequel est mort l'an passé.
Vous voyez qu'elle était de famille. La mère
était une bonne femme, par malheur, et
n'apprit rien à Paquette qu'un peu de doreloterie et de bimbeloterie qui n'empêchait
pas la petite de devenir fort grande et de
rester fort pauvre. Elles demeuraient toutes
deux à Reims, le long de la rivière, rue de
Folle-Peine. Notez ceci ; je crois que c'est
là ce qui porta malheur à Paquette. En 61,
l'année du sacre de notre roi Louis onzième
que Dieu garde, Paquette était si gaie et si
jolie qu'on ne l'appelait partout que la Chantefleurie. — Pauvre fille ! — Elle avait de
jolies dents, elle aimait à rire pour les faire
voir. Or, fille qui aime à rire s'achemine à
pleurer ; les belles dents perdent les beaux
yeux. C'était donc la Chantefleurie. Elle et
sa mère gagnaient durement leur vie ; elles
étaient bien déchues depuis la mort du mé-
nétrier ; leur doreloterie ne leur rapportait

guère plus de six deniers par semaine, ce qui ne fait pas tout-à-fait deux liards-à-l'aigle. Où était le temps que le père Guybertaut gagnait douze sols parisis dans un seul sacre avec une chanson? Un hiver,—c'était en cette même année 61 , — que les deux femmes n'avaient ni bûches ni fagots , et qu'il faisait très-froid , cela donna de si belles couleurs à la Chantefleurie , que les hommes l'appelaient : Paquette ! que plusieurs l'appelèrent : Paquerette ! et qu'elle se perdit. —Eustache ! que je te voie mordre dans la galette ! — Nous vîmes tout de suite qu'elle était perdue , un dimanche qu'elle vint à l'église avec une croix d'or au cou. — A quatorze ans ! Voyez-vous cela ? — Ce fut d'abord le jeune vicomte de Cormontreuil , qui a son clocher à trois quarts de lieue de Reims ; puis messire Henri de Triancourt , chevaucheur du roi ; puis , moins que cela , Chiart de Beaulion , sergent d'armes ; puis , en descendant toujours , Guery Aubergeon , valet tranchant du roi ; puis , Macé de Frépus , barbier

de monsieur le dauphin ; puis , Thévenin-
le-Moine , queux-le-roi ; puis , toujours ainsi
de moins jeune en moins noble , elle tomba
à Guillaume Racine , menestrel de vielle ;
et à Thierry-de-Mer , lanternier. Alors ,
pauvre Chantefleurie , elle fut toute à tous ;
elle était arrivée au dernier sou de sa pièce
d'or. Que vous dirai-je , mesdamoiselles ?
Au sacre , dans la même année 61 , c'est
elle qui fit le lit du roi des ribauds ! — Dans
la même année !

Mahiette soupira, et essuya une larme qui
roulait dans ses yeux.

— Voilà une histoire qui n'est pas très-
extraordinaire , dit Gervaise , et je ne vois
pas en tout cela d'égyptiens ni d'enfans.

— Patience! reprit Mahiette ; d'enfant ,
vous allez en voir un. — En 66, il y aura
seize ans ce mois-ci à la Sainte-Paule, Paquette accoucha d'une petite fille. La malheureuse! elle eut une grande joie ; elle dé-
sirait un enfant depuis long-temps. Sa mère,
bonne femme qui n'avait jamais su que fermer les yeux, sa mère était morte. Paquette

n'avait plus rien à aimer au monde, plus rien qui l'aimât. Depuis cinq ans qu'elle avait failli, c'était une pauvre créature que la Chantefleurie. Elle était seule, seule dans cette vie, montrée au doigt, criée par les rues, battue des sergens, moquée des petits garçons en guenilles. Et puis, les vingt ans étaient venus; et vingt ans, c'est la vieillesse pour les femmes amoureuses. La folie commençait à ne pas lui rapporter plus que la doreloterie autrefois : pour une ride qui venait, un écu s'en allait; l'hiver lui redevenait dur, le bois se faisait derechef rare dans son cendrier, et le pain dans sa huche. Elle ne pouvait plus travailler, parce qu'en devenant voluptueuse elle était devenue paresseuse, et elle souffrait beaucoup plus, parce qu'en devenant paresseuse elle était devenue voluptueuse. — C'est du moins comme cela que monsieur le curé de Saint-Remy explique pourquoi ces femmes-là ont plus froid et plus faim que d'autres pauvresses, quand elles sont vieilles.

— Oui, observa Gervaise; mais les égyptiens ?

— Un moment donc, Gervaise! dit Oudarde dont l'attention était moins impatiente. Qu'est-ce qu'il y aurait à la fin si tout était au commencement? Continuez, Mahiette, je vous prie. Cette pauvre Chantefleurie!

Mahiette poursuivit.

— Elle était donc bien triste, bien misérable, et creusait ses joues avec ses larmes. Mais dans sa honte, dans sa folie et dans son abandon, il lui semblait qu'elle serait moins honteuse, moins folle et moins abandonnée, s'il y avait quelque chose au monde ou quelqu'un qu'elle pût aimer et qui pût l'aimer. Il fallait que ce fût un enfant, parce qu'un enfant seul pouvait être assez innocent pour cela. — Elle avait reconnu ceci après avoir essayé d'aimer un voleur, le seul homme qui pût vouloir d'elle; mais au bout de peu de temps elle s'était aperçue que le voleur la méprisait. — A ces femmes d'amour il faut un amant ou un enfant pour leur remplir le

cœur. Autrement elles sont bien malheu-
reuses. — Ne pouvant avoir d'amant, elle se
tourna tout au désir d'un enfant, et, comme
elle n'avait pas cessé d'être pieuse, elle en
fit son éternelle prière au bon Dieu. Le bon
Dieu eut donc pitié d'elle, et lui donna une
petite fille. Sa joie, je ne vous en parle pas ;
ce fut une furie de larmes, de caresses et de
baisers. Elle allaita elle-même son enfant,
lui fit des langes avec sa couverture, la seule
qu'elle eût sur son lit, et ne sentit plus ni le
froid ni la faim. Elle en redevint belle.
Vieille fille fait jeune mère. La galanterie
reprit; on revint voir la Chantefleurie, elle
retrouva chalands pour sa marchandise, et
de toutes ces horreurs elle fit des layettes,
béguins et baverolles, des brassières de dentelles et des petits bonnets de satin, sans
même songer à se racheter une couverture.
— Monsieur Eustache, je vous ai déjà dit
de ne pas manger la galette. — Il est sûr que
la petite Agnès, — c'était le nom de l'enfant : nom de baptême ; car de nom de famille, il y a long-temps que la Chantefleurie

n'en avait plus. — Il est certain que cette
petite était plus emmaillottée de rubans et
de broderies qu'une dauphine du Dauphiné!
— Elle avait entre autres une paire de petits
souliers! que le roi Louis XI n'en a certainement pas eu de pareils! Sa mère les lui
avait cousus et brodés elle-même, elle y
avait mis toutes ses finesses de dorelotière
et toutes les passequilles d'une robe de bonne
Vierge. — C'était bien les deux plus mignons
souliers roses qu'on pût voir. Ils étaient longs
tout au plus comme mon pouce, et il fallait
en voir sortir les petits pieds de l'enfant
pour croire qu'ils avaient pu y entrer. Il est
vrai que ces petits pieds étaient si petits, si
jolis, si roses! plus roses que le satin des
souliers! — Quand vous aurez des enfans,
Oudarde, vous saurez que rien n'est plus
joli que ces petits pieds et ces petites
mains-là.

— Je ne demande pas mieux, dit Oudarde en soupirant, mais j'attends que ce
soit le bon plaisir de monsieur Andry Musnier.

— Au reste, reprit Mahiette, l'enfant de
Paquette n'avait pas que les pieds de joli. Je
l'ai vue quand elle n'avait que quatre mois ;
c'était un amour ! Elle avait les yeux plus
grands que la bouche et les plus charmans
fins cheveux noirs, qui frisaient déjà. Cela
aurait fait une fière brune, à seize ans ! Sa
mère en devenait de plus en plus folle tous
les jours. Elle la caressait, la baisait, la cha-
touillait, la lavait, l'attifait, la mangeait !
Elle en perdait la tête, elle en remerciait
Dieu. Ses jolis pieds roses surtout, c'était
un ébahissement sans fin, c'était un délire
de joie ! elle y avait toujours les lèvres col-
lées, et ne pouvait revenir de leur petitesse.
Elle les mettait dans les petits souliers, les
retirait, les admirait, s'en émerveillait, regardait le jour au travers, s'apitoyait de les
essayer à la marche sur son lit et eût volontiers passé sa vie à genoux, à chausser et à
déchausser ces pieds-là comme ceux d'un
Enfant-Jésus.

— Le conte est bel et bon, dit à demi-

voix la Gervaise; mais où est l'Égypte dans
tout cela?

— Voici, répliqua Mahiette. Il arriva un
jour à Reims des espèces de cavaliers fort
singuliers. C'étaient des gueux et des truands
qui cheminaient dans le pays, conduits par
leur duc et par leurs comtes. Ils étaient ba-
sanés, avaient les cheveux tout frisés, et
des anneaux d'argent aux oreilles. Les femmes étaient encore plus laides que les hommes. Elles avaient le visage plus noir et toujours découvert, un méchant roquet sur le
corps, un vieux drap tissu de cordes lié sur
l'épaule, et la chevelure en queue de cheval.
Les enfans qui se vautraient dans leurs jambes auraient fait peur à des singes. Une
bande d'excommuniés. Tout cela venait en
droite ligne de la Basse-Égypte à Reims par
la Pologne. Le pape les avait confessés, à ce
qu'on disait, et leur avait donné pour pénitence d'aller sept ans de suite dans le monde
sans coucher dans des lits; aussi ils s'appelaient penanciers et puaient. Il paraît qu'ils
avaient été autrefois Sarrazins, ce qui fait

qu'ils croyaient à Jupiter, et qu'ils récla-
maient dix livres tournois de tous archevê-
ques, évêques et abbés crossés et mitrés.
C'est une bulle du pape qui leur valait cela.
Ils venaient à Reims dire la bonne aventure, au nom du roi d'Alger et de l'empereur
d'Allemagne. Vous pensez bien qu'il n'en
fallut pas davantage pour qu'on leur inter-
dît l'entrée de la ville. Alors toute la bande
campa de bonne grâce près la porte de
Braine, sur cette butte où il y a un moulin,
à côté des trous des anciennes crayères. Et
ce fut dans Reims à qui les irait voir. Ils vous
regardaient dans la main et vous disaient
des prophéties merveilleuses; ils étaient de
force à prédire à Judas qu'il serait pape. Il
courait cependant sur eux de méchans
bruits d'enfans volés, de bourses coupées et
de chair humaine mangée. Les gens sages
disaient aux fous : N'y allez pas, et y allaient
de leur côté en cachette. C'était donc un
emportement. Le fait est qu'ils disaient des
choses à étonner un cardinal. Les mères faisaient grand triomphe de leurs enfans de-

puis que les égyptiennes leur avaient lu dans
la main toutes sortes de miracles écrits en
païen et en turc. L'une avait un empereur,
l'autre un pape, l'autre un capitaine. La
pauvre Chantefleurie fut prise de curiosité;
elle voulut savoir ce qu'elle avait, et si sa
jolie petite Agnès ne serait pas un jour im-
pératrice d'Arménie ou d'autre chose. Elle
la porta donc aux égyptiens ; et les égyptiennes d'admirer l'enfant, de la caresser,
de la baiser avec leurs bouches noires, et
de s'émerveiller sur sa petite main, hélas !
à la grande joie de la mère. Elles firent fête
surtout aux jolis pieds et aux jolis souliers.
L'enfant n'avait pas encore un an. Elle bé-
gayait déjà, riait à sa mère comme une petite folle, était grasse et toute ronde, et
avait mille charmans petits gestes des anges
du paradis. Elle fut très-effarouché des égyptiennes, et pleura. Mais la mère la baisa
plus fort et s'en alla ravie de la bonne aventure que les devineresses avaient dite à son
Agnès. Ce devait être une béauté, une
vertu, une reine. Elle retourna donc dans

son galetas de la rue Folle-Peine, toute fière
d'y rapporter une reine. Le lendemain, elle
profita d'un moment où l'enfant dormait sur
son lit (car elle la couchait toujours avec
elle), laissa tout doucement la porte entr'ouverte, et courut raconter à une voisine
de la rue de la Séchesserie qu'il viendrait
un jour où sa fille Agnès serait servie à table par le roi d'Angleterre et l'archiduc
d'Éthiopie, et cent autres surprises. A son
retour, n'entendant pas de cris en montant
son escalier, elle se dit : Bon! l'enfant dort
toujours. Elle trouva sa porte plus grande
ouverte qu'elle ne l'avait laissée, elle entra
pourtant, la pauvre mère, et courut au lit...
— L'enfant n'y était plus, la place était vide.
Il n'y avait plus rien de l'enfant, sinon un
de ses jolis petits souliers. Elle s'élança hors
de la chambre, se jeta au bas de l'escalier,
et se mit à battre les murailles avec sa tête,
en criant : — Mon enfant ! qui a mon enfant? qui m'a pris mon enfant? — La rue
était déserte, la maison isolée ; personne
ne put lui rien dire. Elle alla par la ville,

elle fureta toutes les rues , courut çà et là
la journée entière , folle , égarée , terrible ,
flairant aux portes et aux fenêtres comme
une bête farouche qui a perdu ses petits.
Elle était haletante , échevelée, effrayante
à voir , et elle avait dans les yeux un feu
qui séchait ses larmes. Elle arrêtait les passans et criait : Ma fille ! ma fille ! ma jolie
petite fille ! celui qui me rendra ma fille ,
je serai sa servante , la servante de son
chien , et il me mangera le cœur , s'il veut.
— Elle rencontra monsieur le curé de Saint-
Remy , et lui dit : Monsieur le curé , je la-
bourerai la terre avec mes ongles , mais
rendez-moi mon enfant ! — C'était déchirant , Oudarde ; et j'ai vu un homme bien
dur , maître Ponce Lacabre , le procureur,
qui pleurait. — Ah ! la pauvre mère ! —
Le soir , elle rentra chez elle. Pendant son
absence , une voisine avait vu deux égyptiennes y monter en cachette avec un pa-
quet dans leurs bras , puis redescendre
après avoir refermé la porte , et s'enfuir en
hâte. Depuis leur départ, on entendait chez

Paquette des espèces de cris d'enfant. La mère rit aux éclats, monta l'escalier comme avec des ailes, enfonça sa porte comme avec un canon d'artillerie, et entra.... — Une chose affreuse, Oudarde! Au lieu de sa gentille petite Agnès, si vermeille et si fraîche, qui était un don du bon Dieu, une façon de petit monstre, hideux, boiteux, borgne, contrefait, se traînait en piaillant sur le carreau. Elle cacha ses yeux avec horreur. — Oh! dit-elle, est-ce que les sorcières auraient métamorphosé ma fille en cet animal effroyable? — On se hâta d'emporter le petit pied-bot; il l'aurait rendu folle. C'était un monstrueux enfant de quelque égyptienne donnée au diable. Il paraissait avoir quatre ans environ, et parlait une langue qui n'était point une langue humaine; c'était des mots qui ne sont pas possibles. — La Chantefleurie s'était jetée sur le petit soulier, tout ce qui lui restait de tout ce qu'elle avait aimé. Elle y demeura si long-temps immobile, muette, sans souffle, qu'on crut qu'elle y était morte. Tout-à-coup elle trembla de

tout son corps, couvrit sa relique de baisers
furieux, et se dégorgea en sanglots comme
si son cœur venait de crever. Je vous assure
que nous pleurions toutes aussi. Elle disait :
Oh ! ma petite fille ! ma jolie petite fille ! où
es-tu? et cela vous tordait les entrailles. Je
pleure encore d'y songer. Nos enfans, voyez-
vous ? C'est la moëlle de nos os. — Mon
pauvre Eustache ! tu es si beau, toi ! Si
vous saviez comme il est gentil ! Hier il me
disait : Je veux être gendarme, moi. O mon
Eustache ! si je te perdais ! — La Chantefleurie se leva tout-à-coup, et se mit à courir
dans Reims, en criant : — Au camp des
égyptiens ! au camp des égyptiens ! Des sergens pour brûler les sorcières ! — Les égyptiens étaient partis. — Il faisait nuit noire.
On ne put les poursuivre. Le lendemain, à
deux lieues de Reims, dans une bruyère
entre Gueux et Tilloy, on trouva les restes
d'un grand feu, quelques rubans qui avaient
appartenu à l'enfant de Paquette, des gouttes de sang et des crotins de bouc. La nuit
qui venait de s'écouler était précisément

celle d'un samedi. On ne douta plus que les, égyptiennes n'eussent fait le sabbat dans cette bruyère , et qu'ils n'eussent dévoré l'enfant en compagnie de Belzébuth , comme cela se pratique chez les mahométans. Quand la Chantefleurie apprit ces choses horribles, elle ne pleura pas , elle remua les lèvres comme pour parler, mais ne put. Le lende-main , ses cheveux étaient gris. Le surlen-demain , elle avait disparu.

— Voilà en effet une effroyable histoire , dit Oudarde , et qui ferait pleurer un Bour-guignon !

— Je ne m'étonne plus, ajouta Gervaise, que la peur des égyptiens vous talonne si fort !

— Et vous avez d'autant mieux fait , re-prit Oudarde, de vous sauver tout-à-l'heure avec votre Eustache, que ceux-ci aussi sont des égyptiens de Pologne.

— Non pas , dit Gervaise. On dit qu'ils viennent d'Espagne et de Catalogne.

— Catalogne ? c'est possible , répondit Oudarde. Pologne, Catalogne, Valogne, je

confonds toujours ces trois provinces-là. Ce
qui est sûr, c'est que ce sont des égyptiens.

— Et qui ont certainement, ajouta Gervaise, les dents assez longues pour manger
des petits enfans. Et je ne serais pas surprise
que la Smeralda en mangeât aussi un peu,
tout en faisant la petite bouche. Sa chèvre
blanche a des tours trop malicieux pour
qu'il n'y ait pas quelque libertinage là-
dessous.

. Mahiette marchait silencieusement. Elle
était absorbée dans cette rêverie qui est en
quelque sorte le prolongement d'un récit
douloureux, et qui ne s'arrête qu'après en
avoir propagé l'ébranlement, de vibration
en vibration, jusqu'aux dernières fibres
du cœur. Cependant Gervaise lui adressa la
parole : — Et l'on n'a pu savoir ce qu'est
devenue la Chantefleurie ? Mahiette ne répondit pas. Gervaise répéta sa question en
lui secouant le bras et en l'appelant par son
nom. Mahiette parut se réveiller de ses
pensées.

— Ce qu'est devenue la Chantefleurie ?

dit-elle en répétant machinalement les paroles dont l'impression était toute fraîche
dans son oreille ; puis faisant effort pour
ramener son attention au sens de ces paroles : Ah ! reprit-elle vivement, on ne l'a
jamais su.

Elle ajouta après une pause :

— Les uns ont dit l'avoir vue sortir de
Reims à la brune par la Porte-Fléchem-
bault ; les autres, au point du jour, par
la vieille Porte-Basée. Un pauvre a trouvé
sa croix d'or accrochée à la croix de pierre
dans la culture où se fait la foire. C'est ce
joyau qui l'avait perdue, en 61. C'était un
don du beau vicomte de Cormontreuil, son
premier amant. Paquette n'avait jamais voulu
s'en défaire, si misérable qu'elle eût été.
Elle y tenait comme à la vie. Aussi, quand
nous vîmes l'abandon de cette croix, nous
pensâmes toutes qu'elle était morte. Cependant il y a des gens du Cabaret-les-Vautes
qui dirent l'avoir vue passer sur le chemin
de Paris, marchant pieds nus sur les cailloux. Mais il faudrait alors qu'elle fût sortie

par la porte de Vesle, et tout cela n'est pas
d'accord. Ou, pour mieux dire, je crois
bien qu'elle est sortie en effet par la Porte
de Vesle, mais sortie de ce monde.

— Je ne vous comprends pas, dit Gervaise.

— La Vesle, répondit Mahiette avec un
sourire mélancolique, c'est la rivière.

— Pauvre Chantefleurie! dit Oudarde en
frissonnant, noyée!

— Noyée, reprit Mahiette, et qui eût dit
au bon père Guybertaut quand il passait
sous le pont de Tinqueux au fil de l'eau, en
chantant dans sa barque, qu'un jour sa
chère petite Paquette passerait aussi sous ce
pont-là, mais sans chanson et sans bateau?

— Et le petit soulier? demanda Gervaise.

— Disparu avec la mère, répondit Mahiette.

— Pauvre petit soulier! dit Oudarde.

Oudarde, grosse et sensible femme, se
serait fort bien satisfaite à soupirer de compagnie avec Mahiette. Mais Gervaise, plus
curieuse, n'était pas au bout de ses questions.

— Et le monstre ? dit-elle tout-à-coup à Mahiette.

— Quel monstre? demanda celle-ci.

— Le petit monstre égyptien laissé par les sorcières chez la Chantefleurie en échange de sa fille. Qu'en avez-vous fait ? J'espère bien que vous l'avez noyé aussi.

— Non pas, répondit Mahiette.

— Comment! brûlé alors? Au fait, c'est plus juste. Un enfant sorcier !

— Ni l'un ni l'autre, Gervaise. Monsieur l'archevêque s'est intéressé à l'enfant d'É-gypte, l'a exorcisé, l'a béni, lui a ôté bien soigneusement le diable du corps, et l'a envoyé à Paris pour être exposé sur le lit de bois, à Notre-Dame, comme enfant trouvé.

— Ces évêques! dit Gervaise, en grom-melant, parce qu'ils sont savans ils ne font rien comme les autres. Je vous demande un peu, Oudarde, mettre le diable aux en-fans-trouvés ! car c'était bien sûr le diable que ce petit monstre. — Hé bien, Mahiette, qu'est-ce qu'on en a fait à Paris? Je compte bien que pas une personne charitable n'en a voulu.

— Je ne sais pas, répondit la Rémoise ; c'est justement dans ce temps-là que mon mari a acheté le tabellionage de Beru, à deux lieues de la ville, et nous ne nous sommes plus occupés de cette histoire ; avec cela que devant Beru il y a les deux buttes de Cernay, qui vous font perdre de vue les clochers de la cathédrale de Reims.

Tout en parlant ainsi, les trois dignes bourgeoises étaient arrivées à la place de Grève. Dans leur préoccupation, elles avaient passé sans y arrêter, devant le bréviaire public de la Tour-Roland, et se dirigeaient machinalement vers le pilori autour duquel la foule grossissait à chaque instant. Il est probable que le spectacle qui y attirait en ce moment tous les regards, leur eût fait complètement oublier le Trou-aux-Rats, et la station qu'elles s'étaient proposé d'y faire, si le gros Eustache de six ans, que Mahiette traînait à sa main, ne leur en eût rappelé brusquement l'objet : — Mère,

dit-il, comme si quelque instinct l'avertissait que le Trou-aux-Rats était derrière lui,
à présent puis-je manger le gâteau ?

Si Eustache eût été plus adroit, c'est-à-
dire moins gourmand, il aurait encore attendu, et ce n'est qu'au retour, dans l'U-
niversité, au logis, chez maître Andry
Musnier, rue Madame-la-Valence, lorsqu'il
y aurait eu les deux bras de la Seine et les
cinq ponts de la Cité entre le Trou-aux-Rats
et la galette, qu'il eût hasardé cette question timide : — Mère, à présent, puis-je
manger le gâteau ?

Cette même question, imprudente au moment où Eustache la fit, réveilla l'attention
de Mahiette.

— A propos, s'écria-t-elle, nous oublions
la recluse! Montrez-moi donc votre Trou-
aux-Rats, que je lui porte son gâteau.

— Tout de suite, dit Oudarde, c'est une
charité.

Ce n'était pas là le compte d'Eustache.

— Tiens, ma galette! dit-il en heurtant
alternativement ses deux épaules et ses deux

oreilles, ce qui est en pareil cas le signe suprême du mécontentement.

Les trois femmes revinrent sur leurs pas,
et arrivées près de la maison de la Tour-
Roland, Oudarde dit aux deux autres : —
Il ne faut pas regarder toutes trois à-la-fois
dans le trou, de peur d'effaroucher la sachette. Faites semblant, vous deux, de dire
dominus dans le bréviaire pendant que je
mettrai le nez à la lucarne ; la sachette me
connaît un peu. Je vous avertirai quand
vous pourrez venir.

Elle alla seule à la lucarne. Au moment
où sa vue y pénétra, une profonde pitié se
peignit sur tous ses traits, et sa gaie et fran-
che physionomie changea aussi brusquement
d'expression et de couleur, que si elle eût
passé d'un rayon de soleil à un rayon de
lune ; son œil devint humide, sa bouche se
contracta comme lorsqu'on va pleurer. Un
moment après, elle mit un doigt sur ses lèvres et fit signe à Mahiette de venir voir.

Mahiette vint, émue, en silence et sur la
pointe des pieds, comme lorsqu'on approche du lit d'un mourant.

C'était en effet un triste spectacle, que celui qui s'offrait aux yeux des deux femmes, pendant qu'elles regardaient sans bouger ni souffler à la lucarne grillée du Trou-aux-Rats.

La cellule était étroite, plus large que profonde, voûtée en ogive, et vue à l'intérieur ressemblait assez à l'alvéole d'une grande mitre d'évêque. Sur la dalle nue qui en formait le sol, dans un angle, une femme était assise ou plutôt accroupie. Son menton était appuyé sur ses genoux, que ses deux bras croisés serraient fortement contre sa poitrine. Ainsi ramassée sur elle-même, vêtue d'un sac brun, qui l'enveloppait tout entière à larges plis, ses longs cheveux gris rabattus par devant, tombant sur son visage, le long de ses jambes jusqu'à ses pieds, elle ne présentait au premier aspect qu'une forme étrange, découpée sur le fond ténébreux de la cellule, une espèce de triangle noirâtre, que le rayon de jour venant de la lucarne tranchait crûment en deux nuances, l'une sombre, l'au-

tre éclairée. C'était un de ces spectres mi-
partis d'ombre et de lumière, comme on
en voit dans les rêves et dans l'œuvre extraordinaire de Goya, pâles, immobiles,
sinistres, accroupis sur une tombe ou ados-
sés à la grille d'un cachot. Ce n'était ni une
femme, ni un homme, ni un être vivant,
ni une forme définie : c'était une figure ;
une sorte de vision sur laquelle s'entrecou-
paient le réel et le fantastique, comme l'ombre et le jour. A peine sous ses cheveux ré-
pandus jusqu'à terre distinguait-on un profil
amaigri et sévère ; à peine sa robe laissait-
elle passer l'extrémité d'un pied nu, qui se
crispait sur le pavé rigide et gelé. Le peu de
forme humaine qu'on entrevoyait sous cette
enveloppe de deuil faisait frissonner.

Cette figure, qu'on eût crue scellée dans
la dalle, paraissait n'avoir ni mouvement,
ni pensée, ni haleine. Sous ce mince sac
de toile, en janvier, gisante à nu sur un
pavé de granit, sans feu, dans l'ombre
d'un cachot dont le soupirail oblique ne laissait arriver du dehors que la bise et jamais

le soleil , elle ne semblait pas souffrir, pas
même sentir. On eût dit qu'elle s'était faite
pierre avec le cachot , glace avec la saison.
Ses mains étaient jointes , ses yeux étaient
fixes. A la première vue on la prenait pour
un spectre , à la seconde pour une statue.

Cependant par intervalles ses lèvres bleues
s'entr'ouvraient à un souffle, et tremblaient;
mais aussi mortes et aussi machinales que
des feuilles qui s'écartent au vent.

Cependant de ses yeux mornes s'échappait un regard , un regard ineffable , un
regard profond , lugubre , imperturbable ,
incessamment fixé à un angle de la cellule
qu'on ne pouvait voir du dehors ; un regard
qui semblait rattacher toutes les sombres
pensées de cette ame en détresse à je ne sais
quel objet mystérieux.

Telle était la créature qui recevait de son
habitacle le nom de *recluse* et de son vêtement le nom de *sachette.*

Les trois femmes , car Gervaise s'était
réunie à Mahiette et à Oudarde, regardaient
par la lucarne. Leur tête interceptait le faible

jour du cachot, sans que la misérable qu'elles en privaient ainsi parût faire attention à elles. Ne la troublons pas, dit Oudarde à voix basse, elle est dans son extase : elle prie.

Cependant Mahiette considérait avec une anxiété toujours croissante cette tête hâve, flétrie, échevelée, et ses yeux se remplissaient de larmes. — Voilà qui serait bien singulier ! murmurait-elle.

Elle passa sa tête à travers les barreaux du soupirail, et parvint à faire arriver son regard jusque dans l'angle où le regard de la malheureuse était invariablement attaché.

Quand elle retira sa tête de la lucarne, son visage était inondé de larmes.

— Comment appelez-vous cette femme ? demanda-t-elle à Oudarde.

Oudarde répondit : — Nous la nommons sœur Gudule.

— Et moi, reprit Mahiette, je l'appelle Paquette-la-Chantefleurie.

Alors, mettant un doigt sur sa bouche, elle fit signe à Oudarde stupéfaite de passer sa tête par la lucarne et de regarder.

Oudarde regarda, et vit dans l'angle où l'œil de la recluse était fixé avec cette sombre extase, un petit soulier de satin rose, brodé de mille passequilles d'or et d'argent.

Gervaise regarda après Oudarde, et alors les trois femmes, considérant la malheureuse mère, se mirent à pleurer.

Ni leurs regards cependant, ni leurs larmes n'avaient distrait la recluse. Ses mains restaient jointes, ses lèvres muettes, ses yeux fixes, et pour qui savait son histoire, ce petit soulier regardé ainsi fendait le cœur.

Les trois femmes n'avaient pas encore proféré une parole ; elles n'osaient parler, même à voix basse. Ce grand silence, cette grande douleur, ce grand oubli où tout avait disparu hors une chose, leur faisait l'effet d'un maître-autel de Pâques ou de Noël. Elles se taisaient, elles se recueillaient, elles étaient prêtes à s'agenouiller. Il leur semblait qu'elles venaient d'entrer dans une église le jour de Ténèbres.

Enfin Gervaise, la plus curieuse des trois, et par conséquent la moins sensible, essaya de faire parler la recluse : — Sœur ! sœur Gudule.

Elle répéta cet appel jusqu'à trois fois, en haussant la voix chaque fois. La recluse ne bougea pas; pas un mot, pas un regard, pas un soupir, pas un signe de vie.

Oudarde à son tour, d'une voix plus douce et plus caressante : — Sœur ! dit-elle, sœur Sainte-Gudule !

Même silence, même immobilité.

— Une singulière femme ! s'écria Gervaise, et qui ne serait pas émue d'une bombarde !

— Elle est peut-être sourde , dit Oudarde en soupirant.

— Peut-être aveugle, ajouta Gervaise.

— Peut-être morte, reprit Mahiette.

Il est certain que si l'ame n'avait pas encore quitté ce corps inerte, endormi, léthargique, du moins s'y était-elle retirée et cachée à des profondeurs où les perceptions des organes extérieurs n'arrivaient plus.

— Il faudra donc, dit Oudarde, laisser le gâteau sur la lucarne ; quelque fils le prendra. Comment faire pour la réveiller ?

Eustache, qui jusqu'à ce moment avait été distrait p⬤ une petite voiture traînée par un gros chien, laquelle venait de passer, s'aperçut tout-à-coup que ses trois conductrices regardaient quelque chose à la lucarne, et la curiosité le prenant à son tour, il monta sur une borne, se dressa sur la pointe des pieds, et appliqua son gros visage vermeil à l'ouverture, en criant : — Mère, voyons donc que je voie !

A cette voix d'enfant, claire, fraîche, sonore, la recluse tressaillit. Elle tourna la tête avec le mouvement sec et brusque d'un ressort d'acier, ses deux longues mains décharnées vinrent écarter ses cheveux sur son front, et elle fixa sur l'enfant des yeux étonnés, amers, désespérés. Ce regard ne fut qu'un éclair. — O mon Dieu ! cria-t-elle tout-à-coup en cachant sa tête dans ses genoux, et il semblait que sa voix rauque déchirait sa poitrine en passant, au moins ne me montrez pas ceux des autres !

— Bonjour, madame, dit l'enfant avec gravité.

Cependant cette secousse avait, pour ainsi
dire, réveillé la recluse. Un long frisson parcourut tout son corps, de la tête aux pieds ;
ses dents claquèrent, elle releva à demi sa
tête et dit en serrant ses coudes contre ses
hanches et en prenant ses pieds dans ses
mains comme pour les réchauffer : — Oh !
le grand froid !

— Pauvre femme, dit Oudarde en grande
pitié, voulez-vous un peu de feu?

Elle secoua la tête en signe de refus.

— Eh bien, reprit Oudarde en lui présentant un flacon, voici de l'hypocras qui
vous réchauffera ; buvez.

Elle secoua de nouveau la tête, regarda
Oudarde fixement et répondit : — De l'eau.

— Oudarde insista.—Non, sœur, ce n'est
pas là une boisson de janvier. Il faut boire
un peu d'hypocras et manger cette galette
au levain de maïs, que nous avons cuite
pour vous.

Elle repoussa le gâteau que Mahiette lui
présentait et dit : — Du pain noir.

— Allons, dit Gervaise prise à son tour

de charité, et défaisant son roquet de laine,
voici un surtout un peu plus chaud que le
vôtre. Mettez ceci sur vos épaules.

Elle refusa le surtout comme le flacon et
le gâteau ; et répondit : — Un sac.

— Mais il faut bien, reprit la bonne Oudarde, que vous vous aperceviez un peu que
c'était hier fête.

— Je m'en aperçois, dit la recluse. Voilà
deux jours que je n'ai plus d'eau dans ma
cruche.

Elle ajouta après un silence : — C'est fête ;
on m'oublie. On fait bien. Pourquoi le monde
songerait-il à moi, qui ne songe pas à lui ? à
charbon éteint, cendre froide.

Et comme fatiguée d'en avoir tant dit,
elle laissa retomber sa tête sur ses genoux.
La simple et charitable Oudarde, qui crut
comprendre à ses dernières paroles qu'elle
se plaignait encore du froid, lui répondit
naïvement : — Alors, voulez-vous un peu
de feu ?

— Du feu ! dit la sachette avec un accent
étrange ; et en ferez-vous aussi un peu à la

pauvre petite qui est sous terre depuis quinze ans ?

Tous ses membres tremblèrent, sa parole vibrait, ses yeux brillaient, elle s'était levée sur les genoux ; elle étendit tout-à-coup sa main blanche et maigre vers l'enfant qui la regardait avec un regard étonné : — Emportez cet enfant ! cria-t-elle. L'égyptienne va passer !

Alors elle tomba la face contre terre, et son front frappa la dalle avec le bruit d'une pierre sur une pierre. Les trois femmes la crurent morte. Un moment après pourtant, elle remua, et elles la virent se traîner sur les genoux et sur les coudes jusqu'à l'angle où était le petit soulier. Alors elles n'osèrent regarder ; elles ne la virent plus ; mais elles entendirent mille baisers et mille soupirs, mêlés à des cris déchirans et à des coups sourds comme ceux d'une tête qui heurte une muraille ; puis, après un de ces coups, tellement violent qu'elles en chancelèrent toutes les trois, elles n'entendirent plus rien.

— Se serait-elle tuée? dit Gervaise en se risquant à passer sa tête au soupirail. — Sœur, sœur Gudule !

— Sœur Gudule ! répéta Oudarde.

— Ah mon Dieu ! elle ne bouge plus ! reprit Gervaise, est-ce qu'elle est morte ? Gudule! Gudule!

Mahiette, suffoquée jusque-là à ne pouvoir plus parler, fit un effort. — Attendez, dit-elle ; puis se penchant vers la lucarne : Paquette ! dit-elle, Paquette-la-Chantefleurie !

Un enfant qui souffle ingénument sur la mèche mal allumée d'un pétard et se le fait éclater dans les yeux, n'est pas plus épouvanté que ne le fut Mahiette, à l'effet de ce nom brusquement lancé dans la cellule de sœur Gudule.

La recluse tressaillit de tout son corps, se leva debout sur ses pieds nus, et sauta à la lucarne avec des yeux si flamboyans, que Mahiette et Oudarde, et l'autre femme et l'enfant, reculèrent jusqu'au parapet du quai.

Cependant la sinistre figure de la recluse apparut collée à la grille du soupirail.—Oh! oh! criait-elle avec un rire effrayant, c'est l'égyptienne qui m'appelle!

En ce moment une scène qui se passait au pilori arrêta son œil hagard. Son front se plissa d'horreur, elle étendit hors de sa loge ses deux bras de squelette, et s'écria avec une voix qui ressemblait à un râle : — C'est donc encore toi, fille d'Égypte! c'est toi qui m'appelles; voleuse d'enfans! Eh bien! Maudite sois-tu! maudite! maudite! maudite!

IV.

UNE LARME POUR UNE GOUTTE D'EAU.

Ces paroles étaient, pour ainsi dire, le point de jonction de deux scènes qui s'étaient jusque-là développées parallèlement dans le même moment, chacune sur son théâtre particulier : l'une, celle qu'on vient de lire, dans le Trou-aux-Rats, l'autre, qu'on va lire, sur l'échelle du pilori. La première n'avait eu pour témoins que les trois femmes

avec lesquelles le lecteur vient de faire con-
naissance ; la seconde avait eu pour spectateurs tout le public que nous avons vu plus
haut s'amasser sur la place de Grève, autour du pilori et du gibet.

Cette foule, à laquelle les quatre sergens
qui s'étaient postés dès neuf heures du matin aux quatre coins du pilori avaient fait
espérer une exécution telle quelle, non pas
sans doute une pendaison, mais un fouet,
un essorillement, quelque chose enfin, cette
foule s'était si rapidement accrue que les
quatre sergens, investis de trop près,
avaient eu plus d'une fois besoin de la *serrer*, comme on disait alors, à grands coups
de boullaye et de croupe de cheval.

Cette populace, disciplinée à l'attente des
exécutions publiques, ne manifestait pas
trop d'impatience. Elle se divertissait à regarder le pilori, espèce de monument fort
simple, composé d'un cube de maçonnerie
de quelque dix pieds de haut, creux à l'intérieur. Un degré fort raide en pierre brute,
qu'on appelait par excellence *l'échelle*, con-

duisait à la plate-forme supérieure, sur laquelle on apercevait une roue horizontale en bois de chêne plein. On liait le patient sur cette roue, à genoux et les bras derrière le dos. Une tige en charpente, que mettait en mouvement un cabestan caché dans l'intérieur du petit édifice, imprimait une rotation à la roue toujours maintenue dans le plan horizontal, et présentait de cette façon la face du condamné successivement à tous les points de là place. C'est ce qu'on appelait tourner un criminel.

Comme on voit, le pilori de la Grève était loin d'offrir toutes les récréations du pilori des Halles. Rien d'architectural. Rien de monumental. Pas de toit à croix de fer, pas de lanterne octogone, pas de frêles colonnettes allant s'épanouir au bord du toit en chapiteaux d'acanthes et de fleurs, pas de gouttières chimériques et monstrueuses, pas de charpente cisclée, pas de fine sculpture profondément fouillée dans la pierre.

Il fallait se contenter de ces quatre pans de moellon avec deux contre-cœurs de grès,

et d'un méchant gibet de pierre, maigre et
nu, à côté.

Le régal eût été mesquin pour des amateurs d'architecture gothique. Il est vrai que
rien n'était moins curieux de monumens que
les braves badauds du moyen-âge, et qu'ils
se souciaient médiocrement de la beauté
d'un pilori.

Le patient arriva enfin lié au cul d'une
charrette, et quand il eut été hissé sur la
plate-forme, quand on put le voir de tous
les points de la place, ficelé à cordes et à
courroies sur la roue du pilori, une huée
prodigieuse, mêlée de rires et d'acclamations, éclata dans la place. On avait reconnu
Quasimodo.

C'était lui en effet. Le retour était étrange.
Pilorié sur cette même place où la veille il
avait été salué, acclamé et conclamé pape
et prince des fous, en cortége du duc d'É-
gypte, du roi de Thunes et de l'empereur
de Galilée. Ce qu'il y a de certain, c'est qu'il
n'y avait pas un esprit dans la foule, pas
même lui, tour-à-tour le triomphant et le

patient, qui dégageât nettement ce rapprochement dans sa pensée. Gringoire et sa philosophie manquaient à ce spectacle.

Bientôt Michel Noiret, trompette-juré du roi notre sire, fit faire silence aux manans, et cria l'arrêt, suivant l'ordonnance et commandement de monsieur le prévôt. Puis il se replia derrière la charrette avec ses gens en hoquetons de livrée.

Quasimodo, impassible, ne sourcillait pas. Toute résistance lui était rendue impossible par ce qu'on appelait alors, en style de chancellerie criminelle, *la véhémence et la fermeté des attaches*, ce qui veut dire que les lanières et les chaînettes lui entraient probablement dans la chair. C'est au reste une tradition de geôle et de chiourme qui ne s'est pas perdue, et que les menottes conservent encore précieusement parmi nous, peuple civilisé, doux, humain (le bagne et la guillotine entre parenthèses).

Il s'était laissé mener et pousser, porter, jucher, lier et relier. On ne pouvait rien deviner sur sa physionomie qu'un étonnement de sauvage ou d'idiot. On le savait sourd, on l'eût dit aveugle.

On le mit à genoux sur la planche circulaire : il s'y laissa mettre. On le dépouilla de chemise et de pourpoint jusqu'à la ceinture : il se laissa faire. On l'enchevêtra sous un nouveau système de courroies et d'ardillons : il se laissa boucler et ficeler. Seulement de temps à autre il soufflait bruyamment, comme un veau dont la tête pend et ballotte au rebord de la charrette du boucher.

— Le butor, dit Jehan Frollo du Moulin à son ami Robin Poussepain (car les deux écoliers avaient suivi le patient, comme de raison), il ne comprend pas plus qu'un hanneton enfermé dans une boîte !

Ce fut un fou rire dans la foule quand on vit à nu la bosse de Quasimodo, sa poitrine de chameau, ses épaules calleuses et velues. Pendant toute cette gaîté, un homme à la livrée de la ville, de courte taille et de robuste mine, monta sur la plate-forme et vint se placer près du patient. Son nom circula bien vite dans l'assistance. C'était

maître Picrrat Torterue, tourmenteur-juré
du Châtelet.

Il commença par déposer sur un angle du
pilori un sablier noir dont la capsule supérieure était pleine de sable rouge qu'elle
laissait fuir dans le récipient inférieur ; puis
il ôta son surtout mi-parti, et l'on vit pendre
à sa main droite un fouet mince et effilé
de longues lanières blanches, luisantes,
noueuses, tressées, armées d'ongles de métal. De la main gauche il repliait négligemment sa chemise autour de son bras droit,
jusqu'à l'aisselle.

Cependant Jehan Frollo criait, en élevant
sa tête blonde et frisée au-dessus de la foule
(il était monté pour cela sur les épaules de
Robin Poussepain) : Venez voir, messieurs,
mesdames ! voici qu'on va flageller péremp-
toirement maître Quasimodo, le sonneur de
mon frère monsieur l'archidiácre de Josas,
un drôle d'architecture orientale, qui a le
dos en dôme et les jambes en colonnes
torses !

Et la foule de rire, surtout les enfans et
les jeunes filles.

Enfin le tourmenteur frappa du pied. La roue se mit à tourner. Quasimodo chancela sous ses liens. La stupeur qui se peignit brusquement sur son visage difforme fit redoubler à l'entour les éclats-de rire.

Tout-à-coup, au moment où la roue dans sa révolution présenta à maître Pierrat le dos montueux de Quasimodo, maître Pierrat leva le bras; les fines lanières sifflèrent aigrement dans l'air comme une poignée de couleuvres, et retombèrent avec furie sur les épaules du misérable.

Quasimodo sauta sur lui-même, comme réveillé en sursaut. Il commençait à comprendre. Il se tordit dans ses liens; une violente contraction de surprise et de douleur décomposa les muscles de sa face; mais il ne jeta pas un soupir. Seulement il tourna la tête en arrière, à droite, puis à gauche, en la balançant comme fait un taureau piqué au flanc par un taon.

Un second coup suivit le premier, puis un troisième, et un autre, et un autre et toujours. La roue ne cessait pas de tourner ni les coups de pleuvoir. Bientôt le sang jaillit, on le vit ruisseler par mille filets sur les noires épaules du bossu ; et les grêles lanières, dans leur rotation qui déchirait l'air, l'éparpillaient en gouttes dans la foule.

Quasimodo avait repris, en apparence du moins, son impassibilité première. Il avait essayé, d'abord sourdement et sans grande secousse extérieure, de rompre ses liens. On avait vu son œil s'allumer, ses muscles se raidir, ses membres se ramasser, et les courroies et les chaînettes se tendre. L'effort était puissant, prodigieux, désespéré ; mais les vieilles gênes de la prévôté résistèrent. Elles craquèrent, et voilà tout. Quasimodo retomba épuisé. La stupeur fit place, sur ses traits, à un sentiment d'amer et profond découragement. Il ferma son œil unique, laissa tomber sa tête sur sa poitrine, et fit le mort.

Dès lors il ne bougea plus. Rien ne put lui arracher un mouvement. Ni son sang, qui ne cessait de couler, ni les coups qui redoublaient de furie, ni la colère du tourmenteur qui s'excitait lui-même et s'enivrait

de l'exécution, ni le bruit des horribles lanières plus acérées et plus sifflantes que des
pattes de bigailles.

Enfin un huissier du Châtelet vêtu de
noir, monté sur un cheval noir, en station
à côté de l'échelle depuis le commencement
de l'exécution, étendit sa baguette d'ébène
vers le sablier. Le tourmenteur s'arrêta. La
roue s'arrêta. L'œil de Quasimodo se rouvrit
lentement.

La flagellation était finie. Deux valets du
tourmenteur-juré lavèrent les épaules sai-
gnantes du patient, les frottèrent de je ne
sais quel onguent qui ferma sur-le-champ
toutes les plaies, et lui jetèrent sur le dos
une sorte de pagne jaune taillée en chasuble.
Cependant Pierrat Torterue faisait dégoutter
sur le pavé les lanières rouges et gorgées de
sang.

Tout n'était pas fini pour Quasimodo. Il
lui restait encore à subir cette heure de pilori que maître Florian Barbedienne avait
si judicieusement ajoutée à la sentence de
messire Robert d'Estouteville; le tout à la

plus grande gloire du vïeux jeu de mots
physiologique et psychologique de Jean de
Cumène : *Surdus absurdus*.

On retourna donc le sablier et on laissa le
bossu attaché sur la planche pour que justice fût faite jusqu'au bout.

Le peuple, au moyen-âge surtout, est
dans la société ce qu'est l'enfant dans la famille. Tant qu'il reste dans cet état d'ignorance première, de minorité morale et intellectuelle, on peut dire de lui comme de
l'enfant :

Cet âge est sans pitié.

Nous avons déjà fait voir que Quasimodo
était généralement haï, pour plus d'une
bonne raison, il est vrai. Il y avait à peine un
spectateur dans cette foule qui n'eût ou ne
crût avoir sujet de se plaindre du mauvais
bossu de Notre-Dame. La joie avait été universelle de le voir paraître au pilori ; et la
rude exécution qu'il venait de subir et la
piteuse posture où elle l'avait laissé, loin

d'attendrir la populace, avaient rendu sa haine plus méchante en l'armant d'une pointe de gaîté.

Aussi, une fois la *vindiote publique* satisfaite, comme jargonnent encore aujourd'hui les bonnets carrés, ce fut le tour des mille vengeances particulières. Ici comme dans la grand'salle, les femmes surtout éclataient. Toutes lui gardaient quelque rancune, les unes de sa malice, les autres de sa laideur. Les dernières étaient les plus furieuses.

— Oh! masque de l'Antechrist! disait l'une.

— Chevaucheur de manche à balai! criait l'autre.

—La belle grimace tragique, hurlait une troisième, et qui le ferait pape des fous, si c'était aujourd'hui hier!

— C'est bon, reprenait une vieille. Voilà la grimace du pilori. A quand celle du gibet?

— Quand seras-tu coiffé de ta grosse cloche à cent pieds sous terre, maudit sonneur?

— C'est pourtant ce diable qui sonne l'angelus!

— Oh! le sourd! le borgne! le bossu! le monstre!

— Figure à faire avorter une grossesse mieux que toutes médecines et pharmatiques!

Et les deux écoliers, Jehan du Moulin, Robin Poussepain, chantaient à tue-tête le vieux refrain populaire :

> Une hart
> Pour le pendard,
> Un fagot
> Pour le magot!

Mille autres injures pleuvaient, et les huées et les imprécations, et les rires, et les pierres çà et là.

Quasimodo était sourd, mais il voyait clair, et la fureur publique n'était pas moins énergiquement peinte sur les visages que dans les paroles. D'ailleurs les coups de pierre expliquaient les éclats de rire.

Il tint bon d'abord. Mais peu à peu cette

patience, qui s'était raidie sous le fouet du
tourmenteur, fléchit et lâcha pied à toutes
ces piqûres d'insectes. Le bœuf des Asturies,
qui s'est peu ému des attaques du picador,
s'irrite des chiens et des vanderilles.

Il promena d'abord lentement un regard
de menace sur la foule. Mais garrotté comme
il l'était, son regard fut impuissant à chasser ces mouches qui mordaient sa plaie. Alors
il s'agita dans ses entraves, et ses soubre-
sauts furieux firent crier sur ses ais la vieille
roue du pilori. De tout cela, les dérisions
et les huées s'accrurent.

Alors le misérable, ne pouvant briser son
collier de bête fauve enchaînée, redevint
tranquille; seulement par intervalles un soupir de rage soulevait toutes les cavités de sa
poitrine. Il n'y avait sur son visage ni honte
ni rougeur. Il était trop loin de l'état de
société et trop près de l'état de nature pour
savoir ce que c'est que la honte. D'ailleurs
à ce point de difformité, l'infamie est-elle
chose sensible? Mais la colère, la haine, le
désespoir abaissaient lentement sur ce visage

hideux un nuage de plus en plus sombre, de plus en plus chargé d'une électricité qui éclatait en mille éclairs dans l'œil du cyclope.

Cependant ce nuage s'éclaircit un moment au passage d'une mule qui traversait la foule et qui portait un prêtre. Du plus loin qu'il aperçut cette mule et ce prêtre, le visage du pauvre patient s'adoucit. A la fureur qui le contractait succéda un sourire étrange, plein d'une douceur, d'une mansuétude, d'une tendresse ineffables. A mesure que le prêtre approchait, ce sourire devenait plus net, plus distinct, plus radieux. C'était comme la venue d'un sauveur que le malheureux saluait. Toutefois, au moment où la mule fut assez près du pilori pour que son cavalier pût reconnaître le patient, le prêtre baissa les yeux, rebroussa brusquement chemin, piqua des deux, comme s'il avait eu hâte de se débarrasser de réclamations humiliantes, et fort peu de souci d'être salué et reconnu d'un pauvre diable en pareille posture.

Ce prêtre était l'archidiacre dom Claude Frollo.

Le nuage retomba plus sombre sur le front de Quasimodo. Le sourire s'y mêla encore quelque temps, mais amer, découragé, profondément triste.

Le temps s'écoulait. Il était là depuis une heure et demie au moins, déchiré, maltraité, moqué sans relâche et presque lapidé.

Tout-à-coup il s'agita de nouveau dans ses chaînes avec un redoublement de désespoir dont trembla toute la charpente qui le portait, et rompant le silence qu'il avait obstinément gardé jusqu'alors, il cria avec une voix rauque et furieuse qui ressemblait plutôt à un aboiement qu'à un cri humain et qui couvrit le bruit des huées : — A boire !

Cette exclamation de détresse, loin d'émouvoir les compassions, fut un surcroît d'amusement au bon populaire parisien qui entourait l'échelle, et qui, il faut le dire, pris en masse et comme multitude, n'était alors guère moins cruel et moins abruti que cette horrible tribu des truands chez laquelle nous avons déjà mené le lecteur, et qui était tout simplement la couche la plus inférieure du peuple. Pas une voix ne s'éleva autour du malheureux patient, si ce n'est pour lui faire raillerie de sa soif. Il est certain qu'en ce moment il était grotesque et repoussant plus encore que pitoyable, avec sa face empourprée et ruisselante, son œil égaré, sa bouche écumante de colère et de souffrance, et sa langue à demi tirée. Il faut dire encore que, se fût-il trouvé dans la cohue quelque bonne ame charitable de bourgeois ou de bourgeoise qui eût été tentée d'apporter un verre d'eau à cette misérable créature en peine, il régnait autour des marches infâmes du pilori un tel préjugé de honte et d'ignominie qu'il eût suffi pour repousser le bon Samaritain.

Au bout de quelques minutes, Quasimodo promena sur la foule un regard désespéré, et répéta d'une voix plus déchirante encore:
— A boire!

Et tous de rire.

— Bois ceci! criait Robin Poussepain en lui jetant par la face une éponge traînée dans le ruisseau. Tiens, vilain sourd! je suis ton débiteur.

II.   14

Une femme lui lançait une pierre à la tête :
— Voilà qui t'apprendra à nous réveiller la
nuit avec ton carillon de damné.

—Hé bien ! fils, hurlait un perclus en faisant effort pour l'atteindre de sa béquille,
nous jetteras-tu encore des sorts du haut
des tours de Notre-Dame ?

—Voici une écuelle pour boire ! reprenait
un homme en lui décochant dans sa poitrine
une cruche cassée. C'est toi qui, rien qu'en
passant devant elle, as fait accoucher ma
femme d'un enfant à deux têtes !

—Et ma chatte d'un chat à six pattes !
glapissait une vieille en lui lançant une
tuile.

—A boire ! répéta pour la troisième fois
Quasimodo pantelant.

En ce moment il vit s'écarter la populace.
Une jeune fille bizarrement vêtue sortit de
la foule. Elle était accompagnée d'une petite
chèvre blanche, à cornes dorées, et portait
un tambour de basque à la main.

L'œil de Quasimodo étincela. C'était la
bohémienne qu'il avait essayé d'enlever la

nuit précédente, algarade pour laquelle il
sentait confusément qu'on le châtiait en cet
instant même; ce qui du reste n'était pas le
moins du monde, puisqu'il n'était puni que
du malheur d'être sourd et d'avoir été jugé
par un sourd. Il ne douta pas qu'elle ne vînt
se venger aussi, et lui donner son coup
comme tous les autres.

Il la vit en effet monter rapidement l'é-
chelle. La colère et le dépit le suffoquaient.
Il eût voulu pouvoir faire crouler le pilori,
et si l'éclair de son œil eût pu foudroyer, l'é-
gyptienne eût été mise en poudre avant d'arriver sur la plate-forme.

Elle s'approcha, sans dire une parole, du
patient qui se tordait vainement pour lui
échapper, et, détachant une gourde de sa
ceinture, elle la porta doucement aux lèvres
arides du misérable.

Alors dans cet œil jusque-là si sec et si
brûlé, on vit rouler une grosse larme qui
tomba lentement le long de ce visage difforme et long-temps contracté par le désespoir. C'était la première peut-être que l'in-
fortuné eût jamais versée.

Cependant il oubliait de boire. L'égyptienne fit sa petite moue avec impatience, et appuya, en souriant, le gouleau à la bouche dentue de Quasimodo. Il but à longs traits. Sa soif était ardente.

Quand il eut fini, le misérable allongea ses lèvres noires, sans doute pour baiser la belle main qui venait de l'assister. Mais la jeune fille, qui n'était pas sans défiance peut-être, et se souvenait de la violente tentative de la nuit, retira sa main avec le geste effrayé d'un enfant qui craint d'être mordu par une bête.

Alors le pauvre sourd fixa sur elle un regard plein de reproche et d'une tristesse inexprimable.

C'eût été partout un spectable touchant que cette belle fille, fraîche, pure, charmante, et si faible en même temps, ainsi pieusement accourue au secours de tant de misère, de difformité et de méchanceté. Sur un pilori, ce spectacle était sublime.

Ce peuple lui-même en fut saisi, et se mit à battre des mains en criant : Noël ! Noël !

C'est dans ce moment que la recluse aperçut de la lucarne de son trou, l'égyptienne
sur le pilori et lui jeta son imprécation sinistre : —Maudite sois-tu , fille d'Égypte! maudite ! maudite !

V.

FIN DE L'HISTOIRE DE LA GALETTE.

La Esmeralda pâlit, et descendit du pilori en chancelant. La voix de la recluse la poursuivit encore : — Descends! descends! larronnesse d'Égypte, tu y remonteras!

— La sachette est dans ses lubies, dit le peuple en murmurant; et il n'en fut rien de plus. Car ces sortes de femmes étaient redoutées ; ce qui les faisait sacrées. On ne

s'attaquait pas volontiers alors à qui priait
jour et nuit.

L'heure était venue de ramener Quasimodo. On le détacha, et la foule se dispersa.

Près du Grand-Pont, Mahiette, qui s'en
revenait avec ses deux compagnes, s'arrêta
brusquement : — A propos , Eustache !
qu'as-tu fait de la galette ?

— Mère, dit l'enfant , pendant que vous
parliez avec cette dame qui était dans le
trou , il y avait un gros chien qui a mordu
dans ma galette. Alors j'en ai mangé aussi.

— Comment, monsieur, reprit-elle, vous
avez tout mangé ?

— Mère, c'est le chien. Je le lui ai dit ,
il ne m'a pas écouté. Alors j'ai mordu aussi,
tiens !

— C'est un enfant terrible , dit la mère
souriant et grondant à-la-fois. — Voyez-
vous ! Oudarde ? il mange déjà à lui seul
tout le cerisier de notre clos de Charlerange.
Aussi son grand-père dit que ce sera un capitaine. — Que je vous y reprenne , monsieur Eustache. — Va , gros lion !

Livre Septième.

I.

DU DANGER DE CONFIER SON SECRET

A UNE CHÈVRE.

Plusieurs semaines s'étaient écoulées.

On était aux premiers jours de mars. Le soleil , que Dubartas , ce classique ancêtre de la périphrase, n'avait pas encore nommé *le grand-duc des chandelles* , n'en était pas moins joyeux et rayonnant pour cela. C'était une de ces journées de printemps qui ont tant de douceur et de beauté que tout Paris,

répandu dans les places et les promenades,
les fête comme des dimanches. Dans ces
jours de clarté , de chaleur et de sérénité ,
il y a une certaine heure , surtout , où il
faut aller admirer le portail de Notre-Dame.
C'est le moment où le soleil , déjà incliné
vers le couchant , regarde presque en face
la cathédrale. Ses rayons , de plus en plus
horizontaux , se retirent lentement du pavé
de la place , et remontent le long de la façade à pic dont ils font saillir les mille ron-
des bosses sur leur ombre , tandis que la
grande rose centrale flamboie comme un
œil de cyclope , enflammé des réverbérations de la forge.

On était à cette heure-là.

Vis-à-vis la haute cathédrale , rougie
par le couchant, sur le balcon de pierre
pratiqué au-dessus du porche d'une riche
maison gothique qui faisait l'angle de la
place et de la rue du Parvis , quelque belles
jeunes filles riaient et devisaient avec toute
sorte de grâce et de folie. A la longueur du
voile qui tombait du sommet de leur coiffe

pointue , enroulée de perles , jusqu'à leurs
talons , à la finesse de la chemisette brodée
qui couvrait leurs épaules en laissant voir ,
selon la mode engageante d'alors , la naissance de leurs belles gorges de vierge , à
l'opulence de leurs jupes de dessous , plus
précieuses encore que leur surtout (recherche merveilleuse!) , à la gaze , à la soie ,
au velours dont tout cela était étoffé , et
surtout à la blancheur de leurs mains qui
les attestait oisives et paresseuses , il était
aisé de deviner de nobles et riches héritiè-
res. C'était en effet damoiselle Fleur-de-Lys
de Gondelaurier et ses compagnes , Diane
de Christeuil , Amelotte de Montmichel ,
Colombe de Gaillefontaine , et la petite de
Champchevrier, toutes filles de bonne maison , réunies en ce moment chez la dame
veuve de Gondelaurier , à cause de monseigneur de Beaujeu et de madame sa femme ,
qui devaient venir au mois d'avril à Paris ,
et y choisir des accompagneresses d'honneur pour madame la dauphine Marguerite,
lorsqu'on l'irait recevoir en Picardie des

mains des Flamands. Or, tous les hobereaux
de trente lieues à la ronde briguaient cette
faveur pour leurs filles, et bon nombre d'entre eux les avaient déjà amenées ou en-
voyées à Paris. Celles-ci avaient été confiées
par leurs parens à la garde discrète et vénérable de madame Aloïse de Gondelaurier,
veuve d'un ancien maître des arbalétriers du
roi, retirée, avec sa fille unique, en sa
maison de la place du Parvis-Notre-Dame,
à Paris.

Le balcon où étaient ces jeunes filles s'ouvrait sur une chambre richement tapissée
d'un cuir de Flandre de couleur fauve, imprimé à rinceaux d'or. Les solives qui
rayaient parallèlement le plafond, amusaient l'œil par mille bizarres sculptures
peintes et dorées. Sur ces bahuts ciselés de
splendides émaux chatoyaient çà et là ; une
hure de sanglier en faïence couronnait un
dressoir magnifique, dont les deux degrés
annonçaient que la maîtresse du logis était
femme ou veuve d'un chevalier banneret.
Au fond, à côté d'une haute cheminée ar-

moriée et blasonnée du haut en bas , était assise , dans un riche fauteuil de velours rouge , la dame de Gondelaurier , dont les cinquante-cinq ans n'étaient pas moins écrits sur son vêtement que sur son visage. A côté d'elle se tenait debout un jeune homme d'assez fière mine , quoiqu'un peu vaine et bravache , un de ces beaux garçons dont toutes les femmes tombent d'accord , bien que les hommes graves et physionomistes en haussent les épaules. Ce jeune cavalier portait le brillant habit de capitaine des archers de l'ordonnance du roi , lequel ressemble beaucoup trop au costume de Jupiter, qu'on a déjà pu admirer au premier livre de cette histoire , pour que nous en fatiguions le lecteur d'une seconde description.

Les damoiselles étaient assises , partie dans la chambre , partie sur le balcon , les unes sur des carreaux de velours d'Utrecht à cornières d'or , les autres sur des escabeaux de bois de chêne sculptés à fleurs et à figures. Chacune d'elles tenait sur ses genoux un pan d'une grande tapisserie à l'aiguille , à laquelle elles travaillaient en commun , et dont un bout traînait sur la natte qui recouvrait le plancher.

Elles causaient entre elles avec cette voix chuchotante et ces demi-rires étouffés d'un conciliabule de jeunes filles au milieu desquelles il y a un jeune homme. Le jeune. homme, dont la présence suffisait pour mettre en jeu tous ces amours-propres féminins, paraissait, lui , s'en soucier médiocrement; et tandis que c'était parmi les belles filles à qui attirerait son attention, il paraissait surtout occupé à fourbir , avec son gant de peau de daim, l'ardillon de son ceinturon.

De temps en temps la vieille dame lui adressait la parole tout bas , et il lui répondait de son mieux avec une sorte de politesse gauche et contrainte. Aux sourires , aux petits signes d'intelligence de madame Aloïse, aux clins d'yeux qu'elle détachait vers sa fille Fleur-de-Lys , en parlant bas au capitaine , il était facile de voir qu'il s'agissait de quelque fiançaille consommée , de quelque mariage, prochain sans doute , entre le jeune

homme et Fleur-de-Lys. Et à la froideur
embarrassée de l'officier, il était facile de
voir que, de son côté du moins, il ne s'a-
gissait plus d'amour. Toute sa mine expri-
mait une pensée de gêne et d'ennui que
nos sous-lieutenans de garnison traduiraient
admirablement aujourd'hui par : Quelle
chienne de corvée !

La bonne dame, fort entêtée de sa fille,
comme une pauvre mère qu'elle était, ne
s'apercevait pas du peu d'enthousiasme de
l'officier, et s'évertuait à lui faire remarquer tout bas les perfections infinies avec
lesquelles Fleur-de-Lys piquait son aiguille
ou dévidait son écheveau.

— Tenez, petit cousin, lui disait-elle
en le tirant par la manche pour lui parler à
l'oreille. Regardez-la donc ! la voilà qui se
baisse.

— En effet, répondit le jeune homme ;
et il retombait dans son silence distrait et
glacial.

Un moment après il fallait se pencher de
nouveau, et dame Aloïse lui disait : —

Avez-vous jamais vu figure plus avenante et plus égayée que votre accordée ? Est-on plus blanche ou plus blonde ? ne sont-ce pas là des mains accomplies ? et ce cou-là ne prend-il pas, à ravir, toutes les façons d'un cygne ? Que je vous envie par momens ! et que vous êtes heureux d'être homme, vilain libertin que vous êtes ! N'est-ce pas que ma Fleur-de-Lys est belle par adoration et que vous en êtes éperdu ?

— Sans doute, répondit-il tout en pensant à autre chose.

— Mais parlez-lui donc, dit tout-à-coup madame Aloïse en le poussant par l'épaule ; dites-lui donc quelque chose ; vous êtes devenu bien timide.

Nous pouvons affirmer à nos lecteurs que la timidité n'était ni la vertu ni le défaut du capitaine. Il essaya pourtant de faire ce qu'on lui demandait.

— Belle cousine, dit-il en s'approchant de Fleur-de-Lys, quel est le sujet de cet ouvrage de tapisserie que vous façonnez?

— Beau cousin, répondit Fleur-de-Lys

avec un accent de dépit, je vous l'ai déjà
dit trois fois : c'est la grotte de Neptunus.

Il était évident que Fleur-de-Lys voyait
beaucoup plus clair que sa mère aux manières froides et distraites du capitaine. Il
sentit la nécessité de faire quelque conversation.

— Et pour qui toute cette neptunerie?
demanda-t-il.

— Pour l'abbaye Saint - Antoine - des -
Champs, dit Fleur-de-Lys sans lever les
yeux.

Le capitaine prit un coin de la tapisserie:

— Qu'est-ce que c'est, ma belle cousine,
que ce gros gendarme qui souffle à pleines
joues dans une trompette?

— C'est Trito, répondit-elle.

Il y avait toujours une intonation un peu
boudeuse dans les brèves paroles de Fleur-
de-Lys. Le jeune homme comprit qu'il était
indispensable de lui dire quelque chose à
l'oreille, une fadaise, une galanterie, n'importe quoi. Il se pencha donc, mais il ne
put rien trouver dans son imagination de

plus tendre et de plus intime que ceci : —
Pourquoi votre mère porte-t-elle toujours
une cotte - hardie armoirée comme nos
grand's-mères du temps de Charles VII?
Dites-lui donc, belle cousine, que ce n'est
plus l'élégance d'à présent, et que son gond
et son laurier brodés en blason sur sa robe
lui donnent l'air d'un manteau de cheminée
qui marche. En vérité, on ne s'assied plus
ainsi sur sa bannière, je vous jure.

Fleur-de-Lys leva sur lui ses beaux yeux
pleins de reproche : Est-ce là tout ce que
vous me jurez? dit-elle à voix basse.

Cependant la bonne dame Aloïse, ravie
de les voir ainsi penchés et chuchotant, disait en jouant avec les fermoirs de son livre
d'heures :

— Touchant tableau d'amour!

Le capitaine, de plus en plus gêné, se
rabattit sur la tapisserie : — C'est vraiment
un charmant travail, s'écria-t-il.

A ce propos, Colombe de Gaillefontaine,
une autre belle blonde à peau blanche, bien
colletée de damas bleu, hasarda timidement

une parole qu'elle adressa à Fleur-de-Lys, dans l'espoir que le beau capitaine y répondrait. Ma chère Gondelaurier, avez-vous vu les tapisseries de l'hôtel de la Roche-Guyon?

N'est-ce pas l'hôtel où est enclos le jardin de la Lingère du Louvre? demanda en riant Diane Christeuil, qui avait de belles dents et par conséquent riait à tout propos. — Et où il y a cette grosse vieille tour de l'ancienne muraille de Paris? ajouta Amelotte de Montmichel, jolie brune bouclée et fraîche, qui avait habitudé de soupirer comme l'autre riait, sans savoir pourquoi.

— Ma chère Colombe, reprit dame Aloïse, voulez-vous pas parler de l'hôtel qui était à monsieur de Bacqueville, sous le roi Charles VI? il y a en effet de bien superbes tapisseries de haute lice.

— Charles VI! le roi Charles VI! grommela le jeune capitaine en retroussant sa moustache. Mon Dieu! que la bonne dame a souvenir de vieilles choses!

Madame de Gondelaurier poursuivait : —

Belles tapisseries, en vérité. Un travail si estimé qu'il passe pour singulier!

En ce moment Bérangère de Champchevrier, svelte petite fille de sept ans, qui regardait dans la place par les trèfles du balcon, s'écria : — Oh! voyez, belle marraine Fleur-de-Lys! la jolie danseuse qui danse là sur le pavé, et qui tambourine au milieu des bourgeois manans!

En effet, on entendait le frissonnement sonore d'un tambour de basque.

— Quelque égyptienne de Bohème, dit Fleur-de-Lys en se détournant nonchalamment vers la place.

Voyons! voyons! crièrent ses vives compagnes; et elles coururent toutes au bord du balcon, tandis que Fleur-de-Lys, rêveuse de la froideur de son fiancé, les suivait lentement, et que celui-ci, soulagé par cet incident qui coupait court à une conversation embarrassée, s'en revenait au fond de l'appartement de l'air satisfait d'un soldat relevé de service. C'était pourtant un charmant et gentil service que celui de la belle Fleur-de-

Lys, et il lui avait paru tel autrefois ; mais le capitaine s'était blasé peu à peu ; la perspective d'un mariage prochain le refroidissait davantage de jour en jour. D'ailleurs, il était d'humeur inconstante, et, faut-il le dire? de goût un peu vulgaire. Quoique de fort noble naissance, il avait contracté sous le harnois plus d'une habitude de soudard. La taverne lui plaisait, et ce qui s'ensuit. Il n'était à l'aise que parmi les gros mots, les galanteries militaires, les faciles beautés et les faciles succès. Il avait pourtant reçu de sa famille quelque éducation et quelques manières; mais il avait trop jeune couru le pays, trop jeune tenu garnison, et tous les jours le vernis du gentilhomme s'effaçait au dur frottement de son baudrier de gendarme. Tout en la visitant encore de temps en temps par un reste de respect humain, il se sentait doublement gêné chez Fleur-de-Lys; d'abord parce qu'à force de disperser son amour dans toutes sortes de lieux, il en avait fort peu réservé pour elle; ensuite parce qu'au milieu de tant de belles dames raides, épin-

glées et décentes, il tremblait sans cesse
que sa bouche habituée aux jurons ne prît
tout d'un coup le mors aux dents et s'échap-
pât en propos de taverne. Qu'on se figure le
bel effet!

Du reste, tout cela se mêlait chez lui à de
grandes prétentions d'élégance, de toilette
et de belle mine. Qu'on arrange ces choses
comme on pourra. Je ne suis qu'historien.

Il se tenait donc depuis quelques momens,
pensant ou ne pensant pas, appuyé en silence
au chambranle sculpté de la cheminée,
quand Fleur-de-Lys., se tournant soudain,
lui adressa la parole. Après tout, la pauvre
jeune fille ne le boudait qu'à son cœur dé-
fendant.

— Beau cousin, ne nous avez-vous pas
parlé d'une petite bohémienne que vous avez
sauvée, il y a deux mois, en faisant le contre-
guet la nuit, des mains d'une douzaine de
voleurs?

— Je crois que oui, belle cousine, dit le
capitaine.

— Eh bien! reprit-elle, c'est peut-être

cette bohémienne qui danse là dans le parvis. Venez voir si vous la connaissez, beau cousin Phœbus.

Il perçait un secret désir de réconciliation dans cette douce invitation qu'elle lui adressait de venir près d'elle, et dans ce soin de l'appeler par son nom. Le capitaine Phœbus de Chateaupers (car c'est lui que le lecteur a sous les yeux depuis le commencement de ce chapitre) s'approcha à pas lents du balcon. — Tenez, lui dit Fleur-de-Lys en posant tendrement sa main sur le bras de Phœbus. Regardez cette petite qui danse là dans ce rond. Est-ce votre bohémienne?

Phœbus regarda, et dit :

— Oui, je la reconnais à sa chèvre.

— Oh! la jolie petite chèvre en effet! dit Amelotte en joignant les mains d'admiration.

— Est-ce que ses cornes sont en or de vrai? demanda Bérangère.

Sans bouger de son fauteuil, dame Aloïse prit la parole : — N'est-ce pas une de ces bohémiennes qui sont arrivées l'an passé, par la porte Gibard?

— Madame ma mère, dit doucement
Fleur-de-Lys, cette porte s'appelle aujour-
d'hui porte d'Enfer.

Mademoiselle de Gondelaurier savait à
quel point le capitaine était choqué des façons de parler surannées de sa mère. En
effet, il commençait à ricaner en disant entre
ses dents : Porte Gibard ! Porte Gibard !
C'est pour faire passer le roi Charles VI !

Marraine, s'écria Bérangère dont les
yeux sans cesse en mouvement s'étaient levés
tout-à-coup vers le sommet des tours de
Notre-Dame. Qu'est-ce que c'est que cet
homme noir qui est là-haut?

Toutes les jeunes filles levèrent les yeux.
Un homme en effet était accoudé sur la balustrade culminante de la tour septentrionale, donnant sur la Grève. C'était un prêtre.
On distinguait nettement son costume, et
son visage appuyé sur ses deux mains. Du
reste, il ne bougeait non plus qu'une statue.
Son œil fixe plongeait dans la place. C'était
quelque chose de l'immobilité d'un milan
qui vient de découvrir un nid de moineaux
et qui le regarde.

— C'est monsieur l'archidiacre de Josas,
dit Fleur-de-Lys.

— Vous avez de bons yeux si vous le re-
connaissez d'ici ! observa la Gaillefontaine.

— Comme il regarde la petite danseuse !
reprit Diane de Christeuil.

— Gare à l'égyptienne, dit Fleur-de-Lys.
Car il n'aime pas l'Égypte.

— C'est bien dommage que cet homme
la regarde ainsi, ajouta Amelotte de Montmichel, car elle danse à éblouir.

— Beau cousin Phœbus, dit tout-à-coup
Fleur-de-Lys, puisque vous connaissez cette
petite bohémienne, faites-lui donc signe de
monter. Cela nous amusera.

— Oh oui ! s'écrièrent toutes les jeunes
filles en battant des mains.

— Mais c'est une folie, répondit Phœbus.
Elle m'a sans doute oublié, et je ne sais seulement pas son nom. Cependant, puisque
vous le souhaitez, mesdamoiselles, je vais
essayer. Et se penchant à la balustrade du
balcon, il se mit à crier : Petite !

La danseuse ne tambourinait pas en ce

moment. Elle tourna la tête vers le point d'où lui venait cet appel , son regard brillant se fixa sur Phœbus , et elle s'arrêta tout court.

Petite ! répéta le capitaine , et il lui fit signe du doigt de venir.

La jeune fille le regarda encore , puis elle rougit comme si une flamme lui était montée dans les joues , et , prenant son tambourin sous son bras , elle se dirigea , à travers les spectateurs ébahis , vers la porte de la maison où Phœbus l'appelait ; à pas lents , chancelante , et avec le regard troublé d'un oiseau qui cède à la fascination d'un serpent.

Un moment après , la portière de tapisserie se souleva , et la bohémienne parut sur le seuil de la chambre , rouge , interdite , essoufflée , ses grands yeux baissés , et n'osant faire un pas de plus.

Bérangère battit des mains.

Cependant la danseuse restait immobile sur le seuil de la porte. Son apparition avait produit sur ce groupe de jeunes filles un effet singulier. Il est certain qu'un vague et

indistinct désir de plaire au bel officier les
animait toutes à-la-fois, que le splendide
uniforme était le point de mire de toutes leurs
coquetteries, et que, depuis qu'il était présent, il y avait entre elles une certaine ri-
valité secrète, sourde, qu'elles s'avouaient
à peine à elles-mêmes, mais qui n'en éclatait pas moins à chaque instant dans leurs
gestes et leurs propos. Néanmoins, comme
elles étaient toutes à-peu-près dans la même
mesure de beauté, elles luttaient à armes
égales, et chacune pouvait espérer la victoire. L'arrivée de la bohémienne rompit
brusquement cet équilibre. Elle était d'une
beauté si rare que, au moment où elle parut
à l'entrée de l'appartement, il sembla qu'elle
y répandait une sorte de lumière qui lui
était propre. Dans cette chambre resserrée,
sous ce sombre encadrement de tentures et
de boiseries, elle était incomparablement
plus belle et plus rayonnante que dans la
place publique. C'était comme un flambeau
qu'on venait d'apporter du grand jour dans
l'ombre. Les nobles damoiselles en furent

malgré elles éblouies. Chacune se sentit en
quelque sorte blessée dans sa beauté. Aussi
leur front de bataille (qu'on nous passe l'expression) changea-t-il sur-le-champ , sans
qu'elles se dissent un seul mot. Mais elles
s'entendaient à merveille. Les instincts de
femmes se comprennent et se répondent plus
vite que les intelligences d'hommes. Il venait de leur arriver une ennemie : toutes le
sentaient, toutes se ralliaient. Il suffit d'une
goutte de vin pour rougir tout un verre
d'eau ; pour teindre d'une certaine humeur
toute une assemblée de jolies femmes, il suffit de la survenue d'une femme plus jolie,
— surtout lorsqu'il n'y a qu'un homme.

Aussi l'accueil fait à la bohémienne fut-il
merveilleusement glacial. Elles la considérè-
rent du haut en bas, puis s'entre-regardè-
rent, et tout fut dit : elles s'étaient comprises.
Cependant la jeune fille attendait qu'on lui
parlât, tellement émue qu'elle n'osait lever
les paupières.

Le capitaine rompit le silence le premier.

— Sur ma parole, dit-il avec son ton

d'intrépide fatuité , voilà une charmante
créature ! Qu'en pensez-vous, belle cousine?.

Cette observation, qu'un admirateur plus
délicat eût du moins faite à voix basse , n'é-
tait pas de nature à dissiper les jalousies fé-
minines qui se tenaient en observation devant la bohémienne.

Fleur-de-Lys répondit au capitaine avec
une doucereuse affectation de dédain : —
Pas mal.

Les autres chuchotaient.

Enfin , madame Aloïse , qui n'était pas
la moins jalouse , parce qu'elle l'était pour
sa fille , adressa la parole à la danseuse : —
Approchez , petite.

— Approchez , petite !' répéta avec une
dignité comique Bérangère , qui lui fût venue à la hanche.

L'égyptienne s'avança vers la noble dame.

— Belle enfant , dit Phœbus avec em-
phase en faisant de son côté quelques pas
vers elle , je ne sais si j'ai le suprême bonheur d'être reconnu de vous....

Elle l'interrompit en levant sur lui un sou-

rire et un regard pleins d'une douceur infinie : — Oh ! oui , dit-elle.

— Elle a bonne mémoire , observa Fleur-
de-Lys.

— Or ça , reprit Phœbus, vous vous êtes
bien prestement échappée l'autre soir. Est-
ce que je vous fais peur ?

— Oh, non , dit la bohémienne.

Il y avait dans l'accent dont cet *oh ! non* ,
fut prononcé à la suite de cet *oh! oui*, quelque chose d'ineffable dont Fleur-de-Lys fut
blessée.

— Vous m'avez laissé en votre lieu , ma
belle, poursuivit le capitaine dont la langue
se déliait en parlant à une fille des rues,
un assez rechigné drôle , borgne et bossu ,
le sonneur de cloches de l'évêque, à ce que
je crois. On m'a dit qu'il était bâtard d'un
archidiacre et diable de naissance. Il a un
plaisant nom : il s'appelle Quatre-Temps ,
Pâques-Fleuries , Mardi-Gras , je ne sais
plus ! Un nom de fête carillonnée , enfin !
Il se permettait donc de vous enlever ,
comme si vous étiez faite pour des bedeaux !

cela est fort. Que diable vous voulait-il donc,
ce chat-huant ? Hein, dites !

— Je ne sais, répondit-elle.

— Conçoit-on l'insolence ! un sonneur de
cloches enlever une fille, comme un vicomte ! un manant braconner sur le gibier
des gentilshommes ! voilà qui est rare. Au
demeurant, il l'a payé cher. Maître Pierrat
Torterue est le plus rude palefrenier qui ait
jamais étrillé un maraud ; et je vous dirai,
si cela peut vous être agréable, que le cuir
de votre sonneur lui a galamment passé par
les mains.

— Pauvre homme ! dit la bohémienne
chez qui ces paroles ravivaient le souvenir
de la scène du pilori.

Le capitaine éclata de rire. — Corne-de-
Bœuf ! voilà de la pitié aussi bien placée
qu'une plume au cul d'un porc ! Je veux
être ventru comme un pape, si....

Il s'arrêta tout court. — Pardon, mesdames ! je crois que j'allais lâcher quelque
sottise.

— Fi, monsieur ! dit la Gaillefontaine.

— Il parle sa langue à cette créature !
ajouta à demi-voix Fleur-de-Lys, dont le dépit croissait de moment en moment. Ce dépit ne diminua point quand elle vit le capitaine, enchanté de la bohémienne et surtout
de lui-même, pirouetter sur le talon en répétant avec une grosse galanterie naïve et
soldatesque : — Une belle fille, sur mon
ame !

— Assez sauvagement vêtue, dit Diane de
Christeuil, avec son rire de belles dents.

Cette réflexion fut un trait de lumière
pour les autres. Elle leur fit voir le côté at-
taquable de l'égyptienne : ne pouvant mordre sur sa beauté, elles se jetèrent sur son
costume.

— Mais cela est vrai, petite, dit la Montmichel ; où as-tu pris de courir ainsi par
les rues sans guimpe ni gorgerette ?

— Voilà une jupe courte à faire trembler,
ajouta la Gaillefontaine.

Ma chère, poursuivit assez aigrement
Fleur-de-Lys, vous vous ferez ramasser
par les sergens de la douzaine pour votre
ceinture dorée.

— Petite , petite , reprit la Christeuil
avec un sourire implacable , si tu mettais
honnêtement une manche sur ton bras, il
serait moins brûlé par le soleil.

C'était vraiment un spectacle digne d'un
spectateur plus intelligent que Phœbus, de
voir comme ces belles filles , avec leurs langues envenimées et irritées, serpentaient, glis-
saient et se tordaient autour de la danseûse
des rues; elles étaient cruelles et gracieuses;
elles fouillaient, elles furetaient malignement
dans sa pauvre et folle toilette de paillettes
et d'oripeaux. C'étaient des rires, des iro-
nies , des humiliations sans fin. Les sarcas-
mes pleuvaient sur l'égyptienne , et la bien-
veillance hautaine, et les regards méchans.
On eût cru voir de ces jeunes dames romaines qui s'amusaient à enfoncer des épingles
d'or dans le sein d'une belle esclave. On eût
dit d'élégantes levrettes chasseresses tournant , les narines ouvertes , les yeux ar-
dens , autour d'une pauvre biche des bois
que le regard du maître leur interdit de dévorer.

Qu'était-ce , après tout , devant ces filles de grande maison , qu'une misérable danseuse de place publique ? Elles ne semblaient tenir aucun compte de sa présence ; et parlaient d'elle , devant elle , à elle-même , à haute voix , comme de quelque chose d'assez malpropre , d'assez abject et d'assez joli.

La bohémienne n'était pas insensible à ces piqûres d'épingle. De temps en temps une pourpre de honte , un éclair de colère enflammaient ses yeux ou ses joues ; une parole dédaigneuse semblait hésiter sur ses lèvres ; elle faisait avec mépris cette petite grimace que le lecteur lui connaît ; mais elle se tenait immobile : elle attachait sur Phœbus un regard résigné , triste et doux. Il y avait aussi du bonheur et de la tendresse dans ce regard. On eût dit qu'elle se contenait , de peur d'être chassée.

Phœbus , lui , riait , et prenait le parti de la bohémienne avec un mélange d'impertinence et de pitié. — Laissez-les dire, petite ! répétait-il en faisant sonner ses éperons d'or; sans doute votre toilette est un peu extravagante et farouche; mais, charmante fille comme vous êtes, qu'est-ce que cela fait?

— Mon Dieu, s'écria la blonde Gaillefontaine, en redressant son cou de cygne avec un sourire amer, je vois que messieurs les archers de l'ordonnance du roi prennent aisément feu aux beaux yeux égyptiens.

— Pourquoi non? dit Phœbus.

A cette réponse, nonchalamment jetée par le capitaine comme une pierre perdue qu'on ne regarde même pas tomber, Colombe se prit à rire, et Diane, et Amelotte, et Fleur-de-Lys, à qui il vint en même temps une larme dans les yeux.

La bohémienne, qui avait baissé à terre son regard aux paroles de Colombe de Gaillefontaine, les releva rayonnans de joie et de fierté, et les fixa de nouveau sur Phœbus. Elle était bien belle en ce moment.

La vieille dame, qui observait cette scène, se sentait offensée, et ne comprenait pas.

— Sainte-Vierge, cria-t-elle tout-à-coup,

qu'ai-je donc là qui me remue dans les jambes? Ahi! la vilaine bête!

C'était la chèvre qui venait d'arriver à la recherche de sa maîtresse, et qui , en se précipitant vers elle, avait commencé par embarrasser ses cornes dans le monceau d'étoffe que les vêtemens de la noble dame entassaient sur ses pieds quand elle était assise.

Ce fut une diversion. La bohémienne, sans dire une parole, la dégagea.

— Oh! voilà la petîte chevrette qui a des pattes d'or, s'écria Bérangère en sautant de joie.

La bohémienne s'accroupit à genoux, et appuya contre sa joue la tête caressante de la chèvre. On eût dit qu'elle lui demandait pardon de l'avoir quittée ainsi.

Cependant Diane s'était penchée à l'oreille de Colombe. — Eh! mon Dieu! comment n'y ai-je pas songé plus tôt? C'est la bohémienne à la chèvre. On la dit sorcière, et que sa chèvre fait des momeries très-miraculeuses.

— Eh bien! dit Colombe, il faut que la

chèvre nous divertisse à son tour et nous fasse un miracle.

Diane et Colombe s'adressèrent vivement à l'égyptienne : — Petite, fais donc faire un miracle à ta chèvre.

— Je ne sais ce que vous voulez dire, répondit la danseuse.

— Un miracle, une magie, une sorcellerie enfin.

— Je ne sais. Et elle se remit à caresser sa jolie bête en répétant : Djali ! Djali !

En ce moment Fleur-de-Lys remarqua un sachet de cuir brodé suspendu au cou de la chèvre. — Qu'est-ce que cela ? demanda-t-elle à l'égyptienne.

L'égyptienne leva ses grands yeux vers elle, et lui répondit gravement : C'est mon secret.

— Je voudrais bien savoir ce que c'est que ton secret, pensa Fleur-de-Lys.

Cependant la bonne dame s'était levée avec humeur. — Or ça, la bohémienne, si toi ni ta chèvre n'avez rien à nous danser, que faites-vous céans ?

La bohémienne, sans répondre, se dirigea
lentement vers la porte. Mais plus elle en
approchait, plus son pas se ralentissait. Un
invincible aimant semblait la retenir. Tout-
à-coup elle tourna ses yeux humides de
larmes sur Phœbus, et s'arrêta.

— Vrai Dieu! s'écria le capitaine, on ne
s'en va pas ainsi. Revenez, et dansez-nous
quelque chose. A propos, belle d'amour,
comment vous appelez-vous?

— La Esmeralda, dit la danseuse sans le
quitter du regard.

A ce nom étrange, un fou rire éclata
parmi les jeunes filles.

— Voilà, dit Diane, un terrible nom pour
une demoiselle.

— Vous voyez bien, reprit Amelotte, que
c'est une charmeresse.

— Ma chère, s'écria solennellement dame
Aloïse, vos parens ne vous ont pas pêché ce
nom-là dans le bénitier du baptême.

Cependant, depuis quelques minutes,
sans qu'on fît attention à elle, Bérangère
avait attiré la chèvre dans un coin de la

chambre avec un massepain. En un instant,
elles avaient 'été toutes deux bonnes amies.
La curieuse enfant avait détaché le sachet
suspendu au cou de la chèvre, l'avait ouvert, et avait vidé sur la natte ce qu'il contenait : c'était un alphabet dont chaque lettre était inscrite séparément sur une petite
tablette de buis. A peine ces joujoux furent-
ils étalés sur la natte que l'enfant vit avec
surprise la chèvre, dont c'était là sans doute
un des *miracles,* tirer certaines lettres avec
sa patte d'or et les disposer, en les poussant
doucement, dans un ordre particulier. Au
bout d'un instant cela fit un mot que la chèvre semblait exercée à écrire, tant elle hésita peu à le former, et Bérangère s'écria
tout-à-coup en joignant les mains avec admiration :

— Marraine Fleur-de-Lys, voyez donc ce
que la chèvre vient de faire.

Fleur-de-Lys accourut et tressaillit. Les
lettres disposées sur le plancher formaient
ce mot :

Phœbus.

— C'est la chèvre qui a écrit cela? dé-
manda-t-elle d'une voix altérée.

— Oui, marraine, répondit Bérangère.
Il était impossible d'en douter; l'enfant ne
savait pas écrire.

— Voilà le secret, pensa Fleur-de-Lys.

Cependant, au cri de l'enfant, tout le
monde était accouru, et la mère, et les jeunes filles, et la bohémienne, et l'officier.

La bohémienne vit la sottise que venait
de faire la chèvre. Elle devint rouge, puis
pâle, et se mit à trembler comme une cou-
pable devant le capitaine, qui la regardait
avec un sourire de satisfaction et d'étonnement.

— *Phœbus!* chuchotaient les jeunes filles
stupéfaites; c'est le nom du capitaine!

— Vous avez une merveilleuse mémoire!
dit Fleur-de-Lys à la bohémienne pétrifiée.
Puis éclatant en sanglots : Oh! balbutia-t-
elle douloureusement en se cachant le visage
de ses deux belles mains, c'est une magicienne! Et elle entendait une voix plus
amère encore lui dire au fond du cœur :
C'est une rivale!

Elle tomba évanouie.

— Ma fille! ma fille! cria la mère effrayée. Va-t'en, bohémienne de l'enfer!

La Esmeralda ramassa en un clin-d'œil les malencontreuses lettres, fit signe à Djali, et sortit par une porte, tandis qu'on emportait Fleur-de-Lys par l'autre.

Le capitaine Phœbus, resté seul, hésita un moment entre les deux portes; puis il suivit la bohémienne.

II.

QU'UN PRÊTRE ET UN PHILOSOPHE

SONT DEUX.

Le prêtre que les jeunes filles avaient remarqué au haut de la tour septentrionale,
penché sur la place et si attentif à la danse
de la bohémienne, c'était en effet l'archidiacre Claude Frollo.

Nos lecteurs n'ont pas oublié la cellule
mystérieuse que l'archidiacre s'était réservée
dans cette tour. (Je ne sais, pour le dire en

passant, si ce n'est pas la même dont on peut voir encore aujourd'hui l'intérieur par une petite lucarne carrée, ouverte au levant à hauteur d'homme, sur la plate-forme d'où s'élancent les tours : un bouge, à présent nu, vide et délabré, dont les murs mal plâtrés sont *ornés* çà et là, à l'heure qu'il est, de quelques méchantes gravures jaunes représentant des façades de cathédrales. Je présume que ce trou est habité concurremment par les chauves-souris et les araignées, et que par conséquent il s'y fait aux mouches une double guerre d'extermination.)

Tous les jours, une heure avant le coucher du soleil, l'archidiacre montait l'escalier de la tour, et s'enfermait dans cette cellule, où il passait quelquefois des nuits entières. Ce jour-là, au moment où, parvenu devant la porte basse du réduit, il mettait dans la serrure la petite clef compliquée qu'il portait toujours sur lui dans l'escarcelle pendue à son côté, un bruit de tambourin et de castagnettes était arrivé à son oreille. Ce bruit venait de la place du Parvis. La

cellule, nous l'avons déjà dit , n'avait qu'une
lucarne donnant sur la croupe de l'église
Claude Frollo avait repris précipitamment
la clef , et un instant après , il était sur le
sommet de la tour, dans l'attitude sombre et
recueillie où les damoiselles l'avaient aperçu.

Il était là , grave, immobile, absorbé dans
un regard et dans une pensée. Tout Paris
était sous ses pieds , avec les mille flèches de
ses édifices et son circulaire horizon de
molles collines, avec son fleuve qui serpente
sous ses ponts et son peuple qui ondule dans
ses rues , avec le nuage de ses fumées , avec
la chaîne montueuse de ses toits qui presse
Notre-Dame de ses mailles redoublées; mais
dans toute cette ville, l'archidiacre ne regardait qu'un point du pavé : la place du
Parvis; dans toute cette foule , qu'une figure :
la bohémienne.

Il eût été difficile de dire de quelle nature
était ce regard, et d'où venait la flamme qui
en jaillissait. C'était un regard fixe , et pourtant plein de trouble et de tumulte. Et , à
l'immobilité profonde de tout son corps à

peine agité par intervalle d'un frisson machinal, comme un arbre au vent, à la raideur de ses coudes, plus marbre que la rampe où ils s'appuyaient, à voir le sourire pétrifié qui contractait son visage, on eût dit qu'il n'y avait plus dans Claude Frollo que les yeux de vivant.

La bohémienne dansait; elle faisait tourner son tambourin à la pointe de son doigt, et le jetait en l'air en dansant des sarabandes provençales; agile, légère, joyeuse, et ne sentant pas le poids du regard redoutable qui tombait à plomb sur sa tête.

La foule fourmillait autour d'elle; de temps en temps, un homme accoutré d'une casaque jaune et rouge faisait faire le cercle, puis revenait s'asseoir sur une chaise à quelques pas de la danseuse, et prenait la tête de la chèvre sur ses genoux. Cet homme semblait être le compagnon de la bohémienne. Claude Frollo, du point élevé où il était placé, ne pouvait distinguer ses traits.

Du moment où l'archidiacre eut aperçu cet inconnu, son attention sembla se par-

tager entre la danseuse et lui, et son visage
devint de plus en plus sombre. Tout-à-coup
il se redressa, et un tremblement parcourut
tout son corps : — Qu'est-ce que c'est que
cet homme? dit-il entre ses dents; je l'avais
toujours vue seule!

Alors il se replongea sous la voûte tor-
tueuse de l'escalier en spirale, et redescen-
dit. En passant devant la porte de la son-
erie, qui était entr'ouverte, il vit une chose
qui le frappa : il vit Quasimodo qui, penché
à une ouverture de ces auvens d'ardoises
qui ressemblent à d'énormes jalousies, regardait, aussi lui, dans la place. Il était en
proie à une contemplation si profonde qu'il
ne prit pas garde au passage de son père
adoptif. Son œil sauvage avait une expression singulière : c'était un regard charmé et
doux. — Voilà qui est étrange! murmura
Claude. Est-ce que c'est l'égyptienne qu'il
regarde ainsi? — Il continua de descendre.
Au bout de quelques minutes le soucieux
archidiacre sortit dans la place par la porte
qui est au bas de la tour.

— Qu'est donc devenue la bohémienne ?
dit-il en se mêlant au groupe des spectateurs
que le tambourin avait amassés.

— Je ne sais , répondit un de ses voisins,
elle vient de disparaître. Je crois qu'elle est
allée faire quelque fandangue dans la maison
en face, où ils l'ont appelée.

A la place de l'égyptienne, sur ce même
tapis dont les arabesques s'effaçaient le moment d'auparavant sous le dessin capricieux
de sa danse, l'archidiacre ne vit plus que
l'homme rouge et jaune , qui, pour gagner
à son tour quelques testons , se promenait
autour du cercle, les coudes sur les hanches,
la tête renversée , la face rouge, le cou
tendu, avec une chaise entre les dents. Sur
cette chaise , il avait attaché un chat qu'une
voisine avait prêté, et qui jurait fort effrayé.

— Notre-Dame ! s'écria l'archidiacre au
moment où le saltimbanque , suant à grosses
gouttes, passa devant lui avec sa pyramide
de chaise et de chat, que fait là maître
Pierre Gringoire ?

La voix sévère de l'archidiacre frappa le

pauvre diable d'une telle commotion qu'il
perdit l'équilibre avec tout son édifice, et
que la chaise et le chat tombèrent pêle-
mêle sur la tête des assistans, au milieu
d'une huée inextinguible.

Il est probable que maître Pierre Gringoire (car c'était bien lui) aurait eu un fâ-
cheux compte à solder avec la voisine au
chat, et toutes les faces contuses et égrati-
gnées qui l'entouraient, s'il ne se fût hâté
de profiter du tumulte pour se réfugier dans
l'église, où Claude Frollo lui avait fait signe
de le suivre.

La cathédrale était déjà obscure et déserte;
les contre-nefs étaient pleines de ténèbres,
et les lampes des chapelles commençaient à
s'étoiler, tant les voûtes devenaient noires.
Seulement la grande rose de la façade, dont
les mille couleurs étaient trempées d'un
rayon du soleil horizontal, reluisait dans
l'ombre comme un fouillis de diamans, et
répercutait à l'autre bout de la nef son
spectre éblouissant.

Quand ils eurent fait quelques pas, dom

Claude s'adossa à un pilier et regarda Gringoire fixement. Ce regard n'était pas celui
que Gringoire craignait, honteux qu'il était
d'avoir été surpris par une personne grave
et docte dans ce costume de baladin. Le
coup-d'œil du prêtre n'avait rien de mo-
queur et d'ironique; il était sérieux, tranquille et perçant. L'archidiacre rompit le
silence le premier.

— Venez çà, maître Pierre. Vous m'allez
expliquer bien des choses. Et d'abord, d'où
vient qu'on ne vous a pas vu depuis tantôt
deux mois, et qu'on vous retrouve dans les
carrefours, en bel équipage, vraiment! mi-
parti de jaune et de rouge, comme une
pomme de Caudebec?

— Messire, dit piteusement Gringoire,
c'est en effet un prodigieux accoutrement,
et vous m'en voyez plus pénaud qu'un chat
coiffé d'une calebasse. C'est bien mal fait,
je le sens, d'exposer messieurs les sergens
du guet à bâtonner sous cette casaque l'hu-
mérus d'un phylosophe pythagoricien. Mais
que voulez-vous, mon révérend maître? la

faute en est à mon ancien justaucorps, qui
m'a lâchement abandonné au commencement de l'hiver, sous prétexte qu'il tombait
en loques et qu'il avait besoin de s'aller reposer dans la hotte du chiffonnier. Que faire?
la civilisation n'en est pas encore arrivée au
point que l'on puisse aller tout nu, comme
le voulait l'ancien Diogénès. Ajoutez qu'il
ventait un vent très-froid, et ce n'est pas au
mois de janvier qu'on peut essayer avec succès de faire faire ce nouveau pas à l'humanité. Cette casaque s'est présentée, je l'ai
prise, et j'ai laissé là ma vieille souquenille
noire, laquelle, pour un hermétique comme
moi, était fort peu hermétiquement close.
Me voilà donc en habit d'histrion, comme
saint Genest. Que voulez-vous? c'est une
éclipse. Apollo a bien gardé les gorrines
chez Admétès.

— Vous faites là un beau métier! reprit
l'archidiacre.

— Je conviens, mon maître, qu'il vaut
mieux philosopher et poétiser, souffler la
flamme dans le fourneau ou la recevoir du

ciel, que de porter des chats sur le pavois.
Aussi, quand vous m'avez apostrophé, ai-je
été aussi sot qu'un âne devant un tourne-
broche. Mais que voulez-vous, messire? il
faut vivre tous les jours, et les plus beaux
vers alexandrins ne valent pas sous la dent
un morceau de fromage de Brie. Or, j'ai fait
pour madame Marguerite de Flandre ce fa-
meux épithalame que vous savez, et la ville
ne me le paie pas, sous prétexte qu'il n'était
pas excellent, comme si l'on pouvait donner
pour quatre écus une tragédie de Sophoclès.
J'allais donc mourir de faim. Heureusement
je me suis trouvé un peu fort du côté de la
mâchoire, et je lui ai dit à cette mâchoire :
Fais des tours de force et d'équilibre;
nourris-toi toi-même. *Ale te ipsam.* Un tas
de gueux, qui sont devenus mes bons amis,
m'ont appris vingt sortes de tours hercu-
léens, et maintenant, je donne tous les
soirs à mes dents le pain qu'elles ont gagné
dans la journée à la sueur de mon front.
Après tout, *concedo,* je concède que c'est un
triste emploi de mes facultés intellectuelles,

et que l'homme n'est pas fait pour passer sa
vie à tambouriner et à mordre des chaises.
Mais, révérend maître, il ne suffit pas de
passer sa vie, il faut la gagner.

Dom Claude écoutait en silence. Tout-à-
coup son œil enfoncé prit une telle expression sagace et pénétrante, que Gringoire se
sentit, pour ainsi dire, fouillé jusqu'au fond
de l'ame par ce regard.

— Fort bien, maître Pierre; mais d'où
vient que vous êtes maintenant en compagnie
de cette danseuse d'Égypte?

— Ma foi! dit Gringoire, c'est qu'elle est
ma femme et que je suis son mari.

L'œil ténébreux du prêtre s'enflamma.

— Aurais-tu fait cela, misérable? cria-t-il
en saisissant avec fureur le bras de Gringoire; aurais-tu été assez abandonné de
Dieu pour porter la main sur cette fille?

— Sur ma part de paradis, monseigneur,
répondit Gringoire tremblant de tous ses
membres, je vous jure que je ne l'ai pas
touchée, si c'est là ce qui vous inquiète.

— Et que parles-tu donc de mari et de
femme? dit le prêtre.

Gringoire se hâta de lui conter le plus suc-
cinctement possible tout ce que le lecteur
sait déjà, son aventure de la Cour-des-
Miracles et son mariage au pot cassé. Il paraît du reste que ce mariage n'avait eu encore aucun résultat, et que chaque soir la
bohémienne lui escamotait sa nuit de noces
comme le premier jour. — C'est un déboire,
dit-il en terminant, mais cela tient à ce que
j'ai eu le malheur d'épouser une vierge.

—Que voulez-vous dire? demanda l'archidiacre, qui s'était apaisé par degrés à ce récit.

— C'est assez difficile à expliquer, répondit le poète. C'est une superstition. Ma
femme est, à ce que m'a dit un vieux peigre
qu'on appelle chez nous le duc d'Égypte,
un enfant trouvé ou perdu, ce qui est la
même chose. Elle porte au cou une amulette,
qui, assure-t-on, lui fera un jour rencontrer ses parens, mais qui perdrait sa vertu
si la jeune fille perdait la sienne. Il suit de
là que nous demeurons tous deux très-ver-
tueux.

— Donc, reprit Claude, dont le front

s'éclaircissait de plus en plus, vous croyez, maître Pierre, que cette créature n'a été approchée d'aucun homme?

— Que voulez-vous, dom Claude, qu'un homme fasse à une superstition? Elle a cela dans la tête. J'estime que c'est à coup sûr une rareté qué cette pruderie de nonne qui se conserve farouche au milieu de ces filles bohêmes, si facilement apprivoisées. Mais elle a pour se protéger trois choses : le duc d'Égypte, qui l'a prise sous sa sauve-garde, comptant peut-être la vendre à quelque damp abbé; toute sa tribu qui la tient en vénération singulière, comme une notre-Dame; et un certain poignard mignon, que la luronne porte toujours sur elle dans quelque coin, malgré les ordonnances du prévôt, et qu'on lui fait sortir aux mains en lui pressant la taille. C'est une fière guêpe, allez!

L'archidiacre serra Gringoire de questions.

La Esmeralda était, au jugement de Gringoire, une créature inoffensive et charmante, jolie à cela près d'une moue qui lui était

particulière, une fille naïve et passionnée,
ignorante de tout, et enthousiaste de tout;
ne sachant pas encore la différence d'une
femme à un homme, même en rêve; faite
comme cela ; folle surtout de danse, de
bruit, de grand air ; une espèce de femme
abeille, ayant des ailes invisibles aux pieds,
et vivant dans un tourbillon. Elle devait cette
nature à la vie errante qu'elle avait toujours
menée. Gringoire était parvenu à savoir que,
tout enfant, elle avait parcouru l'Espagne et
la Catalogne, jusqu'en Sicile : il croyait
même qu'elle avait été emmenée par la ca-
ravane de zingari dont elle faisait partie,
dans le royaume d'Alger, pays situé en
Achaïe, laquelle Achaïe touche d'un côté à
la petite Albanie et à la Grèce, de l'autre à
la mer des Siciles, qui est le chemin de
Constantinople. Les Bohêmes, disait Gringoire, étaient vassaux du roi d'Alger, en sa
qualité de chef de la nation des maures
blancs. Ce qui était certain, c'est que la
Esmeralda était venue en France très-jeune
encore, par la Hongrie. De tous ces pays,

la jeune fille avait rapporté des lambeaux de
jargons bizarres, des chants et des idées
étrangères, qui faisaient de son langage
quelque chose d'aussi bigarré que son costume moitié parisien, moitié africain. Du
reste, le peuple des quartiers qu'elle fré-
quentait, l'aimait pour sa gaîté, pour sa
gentillesse, pour ses vives allures, pour ses
danses et pour ses chansons. Dans toute la
ville, elle ne se croyait haïe que de deux
personnes, dont elle parlait souvent avec
effroi : la sachette de la Tour-Roland, une
vilaine recluse qui avait on ne sait quelle
rancune aux égyptiennes, et qui maudissait
la pauvre danseuse chaque fois qu'elle passait devant sa lucarne ; et un prêtre qui ne
la rencontrait jamais sans lui jeter des regards et des paroles qui lui faisaient peur.
Cette dernière circonstance troubla fort l'archidiacre, sans que Gringoire fît grande attention à ce trouble ; tant il avait suffi de
deux mois pour faire oublier à l'insouciant
poète les détails singuliers de cette soirée où
il avait fait la rencontre de l'égyptienne, et

la présence de l'archidiacre dans tout cela.
Au demeurant la petite danseuse ne craignait rien ; elle ne disait pas la bonne aventure, ce qui la mettait à l'abri de ces procès
de magie si fréquemment intentés aux bohémiennes. Et puis, Gringoire lui tenait
lieu de frère, sinon de mari. Après tout, le
philosophe supportait très-patiemment cette
espèce de mariage platonique. C'était toujours un gîte et du pain. Chaque matin il
partait de la truanderie, le plus souvent avec
l'égyptienne ; il l'aidait à faire dans les carrefours sa récolte de targes et de petits-
blancs, chaque soir il rentrait avec elle sous
le même toit, la laissait se verrouiller dans
sa logette, et s'endormait du sommeil du
juste. Existence fort douce, à tout prendre,
disait-il, et fort propre à la rêverie. Et puis,
en son ame et conscience, le philosophe
n'était pas très-sûr d'être éperdument amoureux de la bohémienne. Il aimait presque
autant sa chèvre. C'était une charmante
bête, douce, intelligente, spirituelle, une
chèvre savante. Rien de plus commun au

moyen-âge que ces animaux savans dont on
s'émerveillait fort, et qui menaient fréquemment leurs instructeurs au fagot. Pourtant
les sorcelleries de la chèvre aux pattes dorées étaient de bien innocentes malices.
Gringoire les expliqua à l'archidiacre, que
ces détails paraissaient vivement intéresser.
Il suffisait dans la plupart des cas de présen-
ter le tambourin à la chèvre de telle ou de
telle façon, pour obtenir d'elle la mômerie
qu'on souhaitait. Elle avait été dressée à
cela par la bohémienne, qui avait à ces finesses un talent si rare qu'il lui avait suffi
de deux mois pour enseigner à la chèvre à
écrire avec des lettres mobiles le mot
Phœbus.

Phœbus! dit le prêtre : pourquoi *Phœbus?*

— Je ne sais, répondit Gringoire. C'est
peut-être un mot qu'elle croit doué de quelque vertu magique et secrète. Elle le répète
souvent à demi-voix quand elle se croit
seule.

— Êtes-vous sûr, reprit Claude avec son
regard pénétrant, que ce n'est qu'un mot
et que ce n'est pas un nom?

— Nom de qui? dit le poète.

— Que sais-je? dit le prêtre.

— Voilà ce que j'imagine, messire. Ces bohêmes sont un peu guèbres et adorent le soleil. De là Phœbus.

— Cela ne me semble pas si clair qu'à vous, maître Pierre.

— Au demeurant, cela ne m'importe. Quelle marmotte son Phœbus à son aise. Ce qui est sûr, c'est que Djali m'aime déjà presque autant qu'elle.

— Qu'est-ce que cette Djali?

— C'est la chèvre.

L'archidiacre posa son menton sur sa main, et parut un moment rêveur. Tout-à-coup il se retourna brusquement vers Gringoire.

— Et tu me jures que tu ne lui as pas touché?

— A qui? dit Gringoire; à la chèvre?

— Non, à cette femme.

— A ma femme? Je vous jure que non.

— Et tu es souvent seul avec elle?

— Tous les soirs, une bonne heure.

Dom Claude fronça le sourcil.

— Oh! oh! *Solus cum solá non cogitabuntur orare Pater noster.*

— Sur mon ame, je pourrais dire le *Pater*, et l'*Ave Maria* et le *Credo in Deum patrem omnipotentem*, sans qu'elle fît plus d'attention à moi qu'une poule à une église.

— Jure-moi par le ventre de ta mère, répéta l'archidiacre avec violence, que tu n'as pas touché à cette créature du bout du doigt.

— Je le jurerais aussi par la tête de mon père, car les deux choses ont plus d'un rapport. Mais, mon révérend maître, permettez-moi à mon tour une question.

— Parlez, monsieur.

— Qu'est-ce que cela vous fait?

La pâle figure de l'archidiacre devint rouge comme la joue d'une jeune fille. Il resta un moment sans répondre, puis avec un embarras visible :

— Écoutez, maître Pierre Gringoire. Vous n'êtes pas encore damné, que je sache. Je m'intéresse à vous et vous veux du bien. Or, le moindre contact avec cette égyptienne du démon vous ferait vassal de Satanas. Vous savez que c'est toujours le corps qui perd l'ame. Malheur à vous si vous approchez cette femme! Voilà tout.

— J'ai essayé une fois, dit Gringoire en se grattant l'oreille; c'était le premier jour : mais je me suis piqué.

— Vous avez eu cette effronterie, maître Pierre? Et le front du prêtre se rembrunit.

— Une autre fois! continua le poète en souriant, j'ai regardé avant de me coucher par le trou de sa serrure, et j'ai bien vu la plus délicieuse dame en chemise qui ait jamais fait crier la sangle d'un lit sous son pied nu.

— Va-t'en au diable, cria le prêtre avec un regard terrible, et, poussant par les épaules Gringoire émerveillé, il s'enfonça à grands pas sous les plus sombres arcades de la cathédrale.

III.

LES CLOCHES.

Depuis la matinée du pilori, les voisins de Notre-Dame avaient cru remarquer que l'ardeur carillonneuse de Quasimodo s'était fort refroidie. Auparavant c'était des sonneries à tout propos, de longues aubades qui duraient de Primes à Complies, des volées de beffroi pour une grand'messe, de riches gammes promenées sur les clochettes pour

un mariage, pour un baptême, et s'entre-
mêlant dans l'air comme une broderie de
toute sorte de sons charmans. La vieille
église, toute vibrante et toute sonore, était
dans une perpétuelle joie de cloches. On y
sentait sans cesse la présence d'un esprit de
bruit et de caprice qui chantait par toutes
ces bouches de cuivre. Maintenant cet esprit
semblait avoir diparu; la cathédrale paraissait morne et garder volontiers le silence;
les fêtes et les enterremens avaient leur
simple sonnerie, sèche et nue, ce que le
rituel exigeait, rien de plus; du double
bruit que fait une église, l'orgue au dedans,
la cloche au dehors, il ne restait que l'orgue.
On eût dit qu'il n'y avait plus de musicien
dans les clochers. Quasimodo y était toujours
pourtant; que s'était-il donc passé en lui?
était-ce que la honte et le désespoir du pilori
duraient encore au fond de son cœur, que
les coups de fouet du tourmenteur se ré-
percutaient sans fin dans son ame, et que
la tristesse d'un pareil traitement avait tout
éteint chez lui, jusqu'à sa passion pour les

cloches? ou bien, était-ce que Marie avait
une rivale dans le cœur du sonneur de
Notre-Dame, et que la grosse cloche et ses
quatorze sœurs étaient négligées pour quelque chose de plus aimable et de plus beau?

Il arriva que dans cette gracieuse année
1482, l'Annonciation tomba un mardi 25
mars. Ce jour-là l'air était si pur et si léger
que Quasimodo se sentit revenir quelque
amour de ses cloches. Il monta donc dans
la tour septentrionale, tandis qu'en bas le
bedeau ouvrait toutes larges les portes de
l'église, lesquelles étaient alors d'énormes
panneaux de fort bois couvert de cuir, bordés de clous de fer doré et encadrés de
sculptures « fort artificiellement élabou-
rées. »

Parvenu dans la haute cage de la sonnerie, Quasimodo considéra quelque temps
avec un triste hochement de tête les six cam-
panilles, comme s'il gémissait de quelque
chose d'étranger qui s'était interposé dans
son cœur entre elles et lui. Mais quand il les
eut mises en branle ; quand il sentit cette

grappe de cloches remuer sous sa main ;
quand il vit, car il ne l'entendait pas, l'oc-
tave palpitante monter et descendre sur cette
échelle sonore comme un oiseau qui saute
de branche en branche ; quand le diable-
Musique, ce démon qui secoue un trousseau
étincelant de strettes, de trilles et d'arpéges,
se fut emparé du pauvre sourd, alors il redevint heureux, il oublia tout, et son cœur
qui se dilatait fit épanouir son visage.

Il allait et venait, il frappait des mains,
il courait d'une corde à l'autre, il animait
les six chanteurs de la voix et du geste,
comme un chef d'orchestre qui éperonne des
virtuoses intelligens.

—Va, disait-il, va, Gabrielle, verse tout
ton bruit dans la place, c'est aujourd'hui
fête. — Thibauld, pas de paresse, tu te ra-
lentis ; va, va donc, est-ce que tu t'es rouillé,
fainéant ? — C'est bien ! vite ! vite ! qu'on
ne voie pas le battant. Rends-les tous sourds
comme moi. — C'est cela, Thibauld, bravement ! Guillaume ! Guillaume ! tu es le plus
gros, et Pasquier est le plus petit, et Pas-

quier va le mieux. Gageons que ceux qui
entendent l'entendent mieux que toi.—Bien !
bien ! ma Gabrielle, fort ! plus fort ! — Hé !
que faites-vous donc là-haut tous deux, les
Moineaux ? je ne vous vois pas faire le plus
petit bruit. — Qu'est-ce que c'est que ces
becs de cuivre-là qui ont l'air de bâiller quand
il faut chanter ? Ça, qu'on travaille ! c'est
l'Annonciation. Il y a beau soleil, il faut un
beau carillon.— Pauvre Guillaume ! te voilà
tout essoufflé, mon gros !

Il était tout occupé d'aiguillonner ses cloches qui sautaient toutes les six à qui mieux
mieux, et secouaient leurs croupes luisantes
comme un bruyant attelage de mules espa-
gnoles piqué çà et là par les apostrophes du
sagal.

Tout-à-coup, en laissant tomber son regard entre les larges écailles ardoisées qui
recouvrent à une certaine hauteur le mur à
pic du clocher, il vit dans la place une jeune
fille bizarrement accoutrée, qui s'arrêtait,
qui développait à terre un tapis où une petite chèvre venait se poser, et un groupe

de spectateurs qui s'arrondissait à l'entour.
Cette vue changea subitement le cours de
ses idées, et figea son enthousiasme musical
comme un souffle d'air fige une résine en
fusion. Il s'arrêta, tourna le dos au carillon,
et s'accroupit derrière l'auvent d'ardoise,
en fixant sur la danseuse ce regard rêveur,
tendre et doux qui avait déjà une fois étonné
l'archidiacre. Cependant les cloches oubliées
s'éteignirent brusquement toutes à-la-fois,
au grand désappointement des amateurs de
sonnerie, lesquels écoutaient de bonne foi
le carillon de dessus le Pont-au-Change, et
s'en allèrent stupéfaits comme un chien à
qui l'on a montré un os et à qui l'on donne
une pierre.

IV.

'AN'ΑΓΚΗ.

Il advint que par une belle matinée de ce
même mois de mars, je crois que c'était le
samedi 29, jour de saint Eustache, notre
jeune ami l'écolier Jehan Frollo du Moulin
s'aperçut en s'habillant que ses grègues qui
contenaient sa bourse ne rendaient aucun
son métallique. — Pauvre bourse! dit-il en
la tirant de son gousset, quoi! pas le moin-

dre petit parisis! comme les dés, les pots de
bière et Vénus t'ont cruellement éventrée!
comme te voilà vide, ridée et flasque! Tu
ressembles à la gorge d'une furie! Je vous
le demande, messer Cicero et messer Seneca,
dont je vois les exemplaires tout racornis
épars sur le carreau, que me sert de savoir,
mieux qu'un général des monnaies ou qu'un
juif du Pont-aux-Changeurs, qu'un écu d'or
à la couronne vaut trente-cinq unzains de
vingt-cinq sous huit deniers parisis chaque,
et qu'un écu au croissant vaut trente-six
unzains de vingt-six sous et six deniers tournois pièce, si je n'ai pas un misérable liard
noir à risquer sur le double-six! Oh! consul
Cicero! ce n'est pas là une calamité dont on
se tire avec des périphrases, des *quemad-
modum* et des *verumenimvero!*

Il s'habilla tristement. Une pensée lui était
venue tout en ficelant ses bottines, mais il
la repoussa d'abord; cependant elle revint,
et il mit son gilet à l'envers, signe évident
d'un violent combat intérieur. Enfin, il jeta
rudement son bonnet à terre et s'écria : Tant

pis ! il en sera ce qu'il pourra. Je vais aller
chez mon frère ! j'attraperai un sermon, mais
j'attraperai un écu.

Alors il endossa précipitamment sa casaque à mahoîtres fourrées, ramassa son bonnet et sortit en désespéré.

Il descendit la rue de la Harpe vers la
Cité. En passant devant la rue de la Huchette,
l'odeur de ces admirables broches qui y
tournaient incessamment vint chatouiller son
appareil olfactif, et il donna un regard d'a-
mour à la cyclopéenne rôtisserie qui arracha
un jour au cordelier Calatagirone cette pathétique exclamation : *Veramente, queste
rotisserie sono cosa stupenda!* Mais Jean n'a-
vait pas de quoi déjeûner, et il s'enfonça
avec un profond soupir sous la porte du
Petit-Châtelet, cet énorme double-trèfle de
tours massives qui gardait l'entrée de la
Cité.

Il ne prit pas même le temps de jeter une
pierre en passant, comme c'était l'usage, à
la misérable statue de ce Périnet Leclerc,
qui avait livré le Paris de Charles VI aux

Anglais, crime que son effigie, la face écrasée de pierres et souillée de boue, a expié
pendant trois siècles, au coin des rues de la
Harpe et de Bussy, comme à un pilori éternel.

Le Petit-Pont traversé, la rue neuve
Sainte-Geneviève enjambée, Jehan de Mo-
lendino se trouva devant Notre-Dame. Alors
son indécision le reprit, et il se promena
quelques instans autour de la statue de
M. Legris, en se répétant avec angoisse : le
sermon est sûr, l'écu est douteux !

Il arrêta un bedeau qui sortait du cloître.
— Où est monsieur l'archidiacre de Josas ?

— Je crois qu'il est dans sa cachette de la
tour, dit le bedeau ; et je ne vous conseille
pas de l'y déranger, à moins que vous ne
veniez de la part de quelqu'un comme le
pape ou monsieur le roi.

Jehan frappa dans ses mains. — Bédiable,
voilà une magnifique occasion de voir la fa-
meuse logette aux sorcelleries !

Déterminé par cette réflexion, il s'enfonça
résolument sous la petite porte noire, et se

mit à monter la vis-de-saint-Gilles, qui mène
aux étages supérieurs de la tour. — Je vais
voir ! se disait-il chemin faisant. Par les cor-
bignolles de la sainte Vierge ! ce doit être
chose curieuse que cette cellule que mon
révérend frère cache comme son pudendum !
On dit qu'il y allume des cuisines d'enfer, et
qu'il y fait cuire à gros feu la pierre philosophale. Bédieu ! je me soucie de la pierre
philosophale comme d'un caillou, et j'aime-
rais mieux trouver sur son fourneau une
omelette d'œufs de Pâques au lard que la
plus grosse pierre philosophale du monde!

Parvenu sur la galerie des colonnettes, il
souffla un moment, et jura contre l'intermi-
nable escalier par je ne sais combien de millions de charretées de diables ; puis il reprit
son ascension par l'étroite porte de la tour
septentrionale, aujourd'hui interdite au public. Quelques momens après avoir dépassé
la cage des cloches, il rencontra un petit
pallier pratiqué dans un renfoncement laté-
ral, et sous la voûte une basse-porte ogive,
dont une meurtrière, percée en face dans la

paroi circulaire de l'escalier, lui permit d'ob
server l'énorme serrure et la puissante arma-
ture de fer. Les personnes qui seraient curieuses aujourd'hui de visiter cette porte la
reconnaîtront à cette inscription , gravée en
lettres blanches dans la muraille noire :
J'ADORE CORALIE. 1823 , SIGNÉ UGÈNE. *Signé* est
dans le texte.

— Ouf! dit l'écolier ; c'est sans doute ici.
La clef était dans la serrure. La porte était
tout contre ; il la poussa mollement, et passa
sa tête par l'entre-ouverture.

Le lecteur n'est pas sans avoir feuilleté
l'œuvre admirable de Rembrandt, ce Shakespeare de la peinture. Parmi tant de merveilleuses gravures , il y a en particulier une
eau-forte qui représente , à ce qu'on suppose, le docteur Faust, et qu'il est impossible de contempler sans éblouissement. C'est
une sombre cellule ; au milieu est une table
chargée d'objets hideux : têtes de morts,
sphères, alambics, compas, parchemins
hiéroglyphiques. Le docteur est devant cette
table, vêtu de sa grosse houppelande et

coiffé, jusqu'aux sourcils, de son bonnet
fourré. On ne le voit qu'à mi-corps. Il est à
demi levé de son immense fauteuil; ses
poings crispés s'appuient sur la table, et il
considère, avec curiosité et terreur, un
grand cercle lumineux, formé de lettres
magiques, qui brille sur le mur du fond
comme le spectre solaire dans la chambre
noire. Ce soleil cabalistique semble trembler
à l'œil et remplit la blafarde cellule de son
rayonnement mystérieux. C'est horrible et
c'est beau.

Quelque chose d'assez semblable à la cellule de Faust s'offrit à la vue de Jehan, quand
il eut hasardé sa tête par la porte entrebâil-
lée. C'était de même un réduit sombre et à
peine éclairé. Il y avait aussi un grand fauteuil et une grande table, des compas, des
alambics, des squelettes d'animaux pendus
au plafond, une sphère roulant sur le pavé
des hippocéphales pêle-mêle avec des bocaux
où tremblaient des feuilles d'or, des têtes de
morts posées sur des vélins bigarrés de figures et de caractères, de gros manuscrits

empilés tout ouverts, sans pitié pour les angles cassans du parchemin ; enfin, toutes les ordures de la science , et partout sur ce fouillis de la poussière et des toiles d'araignées ; mais il n'y avait point de cercles de lettres lumineuses, point de docteur en extase, contemplant la flamboyante vision, comme l'aigle regarde son soleil.

Pourtant la cellule n'était point déserte. Un homme était assis dans le fauteuil et courbé sur la table. Jehan, auquel il tournait le dos, ne pouvait voir que ses épaules et le derrière de son crâne ; mais il n'eût pas de peine à reconnaître cette tête chauve, à laquelle la nature avait fait une tonsure éternelle, comme si elle avait voulu marquer, par ce symbole extérieur, l'irrésistible vocation cléricale de l'archidiacre.

Jehan reconnut donc son frère ; mais la porte s'était ouverte si doucement que rien n'avait averti dom Claude de sa présence. Le curieux écolier en profita pour examiner quelques instans à loisir la cellule. Un large fourneau, qu'il n'avait pas remarqué au pre-

mier abord, était à gauche du fauteuil, au-
dessous de la lucarne. Le rayon du jour qui
pénétrait par cette ouverture traversait une
ronde toile d'araignée, qui inscrivait avec
goût sa rosace délicate dans l'ogive de la lucarne, et au centre de laquelle l'insecte architecte se tenait immobile comme le moyeu
de cette roue de dentelle. Sur le fourneau
étaient accumulés en désordre toutes sortes
de vases, des fioles de grès, des cornues de
verre, des matras de charbon. Jehan observa, en soupirant, qu'il n'y avait pas un
poêlon. — Elle est fraîche, la batterie de
cuisine! pensa-t-il.

Du reste, il n'y avait pas de feu dans le
fourneau, et il paraissait même qu'on n'en
avait pas allumé depuis long-temps. Un masque de verre, que Jehan remarqua parmi
les ustensiles d'alchimie, et qui servait sans
doute à préserver le visage de l'archidiacre
lorsqu'il élaborait quelque substance redoutable, était dans un coin, couvert de poussière, et comme oublié. A côté gisait un souf-
flet non moins poudreux, et dont la feuille

supérieure portait cette légende, inscrustée
en lettres de cuivre : SPIRA, SPERA.

D'autres légendes étaient écrites, selon la
mode des hermétiques, en grand nombre
sur les murs; les unes tracées à l'encre, les
autres gravées avec une pointe de métal. Du
reste, lettres gothiques, lettres hébraïques,
lettres grecques et lettres romaines, pêle-
mêle; les inscriptions débordant au hasard,
celles-ci sur celles-là, les plus fraîches effaçant les plus anciennes, et toutes s'enchevê-
trant les unes dans les autres comme les
branches d'une broussaille, comme les piques d'une mêlée. C'était, en effet, une assez
confuse mêlée de toutes les philosophies, de
toutes les rêveries, de toutes les sagesses
humaines. Il y en avait une çà et là qui brillait sur les autres comme un drapeau parmi
les fers de lances. C'était, la plupart du temps,
une brève devise latine ou grecque, comme
les formulait si bien le moyen-âge : *Unde?*
indè? — *Homo homini monstrum.* — *Astra,*
castra, nomen, numen. — Μ·γα βιδλίον, μίγα
χχχίν. — *Sapere aude.* — *Flat ubi vult.* — etc.;

quelquefois un mot dénué de tout sens
apparent : — Ἀναγχοφαγία; — ce qui cachait
peut-être une allusion amère au régime du
cloître ; quelquefois enfin une simple maxime
de discipline cléricale formulée en un hexa-
mètre réglementaire : *Cœlestem dominum,
terrestrem dicito domnum.* Il y avait aussi
passim des grimoires hébraïques, auxquels
Jehan, déjà fort peu grec, ne comprenait
rien, et le tout était traversé à tout propos
par des étoiles, des figures d'hommes ou d'animaux et des triangles qui s'intersectaient, ce
qui ne contribuait pas peu à faire ressembler
la muraille barbouillée de la cellule à une
feuille de papier sur laquelle un singe aurait
promené une plume chargée d'encre.

L'ensemble de la logette, du reste, présentait un aspect général d'abandon et de déla-
brement; et le mauvais état des ustensiles
laissait supposer que le maître était déjà depuis assez long-temps distrait de ses travaux
par d'autres préoccupations.

Ce maître cependant, penché sur un vaste
manuscrit orné de peintures bizarres, pa-

raissait tourmenté par une idée qui venait
sans cesse se mêler à ses méditations. C'est
du moins ce que Jehan jugea en l'entendant
s'écrier, avec les intermittences pensives d'un
songe-creux qui rêve tout haut :

— Oui , Manou le dit et Zoroastre l'ensei-
gnait ! le soleil naît du feu, la lune du soleil ;
le feu est l'ame du grand tout ; ses atòmes
élémentaires s'épanchent et ruissellent incessamment sur le monde par courans infinis !
Aux points où ces courans s'entrecoupent
dans le ciel, ils produisent la lumière ; à leurs
points d'intersection dans la terre, ils produisent l'or.—La lumière, l'or ; même chose !
— Du feu à l'état concret. — La différence
du visible au palpable, du fluide au solide
pour la même substance, de la vapeur d'eau
à la glace, rien de plus. — Ce ne sont point
là des rêves , — c'est la loi générale de la
nature.— Mais comment faire pour soutirer
dans la science le secret de cette loi générale? Quoi! cette lumière qui inonde ma
main, c'est de l'or! ces mêmes atòmes dilatés
selon une certaine loi, il ne s'agit que de les

condenser selon une certaine autre loi. —
Comment faire?—Quelques-uns ont imaginé
d'enfouir un rayon du soleil.— Averroës,—
oui, c'est Averroës.—Averroës en a enterré
un sous le premier pilier de gauche du sanctuaire du koran, dans la grande mahomerie
de Cordoue ; mais on ne pourra ouvrir le caveau pour voir si l'opération a réussi que
dans huit mille ans.

   —Diable, dit Jehan à part lui, voilà qui est
long-temps attendre un écu.

   —... D'autres ont pensé, continua l'archidiacre rêveur, qu'il valait mieux opérer sur
un rayon de Sirius. Mais il est bien mal-aisé
d'avoir ce rayon pur, à cause de la présence
simultanée des autres étoiles qui viennent
s'y mêler. Flamel estime qu'il est plus simple
d'opérer sur le feu terrestre.—Flamel ! quel
nom de prédestiné, *Flamma !*—Oui, le feu.
Voilà tout.—Le diamant est dans le charbon,
l'or est dans le feu. —Mais comment l'en tirer ?— Magistri affirme qu'il y a de certains
noms de femmes d'un charme si doux et si
mystérieux qu'il suffit de les prononcer pen-

dant l'opération..... — Lisons ce qu'en dit
Manou : « Où les femmes sont honorées, les
» divinités sont réjouies ; où elles sont mépri-
» sées, il est inutile de prier Dieu. — La
» bouche d'une femme est constamment pure;
» c'est une eau courante, c'est un rayon de
» soleil. — Le nom d'une femme doit être
» agréable, doux, imaginaire ; finir par des
» voyelles longues et ressembler à des mots
» de bénédictions. » —... Oui, le sage a raison ; en effet la Maria, la Sophia, la Esme-
ral... — Damnation ! toujours cette pensée !

Et il ferma le livre avec violence.

Il passa la main sur son front, comme pour
chasser l'idée qui l'obsédait; puis il prit sur
la table un clou et un petit marteau dont le
manche était curieusement peint de lettres
cabalistiques.

— Depuis quelque temps, dit-il avec un
sourire amer, j'échoue dans mes expérien-
ces! l'idée fixe me possède, et me flétrit
le cerveau comme un trèfle de feu. Je n'ai
seulement pu retrouver le secret de Cassio-
dore dont la lampe brûlait sans mèche et
sans huile. Chose simple pourtant !

—Peste ! dit Jehan dans sa barbe.

—... Il suffit donc, continua le prêtre, d'une seule misérable pensée pour rendre un homme faible et fou ! Oh ! que Claude Pernelle rirait de moi, elle qui n'a pu détourner un moment Nicolas Flamel de la poursuite du grand œuvre ! Quoi ! je tiens dans ma main le marteau magique de Zéchiélé! à chaque coup que le redoutable rabbin, du fond de sa cellule, frappait sur ce clou avec ce marteau, celui de ses ennemis qu'il avait condamné, eût-il été à deux mille lieues, s'enfonçait d'une coudée dans la terre qni le dévorait. Le roi de France lui-même, pour avoir un soir heurté inconsidérément à la porte du thaumaturge, entra dans son pavé de Paris jusqu'aux genoux. — Ceci s'est passé il n'y a pas trois siècles.—Eh bien ! j'ai le marteau et le clou, et ce ne sont pas outils plus formidables dans mes mains qu'un hutin aux mains d'un taillandier.—Pourtant il ne s'agit que de retrouver le mot magique que prononçait Zéchiélé, en frappant sur son clou.

—Bagatelle ! pensa Jehan

—Voyons, essayons, reprit vivement l'archidiacre. Si je réussis, je verrai l'étincelle bleue jaillir de la tête du clou.—Emen-Hétan! Emen-Hétan! — Ce n'est pas cela. — Sigéani! Sigéani! — Que ce clou ouvre la tombe à quiconque porte le nom de Phœbus...! — Malédiction! toujours, encore, éternellement la même idée!

Et il jeta le marteau avec colère. Puis il s'affaissa tellement sur le fauteuil et sur la table, que Jehan le perdit de vue derrière l'énorme dossier. Pendant quelques minutes il ne vit plus que son poing convulsif crispé sur un livre. Tout-à-coup dom Claude se leva, prit un compas, et grava en silence sur la muraille en lettres capitales ce mot grec :

’AN’ΑΓKH.

—Mon frère est fou, dit Jehan en lui-même; il eût été bien plus simple d'écrire : *Fatum;* tout le monde n'est pas obligé de savoir le grec.

L'archidiacre vint se rasseoir dans son fau-

teuil, et posa sa tête sur ses deux mains,
comme fait un malade dont le front est lourd
et brûlant.

L'écolier observait son frère avec surprise.
Il ne savait pas, lui qui mettait son cœur en
plein air, lui qui n'observait de loi au monde
que la bonne loi de nature, lui qui laissait
s'écouler ses pasions par ses penchans, et chez
qui le lac des grandes émotions était toujours
à sec, tant il y pratiquait largement chaque
matin de nouvelles rigoles, il ne savait pas
avec quelle furie cette mer des passions humaines fermente et bouillonne lorsqu'on lui refusé toute issue, comme elle s'amasse, comme
elle s'enfle, comme elle déborde, comme elle
creuse le cœur, comme elle éclate en sanglots
intérieurs et en sourdes convulsions, jusqu'à ce qu'elle ait déchiré ses digues et crevé
son lit. L'enveloppe austère et glaciale de
Claude Frollo, cette froide surface de vertu
escarpée et inacessible, avait toujours trompé
Jehan. Le joyeux écolier n'avait jámais songé
à ce qu'il y a de lave bouillante, furieuse et
profonde sous le front de neige de l'Etna.

· Nous ne savons s'il se rendit compte subitement de ces idées ; mais tout évaporé qu'il était, il comprit qu'il avait vu ce qu'il n'aurait pas dû voir, qu'il venait de surprendre l'ame de son frère aîné dans une de ses plus secrètes attitudes , et qu'il ne fallait pas que Claude s'en aperçût. Voyant que l'archidiacre était retombé dans son immobilité première, il retira sa tête très-doucement, et fit quelque bruit de pas derrière la porte, comme quelqu'un qui arrive et qui avertit de son arrivée.

—Entrez ! cria l'archidiacre de l'intérieur de la cellule; je vous attendais. J'ai laissé exprès la clef à la porte ; entrez , maître Jacques.

L'écolier entra hardiment. L'archidiacre, qu'une pareille visite gênait fort en pareil lieu, tressaillit sur son fauteuil. — Quoi ! c'est vous , Jehan ?

— C'est toujours un J, dit l'écolier avec sa face rouge, effrontée et joyeuse.

· Le visage de dom Claude avait repris son expression sévère. — Que venez-vous faire ici ?

—Mon frère, répondit l'écolier en s'efforçant d'atteindre à une mine décente, piteuse
et modeste, et en tournant son bicoquet dans
ses mains avec un air d'innocence, je venais
vous demander...

— Quoi?

— Un peu de morale dont j'ai grand besoin. Jehan n'osa ajouter tout haut : et un
peu d'argent, dont j'ai plus grand besoin
encore. Ce dernier membre de sa phrase
resta inédit.

—Monsieur, dit l'archidiacre d'un ton
froid, je suis très-mécontent de vous.

—Hélas ! soupira l'écolier.

Dom Claude fit décrire un quart de
cercle à son fauteuil, et regarda Jehan fixement. —Je suis bien aise de vous voir.

C'était un exorde redoutable, Jehan se
prépara à un rude choc.

—Jehan, on m'apporte tous les jours des
doléances de vous. Qu'est-ce que c'est que
cette batterie où vous avez contus de bas-
tonnade un petit vicomte Albert de Ramon-
champ ?...

— Oh! dit Jean, grand'chose! un méchant page qui s'amusait à escailbotter les
écoliers, en faisant courir son cheval dans
les boues!

—Qu'est-ce que c'est, reprit l'archidiacre,
que ce Mahiet Fargel, dont vous avez déchiré la robe *Tunicam dechiraverunt*, dit la
plainte.

— Ah bah! une mauvaise cappette de
Montigu! voilà-t-il pas?

—La plainte dit *tunicam* et non *cappet-
tam*. Savez-vous le latin?

Jehan ne répondit pas.

— Oui, poursuivit le prêtre en secouant
la tête! voilà où en sont les études et les lettres maintenant. La langue latine est à peine
entendue, la syriaque inconnue, la grecque
tellement odieuse que ce n'est pas ignorance
aux plus savans de sauter un mot grec sans
le lire, et qu'on dit : *Græcum est, non legitur*.

L'écolier releva résolument les yeux. —
Monsieur mon frère, vous plaît-il que je vous
explique en bon parler français ce mot grec
qui est écrit là sur le mur?

— Quel mot ?

— ’ΑΝ’ΑΓΚΗ.

Une légère rougeur vint s’épanouir sur les joues pommelées de l’archidiacre, comme la bouffée de fumée qui annonce au dehors les secrètes commotions d’un volcan. L’écolier le remarqua à peine.

— Eh bien! Jehan, balbutia le frère ainé avec effort, qu’est-ce que ce mot veut dire ?

— FATALITÉ.

Dom Claude redevint pâle, et l’écolier poursuivit avec insouciance : — Et ce mot qui est au-dessous gravé par la même main, ’Αναγνεία, signifie *impureté*. Vous voyez qu’on sait son grec.

L’archidiacre demeurait silencieux. Cette leçon de grec l’avait rendu rêveur. Le petit Jehan, qui avait toutes les finesses d’un enfant gâté, jugea le moment favorable pour hasarder sa requête. Il prit donc une voix extrêmement douce, et commença.

— Mon bon frère, est-ce que vous m’avez en haine à ce point de me faire farouche mine pour quelques méchantes giffles et pugnalades distribuées en bonne guerre à je ne sais quels garçons et marmousets, *quibusdam mormosetis.* — Vous voyez, bon frère Claude, qu'on sait son latin?

Mais toute cette caressante hypocrisie n'eut point sur le sévère grand frère son effet accoutumé. Cerbère ne mordit pas au gâteau de miel. Le front de l'archidiacre ne se dérida pas d'un pli. — Où voulez-vous en venir? dit-il d'un ton sec.

—Eh bien, au fait! voici! répondit bravement Jehan : j'ai besoin d'argent.

A cette déclaration effrontée, la physionomie de l'archidiacre prit tout-à-fait l'expression pédagogique et paternelle.

—Vous savez, monsieur Jehan, que notre fief de Tirechappe ne rapporte, en mettant en bloc le cens et les rentes des vingt-une maisons, que trente-neuf livres onze sous six deniers parisis. C'est moitié plus que du temps des frères Paclet, mais ce n'est pas beaucoup.

—J'ai besoin d'argent, dit stoïquement Jehan.

—Vous savez que l'official a décidé que nos vingt-une maisons mouvaient en plein fief de l'évêché et que nous ne pourrions racheter cet hommage qu'en payant au révérend évêque deux marcs d'argent doré du prix de six livres parisis. Or, ces deux marcs, je n'ai encore pu les amasser. Vous le savez.

—Je sais que j'ai besoin d'argent, répéta Jehan pour la troisième fois.

—Et qu'en voulez-vous faire?

Cette question fit briller une lueur d'espoir aux yeux de Jehan. Il reprit sa mine chatte et doucereuse.

—Tenez, cher frère Claude, je ne m'adresserais pas à vous en mauvaise intention. Il ne s'agit pas de faire le beau dans les tavernes avec vos unzains et de me promener dans les rues de Paris en caparaçon de brocart, avec mon laquais, *com meo laquasio*. Non, mon frère, c'est pour une bonne œuvre.

—Quelle bonne œuvre! demanda Claude un peu surpris.

—Il y a deux de mes amis qui voudraient

acheter une layette à l'enfant d'une pauvre
veuve haudriette. C'est une charité. Cela
coûtera trois florins, et je voudrais mettre
le mien.

—Comment s'appellent vos deux amis?

—Pierre-l'Assommeur et Baptiste-Croque-
Oison.

—Hum! dit l'archidiacre; voilà des noms
qui vont à une bonne œuvre comme une
bombarde sur un maître-autel.

Il est certain que Jehan avait très-mal
choisi ses deux noms d'amis. Il le sentit
trop tard.

—Et puis, poursuivit le sage Claude,
qu'est-ce que c'est qu'une layette qui doit
coûter trois florins, et cela pour l'enfant
d'une haudriette? Depuis quand les veuves
haudriettes ont-elles des marmots au maillot?

Jehan rompit la glace encore une fois.—
Eh bien, oui! j'ai besoin d'argent pour aller
voir ce soir Isabeau-la-Thierrye au Val-
d'Amour!

—Misérable impur! s'écria le prêtre.

—Ἀναγνεία, dit Jehan.

Cette citation, que l'écolier empruntait, peut-être avec malice, à la muraille de la cellule, fit sur le prêtre un effet singulier. Il se mordit les lèvres, et sa colère s'éteignit dans la rougeur.

— Allez-vous-en, dit-il alors à Jehan. J'attends quelqu'un.

L'écolier tenta encore un effort. — Frère Claude, donnez-moi au moins un petit parisis pour manger.

— Où en êtes-vous des décrétales de Gratien? demanda Claude.

— J'ai perdu mes cahiers.

— Où en êtes-vous des humanités latines?

— On m'a volé mon exemplaire d'Horatius.

— Où en êtes-vous d'Aristoteles?

— Ma foi! frère, quel est donc ce père de l'église qui dit que les erreurs des hérétiques ont, de tout temps, eu pour repaire les broussailles de la métaphysique d'Aristoteles? Foin d'Aristoteles! je ne veux pas déchirer ma religion à sa métaphysique.

— Jeune homme, reprit l'archidiacre,

il y avait à la dernière entrée du Roi un gentilhomme appelé Philippe de Comines, qui portait brodée sur la houssure de son cheval sa devise, que je vous conseille de méditer : *Qui non laborat non manducet.*

L'écolier resta un moment silencieux, le doigt à l'oreille, l'œil fixé à terre, et la mine fâchée. Tout-à-coup il se retourna vers Claude avec la vive prestesse d'un hoche-queue.

— Ainsi, bon frère, vous me refusez un sou parisis pour acheter une croûte chez un talmellier !

— *Qui non laborat non manducet.*

A cette réponse de l'inflexible archidiacre, Jehan cacha sa tête dans ses mains, comme une femme qui sanglote, et s'écria avec une expression de désespoir : — O *:ototototoi*!

— Qu'est-ce que cela veut dire, monsieur? demanda Claude surpris de cette incartade.

Eh bien quoi! dit l'écolier; et il relevait sur Claude des yeux effrontés dans lesquels il venait d'enfoncer ses poings pour leur donner la rougeur des larmes : c'est du

grec ! c'est un anapeste d'Eschyles qui exprime parfaitement la douleur.

Et ici il partit d'un éclat de rire si bouffon
et si violent qu'il en fit sourire l'archidiacre.
C'était la faute de Claude en effet : pourquoi
avait-il tant gâté cet enfant ?

—Oh ! bon frère Claude, reprit Jehan
enhardi par ce sourire, voyez mes brode-
quins percés. Y a-t-il cothurne plus tragique
au monde que des bottines dont la semelle
tire la langue.

L'archidiacre était promptement revenu
à sa sévérité première. — Je vous enverrai
des bottines neuves, mais point d'argent.

— Rien qu'un pauvre petit parisis, frère,
poursuivit le suppliant Jehan. J'apprendrai
Gratien par cœur, je croirai en Dieu, je
serai un véritable Pythagoras de science et
de vertu. Mais un petit parisis, par grâce !
Voulez-vous que la famine me morde avec
sa gueule qui est là, béante, devant moi,
plus noire, plus puante, plus profonde qu'un
Tartare ou que le nez d'un moine ?

Dom Claude hocha son chef ridé. — *Qui
non laborat...*

Jehan ne le laissa pas achever.

—Eh bien, cria-t-il, au diable ! vive la joie ! Je m'entavernerai, je me battrai, je casserai les pots et j'irai voir les filles !

Et sur ce, il jeta son bonnet au mur, fit claquer ses doigts comme des castagnettes.

L'archidiacre le regarda d'un air sombre.

—Jehan, vous n'avez point d'ame.

—En ce cas, selon Épicurius, je manque d'un je ne sais quoi fait de quelque chose qui n'a pas de nom.

—Jehan, il faut songer sérieusement à vous corriger.

—Ah ça, cria l'écolier en regardant tour à tour son frère et les alambics du fourneau, tout est donc cornu ici, les idées et les bouteilles !

—Jehan, vous êtes sur une pente bien glissante. Savez-vous où vous allez ?

— Au cabaret, dit Jehan.

— Le cabaret mène au pilori.

— C'est une lanterne comme une autre ; et c'est peut-être avec celle-là que Diogène eût trouvé son homme.

—Le pilori mène à la potence.

—La potence est une balance qui a un homme à un bout et toute la terre à l'autre. Il est beau d'être homme.

—La potence mène à l'enfer.

—C'est un gros feu.

—Jehan, Jehan, la fin sera mauvaise.

—Le commencement aura été bon.

En ce moment le bruit d'un pas se fit entendre dans l'escalier.

—Silence! dit l'archidiacre en mettant un doigt sur sa bouche, voici maître Jacques. Écoutez, Jehan, ajouta-t-il à voix basse : gardez-vous de parler jamais de ce que vous avez vu et entendu ici. Cachez-vous vite sous ce fourneau, et ne soufflez pas.

L'écolier se blottit sous le fourneau; là il lui vint une idée féconde.

— A propos, frère Claude, un florin pour que je ne souffle pas.

—Silence! je vous le promets.

—Il faut me le donner.

—Prends donc ! dit l'archidiacre en lui jetant avec colère son escarcelle. Jehan se renfonça sous le fourneau, et la porte s'ouvrit.

V.

LES DEUX HOMMES VÊTUS DE NOIR.

Le personnage qui entra avait une robe
noire et la mine sombre. Ce qui frappa au
premier coup-d'œil notre ami Jehan (qui,
comme on s'en doute bien, s'était arrangé
dans son coin de manière à pouvoir tout
voir et tout entendre selon son bon plaisir),
c'était la parfaite tristesse du vêtement et du
visage de ce nouveau-venu. Il y avait pour-

tant quelque douceur répandue sur cette
figure, mais une douceur de chat ou de
juge, une douceur doucereuse. Il était fort
gris, ridé, touchait aux soixante ans, cli-
gnait des yeux, avait le sourcil blanc, la
lèvre pendante et de grosses mains. Quand
Jehan vit que ce n'était que cela, c'est-à-
dire sans doute un médecin ou un magistrat,
et que cet homme avait le nez très-loin de
la bouche, signe de bêtise, il se rencoigna
dans son trou, désespéré d'avoir à passer
un temps indéfini en si gênante posture et
en si mauvaise compagnie.

L'archidiacre cependant ne s'était pas
même levé pour ce personnage. Il lui avait
fait signe de s'asseoier sur un escabeau voisin de la porte, et après quelques momens
d'un silence qui semblait continuer une méditation antérieure, il lui avait dit avec quelque protection : Bonjour, maître Jacques.

— Salut, maître, avait répondu l'homme
noir.

Il y avait dans les deux manières dont fut
prononcé d'une part ce *maître Jacques*, de

l'autre ce *maître* par excellence, la différence du monseigneur au monsieur, du
domine au *domne*. C'était évidemment l'a-
bord du docteur et du disciple.

— Eh bien! reprit l'archidiacre après un
nouveau silence que maître Jacques se
garda de troubler, réussissez-vous?

— Hélas! mon maître, dit l'autre avec un
sourire triste, je souffle toujours. De la cendre tant j'en veux. Mais pas une étincelle
d'or.

Dom Claude fit un geste d'impatience. —
Je ne vous parle pas de cela, maître Jacques Charmolue, mais du procès de votre
magicien. N'est-ce pas Marc Cenaine que
vous le nommez? le sommelier de la cour
des comptes? Avoue-t-il sa magie? la question vous a-t-elle réussi?

—Hélas! non, répondit maître Jacques,
toujours avec son sourire triste, nous n'a-
vons pas cette consolation. Cet homme est
un caillou; nous le ferons bouillir au Mar-
ché-aux-Pourceaux, avant qu'il ait rien dit.
Cependant nous n'épargnons rien pour arri-

ver à la vérité; il est déjà tout disloqué,
nous y mettons toutes les herbes de la Saint-
Jean, comme dit le vieux comique Plautus :

Advorsum stimulos, laminas, crucesque, compedesque,
Nervos, catenas, carceres, numellas, pedicas, boias.

Rien n'y fait ; cet homme est terrible. J'y
perds mon latin.

— Vous n'avez rien trouvé de nouveau
dans sa maison ?

— Si fait, dit maître Jacques en fouillant
dans son escarcelle : ce parchemin. Il y a des
mots dessus que nous ne comprenons pas.
Monsieur l'avocat criminel, Philippe Lheulier, sait pourtant un peu d'hébreu qu'il a
appris dans l'affaire des Juifs de la rue Kan-
tersteen à Bruxelles.

En parlant ainsi, maître Jacques dérou-
lait un parchemin. — Donnez, dit l'archidiacre. Et jetant les yeux sur cette pancarte:
— Pure magie, maître Jacques ! s'écria-t-il.
Emen-Hétan ! c'est le cri des stryges quand
elles arrivent au sabbat. *Per ipsum, et cum*
ipso, et in ipso ! c'est le commandement qui

recadenasse le diable en enfer. *Hax, pax, max!* ceci est de la médecine. Une formule contre la morsure des chiens enragés. Maître Jacques ! vous êtes procureur du roi en cour d'église : ce parchemin est abominable.

—Nous remettrons l'homme à la question. Voici encore, ajouta maître Jacques en fouillant de nouveau dans sa sacoche, ce que nous avons trouvé chez Marc Cenaine.

C'était un vase de la famille de ceux qui couvraient le fourneau de dom Claude. — Ah ! dit l'archidiacre , un creuset d'alchimie.

— Je vous avouerai , reprit maître Jacques avec son sourire timide et gauche, que je l'ai essayé sur le fourneau, mais je n'ai pas mieux réussi qu'avec le mien.

L'archidiacre se mit à examiner le vase. — Qu'a-t-il gravé sur son creuset ? *Och ! och!* le mot qui chasse les puces! Ce Marc Cenaine est ignorant ! je le crois bien, que vous ne ferez pas d'or avec ceci ! c'est bon à mettre dans votre alcôve l'été, et voilà tout !

— - Puisque nous en sommes aux erreurs, dit le procureur du roi, je viens d'étudier le portail d'en bas avant de monter; votre révérence est-elle bien sûre que l'ouverture de l'ouvrage de physique y est figurée du côté de l'Hôtel-Dieu, et que, dans les sept figures nues qui sont aux pieds de Notre-Dame, celle qui a des ailes aux talons est Mercurius !

— Oui, répondit le prêtre, c'est Augustin Nypho qui l'écrit, ce docteur italien qui avait un démon barbu lequel lui apprenait toute chose. Au reste, nous allons descendre, et je vous expliquerai cela sur le texte.

— Merci, mon maître, dit Charmolue en s'inclinant jusqu'à terre. — A propos, j'oubliais ! Quand vous plaît-il que je fasse appréhender la petite magicienne ?

— Quelle magicienne ?

— Cette bohémienne que vous savez bien, qui vient tous les jours baller sur le parvis malgré la défense de l'official ! Elle a une chèvre possédée qui a des cornes du diable, qui lit, écrit, qui sait la mathématique comme Picatrix, et qui suffirait à faire pen-

dre toute la Bohême. Le procès est tout prêt ;
il sera bientôt fait, allez ! Une jolie créature,
sur son ame, que cette danseuse ! les plus
beaux yeurs noirs ! deux escarboucles d'É-
gypte ! Quand commençons-nous ?

L'archidiacre était excessivement pâle.

— Je vous dirai cela, balbutia-t-il d'une
voix à peine articulée ; puis il reprit avec
effort : Occupez-vous de Marc Cenaine.

— Soyez tranquille, dit en souriant Charmolue : je vais le faire reboucler sur le lit
de cuir en rentrant. Mais c'est un diable
d'homme : il fatigue Pierrat Torterue lui-
même, qui a les mains plus grosses que moi.
Comme dit ce bon Plautus,

*Nudus vinctus, centum pondo, es quando pendes per
pedes.*

La question au treuil ! c'est ce que nous
avons de mieux. Il y passera.

Dom Claude semblait plongé dans une
sombre distraction. Il se tourna vers Charmolue.

— Maître Pierrat... maître Jacques, veux-
je dire, occupez-vous de Marc Cenaine !

—Oui, oui, dom Claude. Pauvre homme!
il aura souffert comme Mummol. Quelle idée
aussi, d'aller au sabbat! un sommelier de la
Cour des comptes, qui devait connaître le
texte de Charlemagne, *Stryga vel masca!*
— Quant à la petite, — Smeralda, comme
ils l'appellent, j'attendrai vos ordres. —
Ah! en passant sous le portail, vous m'ex-
pliquerez aussi ce que veut dire le jardinier
de plate peinture qu'on voit en entrant
dans l'église. N'est-ce pas le semeur? —Hé!
maître, à quoi pensez-vous donc?

Dom Claude, abîmé en lui-même, ne l'é-
coutait plus. Charmolue, en suivant la di-
rection de son regard, vit qu'il s'était fixé
machinalement à la grande toile d'araignée
qui tapissait la lucarne. En ce moment, une
mouche étourdie, qui cherchait le soleil de
mars, vint se jeter à travers ce filet et s'y
englua. A l'ébranlement de sa toile, l'énorme
araignée fit un mouvement brusque hors de
sa cellule centrale, puis d'un bond, elle se
précipita sur la mouche qu'elle plia en deux
avec ses antennes de devant, tandis que sa

trompe hideuse lui fouillait la tête. — Pauvre mouche! dit le procureur du roi en cour d'église, et il leva la main pour la sauver. L'archidiacre, comme réveillé en sursaut, lui retint le bras avec une violence convulsive.

— Maître Jacques s'écria-t-il, laissez faire la fatalité!

Le procureur se retourna, effaré; il lui semblait qu'une pince de fer lui avait pris le bras. L'œil du prêtre était fixe, hagard, flamboyant, et restait attaché au petit groupe horrible de la mouche et de l'araignée.

— Oh! oui, continua le prêtre avec une voix qu'on eût dit venir de ses entrailles; voilà un symbole de tout. Elle vole, elle est joyeuse, elle vient de naître; elle cherche le printemps, le grand air, la liberté: oh! oui: mais qu'elle se heurte à la rosace fatale, l'araignée en sort, l'araignée hideuse! Pauvre danseuse! pauvre mouche prédestinée! Maître Jacques, laissez faire! c'est la fatalité! — Hélas! Claude, tu es l'araignée.

Tu es la mouche aussi ! — Tu volais à la
science, à la lumière, au soleil, tu n'avais
souci que d'arriver au grand air, au grand
jour de la vérité éternelle ; mais en te précipitant vers la lucarne éblouissante qui donne
sur l'autre monde, sur le monde de la clarté,
de l'intelligence et de la science, mouche
aveugle docteur insensé, tu n'as pas vu cette
subtile toile d'araignée tendue par le destin
entre la lumière et toi, tu t'y es jeté à corps
perdu, misérable fou, et maintenant tu te
débats, la tête brisée et les ailes arrachées,
entre les antennes de fer de la fatalité ! —
Maître Jacques ! maître Jacques ! laissez
faire l'araignée !

— Je vous assure, dit Charmolue qui le
regardait sans comprendre, que je n'y tou-
cherai pas. Mais lâchez-moi le bras, maître,
de grâce, vous avez une main de tenaille.

L'archidiacre ne l'entendit pas. — Oh !
insensé reprit-il sans quitter la lucarne des
yeux. Et quand tu l'aurais pu rompre, cette
toile redoutable, avec tes ailes de mouche-
ron, tu crois que tu aurais pu atteindre à la

lumière ! Hélas ! cette vitre qui est plus loin,
cet obstacle transparent, cette muraille de
cristal plus dur que l'airain, qui sépare toutes les philosophies de la vérité, comment
l'aurais-tu franchie ? O vanité de la science !
que de sages viennent de bien loin en vole-
tant s'y briser le front ! Que de systèmes
pêle-mêle se heurtent en bourdonnant à
cette vitre éternelle !

Il se tut. Ces dernières idées, qui l'a-
vaient insensiblement ramené de lui-même
à la science, paraissaient l'avoir calmé. Jacques Charmolue le fit tout-à-fait revenir au
sentiment de la réalité, en lui adressant
cette question. — Or çà, mon maître, quand
viendrez-vous m'aider à faire de l'or ? il me
tarde de réussir.

L'archidiacre hocha la tête avec un sourire amer. — Maître Jacques, lisez Michel
Psellus, *Dialogus de energiâ et operatione
dæmonum*. Ce que nous faisons n'est pas
tout-à-fait innocent.

— Plus bas, maître ! Je m'en doute, dit
Charmolue. Mais il faut bien faire un peu

d'hermétique quand on n'est que procureur
du roi en cour d'église, à trente écus tournois par an. Seulement parlons bas.

En ce moment un bruit de mâchoire et
de mastication qui partait de dessous le
fourneau vint frapper l'oreille inquiète de
Charmolue.

— Qu'est cela? demanda-t-il.

C'est l'écolier qui, fort gêné et fort ennuyé dans sa cachette, était parvenu à y
découvrir une vieille croûte et un triangle
de fromage moisi, et s'était mis à manger
le tout sans façon, en guise de consolation
et de déjeuner. Comme il avait grand'faim
il faisait grand bruit, et il accentuait fortement chaque bouchée, ce qui avait donné
l'éveil et l'alarme au procureur.

— C'est un mien chat, dit vivement l'archidiacre, qui se régale, là-dessous, de
quelques souris.

Cette explication satisfit Charmolue.

— En effet, maître, répondit-il avec un
sourire respectueux, tous les grands philo-
sophes ont eu leur bête familière. Vous

savez ce que dit Servius : *Nullus enim locus
sine genio est.*

Cependant dom Claude, qui craignait
quelque nouvelle algarade de Jehan, rap-
pela à son digne disciple qu'ils avaient quelques figures du portail à étudier ensemble,
et tous deux sortirent de la cellule, au grand
ouf ! de l'écolier, qui commençait à craindre
sérieusement que son genou ne prît l'em-
preinte de son menton.

VI.

EFFET QUE PEUVENT PRODUIRE

SEPT JURONS EN PLEIN AIR.

— *Te Deum laudamus!* s'écria maître
Jehan en sortant de son trou, voilà les deux
chats-huans partis. Och! och! Hax! pax!
max! les puces! les chiens enragés! le
diable! j'en ai assez de leur conversation!
la tête me bourdonne comme un clocher.
Du fromage moisi par-dessus le marché!
sus! descendons, prenons l'escarcelle du

grand frère, et convertissons toutes ces
monnaies en bouteilles!

Il jeta un coup-d'œil de tendresse et d'admiration dans l'intérieur de la précieuse
escarcelle, rajusta sa toilette, frotta ses bottines, épousseta ses pauvres manches-
mahoîtres toutes grises de cendres, siffla un
. air, pirouetta une gambade, examina s'il ne
restait pas quelque chose à prendre dans la
cellule, grappilla çà et là sur le fourneau
quelque amulette de verroterie, bonne à
donner en guise de bijou à Isabeau-la-
Thierrye, enfin ouvrit la porte que son frère
avait laissée ouverte par une dernière indul-
gence, et qu'il laissa ouverte à son tour par
une dernière malice, et descendit l'escalier
circulaire en sautillant comme un oiseau.

Au milieu des ténèbres de la vis, il cou-
doya quelque chose qui se rangea en gro-
gnant; il présuma que c'était Quasimodo,
et cela lui parut si drôle qu'il descendit le
reste de l'escalier en se tenant les côtes de
rire. En débouchant sur la place il riait
encore.

II.   23.

Il frappa du pied quand il se trouva à terre. — Oh! dit-il, bon et honorable pavé de Paris! maudit escalier à essouffler les anges de l'échelle Jacob! A quoi pensais-je de m'aller fourrer dans cette vrille de pierre qui perce le ciel; le tout, pour manger du fromage barbu, et pour voir les clochers de Paris par une lucarne!

Il fit quelques pas, et aperçut les deux chats-huans, c'est-à-dire, dom Claude et maître Jacques Charmolue, en contemplation devant une sculpture du portail. Il s'approcha d'eux sur la pointe des pieds, et entendit l'archidiacre qui disait tout bas à Charmolue : — C'est Guillaume de Paris qui a fait graver un Job sur cette pierre couleur lapis-lazuli, dorée par les bords. Job figure la pierre philosophale, qui doit être éprouvée et martyrisée aussi pour devenir parfaite, comme dit Raymond Lulle : *Sub conservatione formæ specificæ salva anima.*

— Cela m'est bien égal, dit Jehan, c'est moi qui ai la bourse.

En ce moment il entendit une voix forte

et sonore articuler derrière lui une série
formidable de jurons. — Sang-Dieu ! ventre-
Dieu ! bédieu ! corps-de-Dieu ! nombril de
Belzébuth ! nom d'un pape ! corde et tonnerre !

— Sur mon ame, s'écria Jehan, ce ne
peut être que mon ami le capitaine Phœbus!

Ce nom de Phœbus arriva aux oreilles de
l'archidiacre au moment où il expliquait au
procureur du roi le dragon qui cache sa
queue dans un bain d'où sort la fumée et
une tête de roi. Dom Claude tressaillit, s'interrompit, à la grande stupeur de Charmolue, se retourna, et vit son frère Jehan qui
abordait un grand officier à la porte du logis
Gondelaurier.

C'était en effet monsieur le capitaine Phœbus de Chateaupers. Il était adossé à l'angle
de la maison de sa fiancée, et il jurait
comme un païen.

— Ma foi ! capitaine Phœbus, dit Jehan
en lui prenant la main, vous sacrez avec
une verve admirable.

— Corne et tonnerre ! répondit le capitaine.

— Corne et tonnerre vous-même ! répliqua l'écolier. Or çà, gentil capitaine, d'où vous vient ce débordement de belles paroles ?

— Pardon, bon camarade Jehan, s'écria Phœbus en lui secouant la main, cheval lancé ne s'arrête pas court. Or, je jurais au grand galop. Je viens de chez ces bégueules, et quand j'en sors, j'ai toujours la gorge pleine de juremens ; il faut que je les crache, ou j'étoufferais, ventre et tonnerre !

— Voulez-vous venir boire ? demanda l'écolier.

Cette proposition calma le capitaine.

— Je veux bien, mais je n'ai pas d'argent.

— J'en ai, moi !

— Bah ! voyons ?

Jehan étala l'escarcelle aux yeux du capitaine, avec majesté et simplicité. Cependant l'archidiacre, qui avait laissé là Charmolue ébahi, était venu jusqu'à eux et s'était arrêté à quelques pas, les observant tous deux sans qu'ils prissent garde à lui, tant la contemplation de l'escarcelle les absorbait.

Phœbus s'écria : — Une bourse dans votre poche, Jehan ! c'est la lune dans un sceau d'eau. On l'y voit, mais elle n'y est pas. Il n'y en a que l'ombre. Pardieu ! gageons que ce sont des cailloux.

Jehan répondit froidement : — Voilà les cailloux dont je cailloute mon gousset.

— Et, sans ajouter une parole, il vida l'escarcelle sur une borne voisine, de l'air d'un Romain sauvant la patrie.

— Vrai-Dieu ! grommela Phœbus, des targes, des grands-blancs, des petits-blancs, des mailles d'un tournois les deux, des deniers parisis, de vrais liards à l'aigle! C'est éblouissant!

Jehan demeurait digne et impassible. Quelques liards avaient roulé dans la boue ; le capitaine, dans son enthousiasme, se baissa pour les ramasser. Jehan le retint.
— Fi! capitaine Phœbus de Chateaupers!

Phœbus compta la monnaie, et se tournant avec solennité vers Jehan : — Savez-vous, Jehan, qu'il y a vingt-trois sous parisis! Qui avez-vous donc dévalisé cette nuit, rue Coupe-Gueule ?

Jehan rejeta en arrière sa tête blonde et bouclée, et dit en fermant à demi des yeux dédaigneux : — On a un frère archidiacre et imbécile.

— Corne-de-Dieu ! s'écria Phœbus, le digne homme !

— Allons boire, dit Jehan.

— Où irons-nous ? dit Phœbus ; à *la Pomme-d'Ève?*

— Non, capitaine, allons à *la Vieille-Science*. Une vieille qui scie une anse, c'est un rébus, j'aime cela.

— Foin des rébus, Jehan ! le vin est meilleur à *la Pomme-d'Ève* ; et puis, à côté de la porte il y a une vigne au soleil qui m'égaie quand je bois.

— Eh bien ! va pour Ève et sa pomme, dit l'écolier ; et prenant le bras de Phœbus : — A propos, mon cher capitaine, vous avez dit tout-à-l'heure la rue Coupe-Gueule. C'est fort mal parler ; on n'est plus si barbare à présent : on dit la rue Coupe-Gorge.

Les deux amis se mirent en route vers *la Pomme-d'Ève*. Il est inutile de dire qu'ils avaient d'abord ramassé l'argent et que l'archidiacre les suivait.

L'archidiacre les suivait, sombre et hagard. Était-ce là le Phœbus dont le nom maudit, depuis son entrevue avec Gringoire, se mêlait à toutes ses pensées? il ne le savait, mais enfin, c'était un Phœbus, et ce nom magique suffisait pour que l'archidiacre suivît à pas de loup les deux insoucians compagnons, écoutant leurs paroles et observant leurs moindres gestes avec une anxiété attentive. Du reste, rien de plus facile que d'entendre tout ce qu'ils disaient, tant ils parlaient haut, fort peu gênés de mettre les passans de moitié dans leurs confidences. Ils parlaient duels, filles, cruches, folies.

Au détour d'une rue, le bruit d'un tambour de basque leur vint d'un carrefour voisin. Dom Claude entendit l'officier qui disait à l'écolier :

— Tonnerre! doublons le pas.

— Pourquoi, Phœbus?

— J'ai peur que la bohémienne ne me voie.

— Quelle bohémienne ?

— La petite qui a une chèvre.

— La Smeralda ?

— Justement, Jehan. J'oublie toujours son diable de nom. Dépêchons, elle me reconnaîtrait. Je ne veux pas que cette fille m'accoste dans la rue.

— Est-ce que vous la connaissez, Phœbus ?

Ici l'archidiacre vit Phœbus ricaner, se pencher à l'oreille de Jehan, et lui dire quelques mots tout bas ; puis Phœbus éclata de rire et secoua la tête d'un air triomphant.

— En vérité ? dit Jehan.

— Sur mon ame ! dit Phœbus.

— Ce soir ?

— Ce soir.

— Êtes-vous sûr qu'elle viendra ?

— Mais êtes-vous fou, Jehan ? est-ce qu'on doute de ces choses-là ?

— Capitaine Phœbus, vous êtes un heureux gendarme !

L'archidiacre entendit toute cette conversation. Ses dents claquèrent ; un frisson,

visible aux yeux, parcourut tout son corps.
Il s'arrêta un moment, s'appuya à une
borne comme un homme ivre, puis il reprit la piste des deux joyeux drôles.

Au moment où il les rejoignit, ils avaient
changé de conversation. Ils les entendit
chanter à tue-tête le vieux refrain :

Les enfans des Petits-Carreaux
Se font pendre comme des veaux.

VII.

LE MOINE-BOURRU.

L'illustre cabaret de *la Pomme-d'Ève* était situé dans l'Université, au coin de la rue de la Rondelle et de la rue du Bâtonnier. C'était une salle au rez-de-chaussée, assez vaste et fort basse, avec une voûte dont la retombée centrale s'appuyait sur un gros pilier de bois peint en jaune, des tables partout, de luisans brocs d'étain accrochés au mur, tou-

jours force buveurs, des filles à foison, un
vitrage sur la rue, une vigne à la porte, et
au-dessus de cette porte une criarde planche
de tôle, enluminée d'une pomme et d'une
femme, rouillée par la pluie et tournant au
vent sur une broche de fer. Cette façon de
girouette qui regardait le pavé était l'en-
seigne.

La nuit tombait ; le carrefour était noir ;
le cabaret plein de chandelles flamboyait de
loin comme une forge dans l'ombre ; on entendait le bruit des verres, des ripailles, des
juremens, des querelles, qui s'échappait
par les carreaux cassés. A travers la brume
que la chaleur de la salle répandait sur la
devanture vitrée, on voyait fourmiller cent
figures confuses, et de temps en temps un
éclat de rire sonore s'en détachait. Les passans qui allaient à leurs affaires longeaient,
sans y jeter les yeux, cette vitre tumultueuse.
Seulement, par intervalles, quelque petit
garçon en guenilles se haussait sur la pointe
des pieds jusqu'à l'appui de la devanture,
et jetait dans le cabaret la vieille huée gogue-

narde dont on poursuivait alors les ivrognes :
Aux Houls, saouls, saouls, saouls !

Un homme cependant se promenait imperturbablement devant la bruyante taverne,
y regardant sans cesse, et ne s'en écartant
pas plus qu'un piquier de sa guérite. Il avait
un manteau jusqu'au nez. Ce manteau il venait de l'acheter au fripier qui avoisinait *la
Pomme d'Ève*, sans doute pour se garantir
du froid des soirées de mars, peut-être pour
cacher son costume. De temps en temps il
s'arrêtait devant le vitrage trouble à mailles
de plomb, il écoutait, regardait, et frappait
du pied.

Enfin la porte du cabaret s'ouvrit. C'est
ce qu'il paraissait attendre. Deux buveurs
en sortirent. Le rayon de lumière qui s'échappait de la porte empourpra un moment
leurs joviales figures. L'homme au manteau
s'alla mettre en observation sous un porche
de l'autre côté de la rue.

—Corne et tonnerre ! dit l'un des deux buveurs. Sept heures vont toquer. C'est l'heure
de mon rendez-vous.

— Je vous dis, reprenait son compagnon avec une langue épaisse, que je ne demeure pas rue des Mauvaises-Paroles, *indignus qui inter mala verba habitat.* J'ai logis rue Jean-Pain-Mollet, *in vico Johannis-Pain-Mollet.*

— Vous êtes plus cornu qu'un unicorne, si vous dites le contraire. — Chacun sait que qui monte une fois sur un ours n'a jamais peur ; mais vous avez le nez tourné à la friandise, comme Saint-Jacques-de-l'Hôpital.

— Jehan, mon ami, vous êtes ivre, disait l'autre.

— L'autre répondit en chancelant : — Cela vous plaît à dire, Phœbus ; mais il est prouvé que Platon avait le profil d'un chien de chasse.

Le lecteur a sans doute déjà reconnu nos deux braves amis, le capitaine et l'écolier. Il paraît que l'homme qui les guettait dans l'ombre les avait reconnus aussi, car il suivait à pas lents tous les zigzags que l'écolier faisait faire au capitaine, lequel, buveur plus aguerri, avait conservé tout son sang-froid. Les écoutant attentivement, l'homme au man-

teau put saisir dans son entier l'intéressante
conversation que voici :

— Corbaque ! tâchez donc de marcher
droit, monsieur le bachelier ; vous savez qu'il
faut que je vous quitte. Voilà sept heures. J'ai
rendez-vous avec une femme.

— Laissez-moi donc, vous ! Je vois des
étoiles et des lances de feu. Vous êtes comme
le château de Dampmartin qui crève de rire.

—Par les verrues de ma grand'mère, Jehan, c'est déraisonner avec trop d'acharnement. — A propos, Jehan, est-ce qu'il ne
vous reste plus d'argent ?

— Monsieur le recteur, il n'y a pas de
faute, la petite boucherie, *parva boucheria.*

—Jehan, mon ami Jehan, vous savez que
j'ai donné rendez-vous à cette petite au bout
du pont Saint-Michel, que je ne puis la mener que chez la Falourdel, la vilotière du
pont, et qu'il faudra payer la chambre. La
vieille ribaude à moustaches blanches ne me
fera pas crédit. Jehan, de grâce ! est-ce que
nous avons bu toute l'escarcelle du curé ? est-
ce qu'il ne vous reste plus un parisis ?

— La conscience d'avoir bien dépensé les autres heures est un juste et savoureux condiment de table.

— Ventre et boyaux! trève aux billevesées! Dites-moi, Jehan du diable! vous reste-t-il quelque monnaie? Donnez, bédieu! ou je vais vous fouiller, fussiez-vous lépreux comme Job et galeux comme César!

— Monsieur, la rue Galiache est une rue qui a un bout rue de la Verrerie, et l'autre rue de la Tixeranderie.

— Eh bien, oui! mon bon ami Jehan, mon pauvre camarade, la rue Galiache, c'est bien, c'est très-bien. Mais au nom du ciel, revenez à vous. Il ne me faut qu'un sou parisis, et c'est pour sept heures.

— Silence à la ronde, et attention au refrain :

> Quand les rats mangeront les cas,
> Le roi sera seigneur d'Arras;
> Quand la mer qui est grande et lée,
> Sera à la Saint-Jean gelée,
> On verra, par-dessus la glace,
> Sortir ceux d'Arras de leur place.

— Eh bien! écolier de l'Ante-Christ,

puisses-tu être étranglé avec les tripes de ta
mère! s'écria Phœbus, et il poussa rudement
l'écolier ivre, lequel glissa contre le mur et
tomba mollement sur le pavé de Philippe-
Auguste. Par un reste de cette pitié frater-
nelle qui n'abandonne jamais le cœur d'un
buveur, Phœbus roula Jehan avec le pied
sur un de ces oreillers du pauvre que la providence tient prêts au coin de toutes les
bornes de Paris, et que les riches flétrissent
dédaigneusement du nom de *tas d'ordures*.
Le capitaine arrangea la tête de Jehan sur
un plan incliné de trognons de choux, et à
l'instant même l'écolier se mit à ronfler avec
une basse taille magnifique. Cependant toute
rancune n'était pas éteinte au cœur du capitaine. — Tant pis si la charrette du diable
te ramasse en passant! dit-il au pauvre clerc
endormi, et il s'éloigna.

L'homme au manteau, qui n'avait cessé
de le suivre, s'arrêta un moment devant l'é-
colier gisant, comme si une indécision l'agi-
tait; puis, poussant un profond soupir, il
s'éloigna aussi à la suite du capitaine.

Nous laisserons, comme eux, Jehan dormir sous le regard bienveillant de la belle étoile, et nous les suivrons aussi, s'il plaît au lecteur.

En débouchant dans la rue Saint-André-des-Arcs, le capitaine Phœbus s'aperçut que quelqu'un le suivait. Il vit, en détournant par hasard les yeux, une espèce d'ombre qui rampait derrière lui le long des murs. Il s'arrêta, elle s'arrêta; il se remit en marche, l'ombre se remit en marche. Cela ne l'inquiéta que fort médiocrement. — Ah bah! se dit-il en lui-même, je n'ai pas le sou.

Devant la façade du collége d'Autun il fit halte. C'est à ce collége qu'il avait ébaché ce qu'il appelait ses études, et par une habitude d'écolier taquin, qui lui était restée, il ne passait jamais devant la façade sans faire subir à la statue du cardinal Pierre Bertrand, sculptée à droite du portail, l'espèce d'affront dont se plaint si amèrement Priape dans la satire d'Horace : *Olim truncus eram ficulnus.* Il y avait mis tant d'acharnement que l'inscription *Eduensis episcopus* en était presque effacée. Il s'arrêta donc devant la

statue comme à son ordinaire. La rue était
tout-à-fait déserte. Au moment où il renouait
nonchalamment ses aiguillettes, le nez au
vent, il vit l'ombre qui s'approchait de lui
à pas lents, si lents, qu'il eut tout le temps
d'observer que cette ombre avait un manteau
et un chapeau. Arrivée près de lui, elle s'arrêta et demeura plus immobile que la statue
du cardinal Bertrand. Cependant elle attachait sur Phœbus deux yeux fixes pleins de
cette lumière vague qui sort la nuit de la
prunelle d'un chat.

Le capitaine était brave et se serait fort
peu soucié d'un larron l'estoc au poing. Mais
cette statue qui marchait, cet homme pétrifié, le glacèrent. Il courait alors par le
monde je ne sais quelles histoires du moine-
bourru, rôdeur nocturne des rues de Paris,
qui lui revinrent confusément en mémoire.
Il resta quelques minutes stupéfait, et rompit enfin le silence, en s'efforçant de rire.
—Monsieur, si vous êtes un voleur, comme
je l'espère, vous me faites l'effet d'un héron
qui s'attaque à une coquille de noix. Je suis

un fils de famille ruiné, mon cher. Adressez-vous à côté. Il y a dans la chapelle de ce collége, du bois de la vraie croix, qui est dans de l'argenterie.

La main de l'ombre sortit de dessous son manteau, et s'abattit sur le bras de Phœbus, avec la pesanteur d'une serre d'aigle. En même temps l'ombre parla : — Capitaine Phœbus de Chateaupers !

— Comment diable ! dit Phœbus, vous savez mon nom !

— Je ne sais pas seulement votre nom, reprit l'homme au manteau avec sa voix de sépulcre. Vous avez un rendez-vous ce soir.

— Oui, répondit Phœbus stupéfait.

— A sept heures.

— Dans un quart d'heure.

— Chez la Falourdel.

— Précisément.

— La vilotière du pont Saint-Michel.

— De Saint-Michel-Archange, comme dit la pate-nòtre.

— Impie! grommela le spectre. — Avec une femme ?

— *Confiteor*.

— Qui s'appelle....

— La Smeralda, dit Phœbus alègrement. Toute son insouciance lui était revenue par degrés.

A ce nom la serre de l'ombre secoua avec fureur le bras de Phœbus. — Capitaine Phœbus de Chateaupers, tu mens !

Qui eût pu voir en ce moment le visage enflammé du capitaine, le bond qu'il fit en arrière, si violent, qu'il se dégagea de la tenaille qui l'avait saisi, la fière mine dont il jeta sa main à la garde de son épée, et devant cette colère la morne immobilité de l'homme au manteau, qui eût vu cela eût été effrayé. C'était quelque chose du combat de don Juan et de la statue.

— Christ et Satan ! cria le capitaine. Voilà une parole qui s'attaque rarement à l'oreille d'un Chateaupers ! tu n'oserais pas la répéter?

— Tu mens! dit l'ombre froidement.

Le capitaine grinça des dents. Moine-bourru, fantôme, superstitions, il avait tout oublié en ce moment. Il ne voyait plus qu'un homme et qu'une insulte. — Ah! voilà qui va bien! balbutia-t-il d'une voix étouffée de rage. Il tira son épée, puis bégayant, car la colère fait trembler comme la peur : — Ici! tout de suite! sus! les épées! les épées! du sang sur ces pavés!

Cependant l'autre ne bougeait. Quand il vit son adversaire en garde et prêt à se fendre : — Capitaine Phœbus, dit-il, et son accent vibrait avec amertume, vous oubliez votre rendez-vous.

Les emportemens des hommes comme Phœbus sont des soupes au lait, dont une goutte d'eau froide affaisse l'ébullition. Cette simple parole fit baisser l'épée qui étincelait à la main du capitaine.

— Capitaine, poursuivit l'homme, demain, après-demain, dans un mois, dans dix ans, vous me trouverez prêt à vous couper la gorge; mais allez d'abord à votre rendez-vous.

— En effet, dit Phœbus, comme s'il cherchait à capituler avec lui-même, ce sont

deux choses charmantes à rencontrer en un
rendez-vous qu'une épée et qu'une fille ; mais
je ne vois pas pourquoi je manquerais l'une
pour l'autre, quand je puis avoir les deux.

— Il remit l'épée au fourreau.

— Allez à votre rendez-vous, reprit l'inconnu.

— Monsieur, répondit Phœbus avec quelque embarras, grand merci de votre cour-
toisie. Au fait, il sera toujours temps demain,
de nous découper à taillades et boutonnières
le pourpoint du père Adam. Je vous sais gré
de me permettre de passer encore un quart
d'heure agréable. J'espérais bien vous coucher dans le ruisseau, et arriver encore à
temps pour la belle, d'autant mieux qu'il est
de bon air de faire attendre un peu les
femmes en pareil cas. Mais vous m'avez l'air
d'un gaillard, et il est plus sûr de remettre
la partie à demain. Je vais donc à mon rendez-vous ; c'est pour sept heures, comme
vous savez. — Ici Phœbus se gratta l'oreille.
— Ah ! corne-Dieu ! j'oubliais ! je n'ai pas un
sou pour acquitter le truage du galetas, et

la vieille matrulle voudra être payée d'avance. Elle se défie de moi.

— Voici de quoi payer.

Phœbus sentit la main froide de l'inconnu glisser dans la sienne une large pièce de monnaie. Il ne put s'empêcher de prendre cet argent et de serrer cette main.

— Vrai-Dieu! s'écria-t-il, vous êtes un bon enfant!

— Une condition, dit l'homme. Prouvezmoi que j'ai eu tort et que vous disiez vrai. Cachez-moi dans quelque coin d'où je puisse voir si cette femme est vraiment celle dont vous avez dit le nom.

— Oh! répondit Phœbus, cela m'est bien égal. Nous prendrons la chambre à Sainte-Marthe; vous pourrez voir à votre aise du chenil qui est à côté.

— Venez donc, reprit l'ombre.

— A votre service, dit le capitaine.. Je ne sais si vous n'êtes pas messer Diabolus en propre personne ; mais soyons bons amis ce soir, demain je vous paierai toutes mes dettes de la bourse et de l'épée.

Ils se remirent à marcher rapidement. Au
bout de quelques minutes, le bruit de la
rivière leur annonça qu'ils étaient sur le
pont Saint-Michel. alors chargé de maisons.
— Je vais d'abord vous introduire, dit Phœbus à son compagnon, j'irai ensuite chercher la belle qui doit m'attendre près du
Petit-Châtelet. Le compagnon ne répondit
rien, depuis qu'ils marchaient côte à côte,
il n'avait dit mot. Phœbus s'arrêta devant
une porte basse et heurta rudement; une
lumière parut aux fentes de la porte. — Qui
est là? cria une voix édentée. — Corps-Dieu!
tête-Dieu! ventre-Dieu! répondit le capitaine. La porte s'ouvrit sur-le-champ, et
laissa voir aux arrivans une vieille femme
et une vieille lampe qui tremblaient toutes
deux. La vieille était pliée en deux, vêtue de
guenilles, branlante du chef, percée à petits
yeux, coiffée d'un torchon, ridée partout,
aux mains, à la face, au cou; ses lèvres
rentraient sous ses gencives, et elle avait
tout autour de la bouche des pinceaux de
poils blancs qui lui donnaient la mine emba-

bouinée d'un chat. L'intérieur du bouge n'é-
tait pas moins délabré qu'elle ; c'étaient des
murs de craie, des solives noires au plafond,
une cheminée démantelée, des toiles d'araignées à tous les coins ; au milieu, un trou-
peau chancelant de tables et d'escabelles
boiteuses, un enfant sale dans les cendres,
et dans le fond un escalier ou plutôt une
échelle de bois, qui aboutissait à une trappe
au plafond. En pénétrant dans ce repaire,
le mystérieux compagnon de Phœbus haussa
son manteau jusqu'à ses yeux. Cependant le
capitaine, tout en jurant comme un Sarrazin, se hâta de *faire dans un écu reluire le
soleil*, comme dit notre admirable Régnier.
— La chambre à Sainte-Marthe, dit-il.

La vieille le traita de monseigneur, et
serra l'écu dans un tiroir. C'était la pièce
que l'homme au manteau noir avait donnée
à Phœbus. Pendant qu'elle tournait le dos, le
petit garçon chevelu et déguenillé qui jouait
dans les cendres, s'approcha adroitement du
tiroir, y prit l'écu, et mit à la place une
feuille sèche qu'il avait arrachée d'un fagot.

La vieille fit signe aux deux gentilshommes, comme elle les nommait, de la suivre,
et monta l'échelle devant eux. Parvenue à
l'étage supérieur, elle posa sa lampe sur un
coffre, et Phœbus, en habitué de la maison,
ouvrit une porte qui donnait sur un bouge
obscur. — Entrez là, mon cher, dit-il à son
compagnon. L'homme au manteau obéit sans
répondre une parole; la porte retomba sur
lui; il entendit Phœbus la refermer au ver-
rou, et un moment après redescendre l'escalier avec la vieille. La lumière avait disparu.

III.

UTILITÉ DES FENÊTRES

QUI DONNENT SUR LA RIVIÈRE.

Claude Frollo (car nous présumons que le lecteur, plus intelligent que Phœbus, n'a vu dans toute cette aventure d'autre moine-bourru que l'archidiacre), Claude Frollo tâtonna quelques instans dans le réduit ténébreux où le capitaine l'avait verrouillé. C'était un de ces recoins comme les architectes en réservent quelquefois au point de

jonction du toit et du mur d'appui. La coupe
verticale de ce chenil, comme l'avait si bien
nommé Phœbus, eût donné un triangle. Du
reste, il n'y avait ni fenêtre ni lucarne, et
le plan incliné du toit empêchait qu'on s'y
tînt debout. Claude s'accroupit donc dans
la poussière et dans les plâtras qui s'écra-
saient sous lui; sa tête était brûlante; en
furetant autour de lui avec ses mains il trouva
à terre un morceau de vitre cassée, qu'il
appuya sur son front et dont la fraîcheur le
soulagea un peu.

Que se passait-il en ce moment dans l'ame
obscure de l'archidiacre? lui et Dieu seul
l'ont pu savoir.

Selon quel ordre fatal disposait-il dans
sa pensée la Esmeralda, Phœbus, Jacques
Charmolue, son jeune frère si aimé, abandonné par lui dans la boue, sa soutane d'archidiacre, sa réputation peut-être, traînée
chez la Falourdel, toutes ces images, toutes
ces aventures? Je ne pourrais le dire. Mais
il est certain que ces idées formaient dans
son esprit un groupe horrible.

Il attendait depuis un quart d'heure; il lui semblait avoir vieilli d'un siècle. Tout-à-coup il entendit craquer les ais de l'escalier de bois; quelqu'un montait. La trappe se rouvrit; une lumière reparut. Il y avait à la porte vermoulue de son bouge une fente assez large : il y colla son visage. De cette façon il pouvait voir tout ce qui se passait dans la chambre voisine. La vieille à face de chat sortit d'abord de la trappe, sa lampe à la main; puis Phœbus retroussant sa moustache, puis une troisième personne, cette belle et gracieuse figure, la Esmeralda. Le prêtre la vit sortir de terre comme une éblouissante apparition. Claude trembla, un nuage se répandit sur ses yeux, ses artères battirent avec force, tout bruissait et tournait autour de lui; il ne vit et n'entendit plus rien.

Quand il revint à lui, Phœbus et la Esmeralda étaient seuls, assis sur le coffre de bois à côté de la lampe qui faisait saillir aux yeux de l'archidiacre ces deux jeunes figures, et un misérable grabat au fond du galetas.

A côté du grabat il y avait une fenêtre
dont le vitrail, défoncé comme une toile d'a-
raignée sur laquelle la pluie a tombé, laissait voir, à travers ses mailles rompues, un
coin du ciel et la lune couchée au loin sur
un édredon de molles nuées.

La jeune fille était rouge, interdite, palpitante. Ses longs cils baissés ombrageaient
ses joues de pourpre. L'officier, sur lequel
elle n'osait lever les yeux, rayonnait. Machinalement, et avec un geste charmant de
gaucherie, elle traçait du bout du doigt sur
le blanc, des lignes incohérentes, et elle regardait son doigt. On ne voyait pas son pied,
la petite chèvre était accroupie dessus.

Le capitaine était mis fort galamment ; il
avait au col et aux poignets des touffes de
doreloterie : grande élégance d'alors.

Dom Claude ne parvint pas sans peine à
entendre ce qu'ils se disaient, à travers le
bourdonnement de son sang qui bouillait
dans ses tempes.

(Chose assez banale qu'une causerie d'a-
moureux. C'est un *je vous aime* perpétuel.

Phrase musicale fort nue et fort insipide pour les indifférens qui écoutent, quand elle n'est pas ornée de quelque *fioriture ;* mais Claude n'écoutait pas en indifférent.)

— Oh! disait la jeune fille sans lever les yeux, ne me méprisez pas , monseigneur Phœbus. Je sens que ce que je fais est mal.

— Vous mépriser , belle enfant ! répondait l'officier d'un air de galanterie supérieure et distinguée , vous mépriser , tête-Dieu ! et pourquoi?

— Pour vous avoir suivi.

— Sur ce propos, ma belle, nous ne nous entendons pas. Je ne devrais pas vous mépriser, mais vous haïr.

La jeune fille le regarda avec effroi : — Me haïr ! qu'ai-je donc fait?

— Pour vous être tant fait prier.

— Hélas! dit-elle ,... c'est que je manque à un vœu.... Je ne retrouverai pas mes parens... l'amulette perdra sa vertu. — Mais qu'importe? qu'ai-je besoin de père et de mère à présent?

En parlant ainsi, elle fixait sur le capitaine

ses grands yeux noirs humides de joie et de
tendresse.

— Du diable si je vous comprends ? s'écria
Phœbus.

La Esmeralda resta un moment silencieuse,
puis une larme sortit de ses yeux, un soupir
de ses lèvres, et elle dit : — Oh ! monseigneur,
je vous aime.

Il y avait autour de la jeune fille un tel
parfum de chasteté, un tel charme de vertu
que Phœbus ne se sentait pas complètement
à l'aise auprès d'elle. Cependant cette parole
l'enhardit. — Vous m'aimez ! dit-il avec
transport, et il jeta son bras autour de la
taille de l'égyptienne. Il n'attendait que cette
occasion.

Le prêtre le vit, et essaya du bout du doigt
la pointe d'un poignard qu'il tenait caché
dans sa poitrine.

— Phœbus, poursuivit la bohémienne en
détachant doucement de sa ceinture les mains
tenaces du capitaine, vous êtes bon, vous
êtes généreux, vous êtes beau ; vous m'avez
sauvée, moi qui ne suis qu'une pauvre en-

fant perdue en Bohême. Il y a long-temps
que je rêve d'un officier qui me sauve la
vie. C'était de vous que je rêvais avant de
vous connaître, mon Phœbus ; mon rêve avait
une belle livrée comme vous, une grande
mine, une épée ; vous vous appelez Phœbus,
c'est un beau nom, j'aime votre nom, j'aime
votre épée. Tirez donc votre épée, Phœbus,
que je la voie.

— Enfant ! dit le capitaine, et il dégaîna
sa rapière en souriant. L'égyptienne regarda
la poignée, la lame, examina avec une curiosité adorable le chiffre de la garde, et
baisa l'épée en lui disant : —Vous êtes l'épée
d'un brave. J'aime mon capitaine.

Phœbus profita encore de l'occasion pour
déposer sur son beau cou ployé un baiser
qui fit redresser la jeune fille écarlate comme
une cerise. Le prêtre en grinça des dents
dans ses ténèbres.

— Phœbus, reprit l'égyptienne, laissez-
moi vous parler. Marchez donc un peu, que
je vous voie tout grand et que j'entende sonner vos éperons. Comme vous êtes beau !

Le capitaine se leva pour lui complaire,
en la grondant avec un sourire de satisfaction : — Mais êtes-vous enfant ! — A propos,
charmante, m'avez-vous vu en hoqueton de
cérémonie?

— Hélas ! non , répondit-elle.

— C'est cela qui est beau !

Phœbus vint se rasseoir près d'elle , mais
beaucoup plus près qu'auparavant.

— Écoutez, ma chère...

L'égyptienne lui donna quelques petits
coups de sa jolie main sur la bouche, avec
un enfantillage plein de folie, de grâce et de
gaîté. — Non, non, je ne vous écouterai pas.
M'aimez-vous? Je veux que vous me disiez
si vous m'aimez.

— Si je t'aime, ange de ma vie! s'écria le
capitaine en s'agenouillant à demi. Mon
corps, mon sang, mon ame, tout est à toi,
tout est pour toi. Je t'aime, et n'ai jamais
aimé que toi.

Le capitaine avait tant de fois répété cette
phrase en mainte conjoncture pareille, qu'il
la débita tout d'une haleine, sans faire une

seule faute de mémoire. A cette déclaration passionnée, l'égyptienne leva au sale plafond qui tenait lieu de ciel un regard plein d'un bonheur angélique. — Oh! murmurat-elle, voilà le moment où l'on devrait mourir! — Phœbus trouva « le moment » bon pour lui dérober un nouveau baiser qui alla torturer dans son coin le misérable archidiacre.

— Mourir! s'écria l'amoureux capitaine. Qu'est-ce que vous dites donc là, bel ange? c'est le cas de vivre, ou Jupiter n'est qu'un polisson! mourir au commencement d'une si douce chose! Corne-de-bœuf, quelle plaisanterie! — Ce n'est pas cela. — Écoutez! ma chère Similar... Esmenarda... Pardon! mais vous avez un nom si prodigieusement sarrazin que je ne puis m'en dépétrer. C'est une broussaille qui m'arrête tout court.

— Mon dieu, dit la pauvre fille, moi qui croyais ce nom joli pour sa singularité! Mais puisqu'il vous déplait, je voudrais m'appeler Goton.

— Ah! ne pleurons pas pour si peu, ma

gracieuse! c'est un nom auquel il faut s'ac-
coutumer, voilà tout. Une fois que je le sau-
rai par cœur, cela ira tout seul. — Écoutez
donc, ma chère Similar : je vous adore à la
passion. Je vous aime vraiment que c'est
miraculeux. Je sais une petite qui en crève
de rage...

La jalouse fille l'interrompit : Qui donc?

— Qu'est-ce que cela nous fait? dit Phœbus; m'aimez-vous?

— Oh!... dit-elle.

— Eh bien! c'est tout. Vous verrez comme
je vous aime aussi. Je veux que le grand
diable Neptunus m'enfourche si je ne vous
rends pas la plus heureuse créature du
monde. Nous aurons une jolie petite logette
quelque part. Je ferai parader mes archers
sous vos fenêtres. Ils sont tous à cheval et
font la nargue à ceux du capitaine Mignon.
Il y a des voulgiers, des cranequiniers et des
couleuvriniers à main. Je vous conduirai aux
grandes monstres des Parisiens à la grange
de Rully. C'est très-magnifique. Quatre-
vingt mille têtes armées; trente mille harnois

blancs , jaques ou brigandines ; les soixante-
sept bannières des métiers ; les étendards
du parlement, de la chambre des comptes,
du trésor des généraux, des aides des monnaies ; un arroi du diable enfin ! Je vous mè-
nerai voir les lions de l'Hôtel du Roi qui
sont des bêtes fauves. Toutes les femmes
aiment cela.

Depuis quelques instans la jeune fille,
absorbée dans ses charmantes pensées, rê-
vait au son de sa voix sans écouter le sens
de ses paroles.

— Oh ! vous serez heureuse ! continua le
capitaine, et en même temps il déboucla
doucement la ceinture de l'égyptienne. —
Que faites-vous donc ? dit-elle vivement. Cette
voie de fait l'avait arrachée à sa rêverie.

— Rien, répondit Phœbus ; je disais seulement qu'il faudrait quitter toute cette toilette de folie et de coin de rue quand vous
serez avec moi.

— Quand je serai avec toi, mon Phœbus !
dit la jeune fille tendrement.

Elle redevint pensive et silencieuse.

II.   26.

Le capitaine, enhardi par sa douceur, lui prit la taille sans qu'elle résistât, puis se mit à délacer à petit bruit le corsage de la pauvre enfant, et dérangea si fort sa gorgerette que le prêtre haletant vit sortir de la gaze la belle épaule nue de la bohémienne, ronde et brune, comme la lune qui se lève dans la brume à l'horizon.

La jeune fille laissait faire Phœbus. Elle ne paraissait pas s'en apercevoir. L'œil du hardi capitaine étincelait.

Tout-à-coup elle se tourna vers lui : — Phœbus, dit-elle avec une expression d'amour infinie, instruis-moi dans ta religion.

— Ma religion ! s'écria le capitaine éclatant de rire. Moi vous instruire dans ma religion ! Corne et tonnerre ! qu'est-ce que vous voulez faire de ma religion ?

— C'est pour nous marier, répondit-elle.

La figure du capitaine prit une expression mélangée de surprise, de dédain, d'insouciance et de passion libertine. — Ah bah ! dit-il, est-ce qu'on se marie ?

La bohémienne devint pâle, et laissa tris-

tement retomber sa tête sur sa poitrine. —
Belle amoureuse, reprit tendrement Phœbus,
qu'est-ce que c'est que ces folies-là ? Grand'-
chose que le mariage ! est-on moins bien-
aimant pour n'avoir pas craché du latin dans
la boutique d'un prêtre? En parlant ainsi de
sa voix la plus douce , il s'approchait extrêmement près de l'égyptienne , ses mains caressantes avaient repris leur poste autour de
cette taille si fine et si souple, son œil s'allu-
mait de plus en plus , et tout annonçait que
monsieur Phœbus touchait évidemment à
l'un de ces momens où Jupiter lui-même
fait tant de sottises que le bon Homère est
obligé d'appeler un nuage à son secours.

Dom Claude cependant voyait tout. La
porte était faite de douves de poinçon toutes
pourries, qui laissaient entre elles de larges
passages à son regard d'oiseau de proie. Ce
prêtre à peau brune et à larges épaules ,
jusque-là condamné à l'austère virginité du
cloître, frissonnait et bouillait devant cette
scène d'amour, de nuit et de volupté. La
jeune et belle fille livrée en désordre à cet

ardent jeune homme lui faisait couler du
plomb fondu dans les veines. Il se passait en
lui des mouvemens extraordinaires ; son œil
plongeait avec une jalousie lascive sous
toutes ces épingles défaites. Qui eût pu voir
en ce moment la figure du malheureux collée aux barreaux vermoulus, eût cru voir
une face de tigre regardant du fond d'une
cage quelque chacal qui dévore une gazelle.
Sa prunelle éclatait comme une chandelle à
travers les fentes de la porte.

Tout-à-coup Phœbus enleva d'un geste
rapide la gorgerette de l'égyptienne. La
pauvre enfant, qui était restée pâle et rêveuse, se réveilla comme en sursaut ; elle
s'éloigna brusquement de l'entreprenant officier, et, jetant un regard sur sa gorge et ses
épaules nues, rouge et confuse, et muette de
honte, elle croisa ses deux beaux bras sur
son sein pour le cacher. Sans la flamme qui
qui embrasait ses joues, à la voir ainsi silencieuse et immobile, en eût dit une statue de
la pudeur. Ses yeux restaient baissés.

Cependant le geste du capitaine avait mis

à découvert l'amulette mystérieuse qu'elle portait au cou. — Qu'est-ce que cela? dit-il en saisissant ce prétexte pour se rapprocher de la belle créature qu'il venait d'effaroucher.

— N'y touchez pas! répondit-elle vivement, c'est ma gardienne. C'est elle qui me fera retrouver ma famille si j'en reste digne. Oh! laissez-moi, monsieur le capitaine! ma mère! ma pauvre mère! ma mère! où es-tu? à mon secours! Grâce, monsieur Phœbus! rendez-moi ma gorgerette!

Phœbus recula et dit d'un ton froid : — Oh! mademoiselle! que je vois bien que vous ne m'aimez pas!

— Je ne l'aime pas! s'écria la pauvre malheureuse enfant, et en même temps elle se pendit au capitaine qu'elle fit asseoir près d'elle. Je ne t'aime pas, mon Phœbus! Qu'est-ce que tu dis-là, méchant, pour me déchirer le cœur? Oh! va! prends-moi, prends tout! fais ce que tu voudras de moi, je suis à toi. Que m'importe l'amulette! que m'importe ma mère! c'est toi qui es ma mère,

puisque je t'aime! Phœbus, mon Phœbus
bien-aimé, me vois-tu? c'est moi, regarde-
moi! c'est cette petite que tu veux bien ne
pas repousser, qui vient, qui vient elle-même
te chercher. Mon ame, ma vie, mon corps,
ma personne, tout cela est une chose qui
est à vous, mon capitaine. Eh bien, non! ne
nous marions pas, cela t'ennuie; et puis,
qu'est-ce que je suis, moi? une misérable
fille du ruisseau : tandis que toi, mon Phœbus, tu es gentilhomme. Belle chose vraiment! une danseuse épouser un officier!
j'étais folle. Non, Phœbus, non; je serais ta
maîtresse, ton amusement, ton plaisir,
quand tu voudras, une fille qui sera à toi.
Je ne suis faite que pour cela, souillée, mé-
prisée, déshonorée, mais qu'importe! aimée.
Je serai la plus fière et la plus joyeuse des
femmes. Et quand je serai vieille ou laide,
Phœbus, quand je ne serai plus bonne pour
vous aimer, monseigneur, vous me souffri-
rez encore pour vous servir. D'autres vous
broderont des écharpes; c'est moi, la servante, qui en aura soin. Vous me laisserez

fourbir vos éperons, brosser votre hoqueton,
épousseter vos bottes de cheval. N'est-ce pas,
mon Phœbus , que vous aurez cette pitié ? En
attendant , prends-moi ! tiens, Phœbus, tout
cela t'appartient , aime-moi seulement! Nous
autres égyptiennes , il ne nous faut que cela,
de l'air et de l'amour.

En parlant ainsi, elle jetait ses bras autour du cou de l'officier , elle le regardait du
bas en haut , suppliante et avec un beau sourire en pleurs. Sa gorge délicate se frottait
au pourpoint de drap et aux rudes broderies.
Elle tordait sur ses genoux son beau corps
demi-nu. Le capitaine enivré colla ses lèvres
ardentes à ces belles épaules africaines. La
jeune fille , les yeux perdus au plafond , renversée en arrière , frémissait toute palpitante
sous ce baiser.

Tout-à-coup au-dessus de la tête de Phœbus elle vit une autre tête ; une figure livide,
verte, convulsive, avec un regard de damné ;
près de cette figure il y avait une main qui
tenait un poignard. C'était la figure et la main
du prêtre ; il avait brisé la porte, et il était

là. Phœbus ne pouvait le voir. La jeune fille
resta immobile, glacée, muette, sous l'épouvantable apparition, comme une colombe
qui lèverait la tête au moment ou l'orfraie
regarde dans son nid avec ses yeux ronds.

Elle ne put même pousser un cri. Elle vit
le poignard s'abaisser sur Phœbus et se relever fumant. — Malédiction! dit le capitaine, et il tomba.

Elle s'évanouit.

Au moment où ses yeux se fermaient, où
tout sentiment se dispersait en elle, elle crut
sentir s'imprimer sur ses lèvres un attouche-
ment de feu, un baiser plus brûlant que le
fer rouge du bourreau.

Quand elle reprit ses sens elle était entourée de soldats du guet, on emportait le
capitaine baignant dans son sang, le prêtre
avait disparu; la fenêtre du fond de la chambre, qui donnait sur la rivière, était toute
grande ouverte; on ramassait un manteau
qu'on supposait appartenir à l'officier, et
elle entendit dire autour d'elle : — C'est une
sorcière qui a poignardé un capitaine.

Livre Huitième.

I.

L'ÉCU CHANGÉ EN FEUILLE SÈCHE.

Gringoire et toute la Cour-des-Miracles étaient dans une mortelle inquiétude. On ne savait depuis un grand mois ce qu'était devenue la Esmeralda, ce qui contristait fort le duc d'Égypte et ses amis les truands; ni ce qu'était devenue sa chèvre, ce qui redoublait la douleur de Gringoire. Un soir l'Égyptienne avait disparu, et depuis lors n'avait plus donné signe de vie. Toutes recherches avaient été inutiles. Quelques sabouleux taquins disaient à Gringoire l'avoir rencontrée ce soir-là aux environs du Pont-Saint-Michel, s'en allant avec un officier; mais ce mari à la mode de Bohême était un philosophe incrédule, et d'ailleurs il savait mieux que personne à quel point sa femme était vierge. Il avait pu juger quelle pudeur inexpugnable résultait des deux vertus combinées de l'amulette et de l'égyptienne, et il avait mathématiquement calculé la résistance de cette chasteté à la seconde puissance. Il était donc tranquille de ce côté.

Aussi ne pouvait-il s'expliquer cette disparition. C'était un chagrin profond. Il en eût maigri, si la chose eût été possible. Il en avait tout oublié, jusqu'à ses goûts littéraires, jusqu'à son grand ouvrage *de Figuris regularibus et irregularibus,* qu'il comptait faire imprimer au premier argent qu'il aurait. (Car il radotait d'imprimerie, depuis qu'il avait vu le Didascalon, de Hugues de Saint-Victor, imprimé avec les célèbres caractères de Vindelin de Spire.)

Un jour qu'il passait tristement devant la
Tournelle criminelle, il aperçut quelque
foule à l'une des portes du Palais-de-Justice.
—Qu'est cela? demanda-t-il à un jeune
homme qui en sortait.

— Je ne sais pas, monsieur, répondit le
jeune homme. On dit qu'on juge une femme
qui a assassiné un gendarme. Comme il paraît qu'il y a de la sorcellerie là-dessous,
l'évêque et l'official sont intervenus dans la
cause, et mon frère, qui est archidiacre de
Josas, y passe sa vie. Or, je voulais lui
parler, mais je n'ai pu arriver jusqu'à lui à
cause de la foule, ce qui me contrarie fort,
car j'ai besoin d'argent.

— Hélas, monsieur, dit Gringoire, je
voudrais pouvoir vous en prêter; mais si
mes grègues sont trouées, ce n'est pas par
les écus.

Il n'osa pas dire au jeune homme qu'il
connaissait son frère l'archidiacre, vers
lequel il n'était pas retourné depuis la scène
de l'église, négligence qui l'embarrassait.

L'écolier passa son chemin, et Gringoire

se mit à suivre la foule qui montait l'escalier
de la grand'chambre. Il estimait qu'il n'est
rien de tel que le spectale d'un procès criminel pour dissiper la mélancolie, tant les
juges sont ordinairement d'une bêtise réjouis-
sante. Le peuple auquel il s'était mêlé marchait et se coudoyait en silence. Après un
lent et insipide piétinement sous un long
couloir sombre, qui serpentait dans le palais
comme le canal intestinal du vieil édifice, il
parvint auprès d'une porte basse qui débouchait sur une salle que sa haute taille lui
permit d'explorer du regard par-dessus les
têtes ondoyantes de la cohue.

La salle était vaste et sombre, ce qui la
faisait paraître plus vaste encore. Le jour
tombait ; les longues fenêtres ogives ne laissaient plus pénétrer qu'un pâle rayon qui
s'éteignait avant d'atteindre jusqu'à la voûte,
énorme treillis de charpentes sculptées,
dont les milles figures semblaient remuer
confusément dans l'ombre. Il y avait déjà
plusieurs chandelles allumées çà et là sur des
tables, et rayonnant sur des têtes de gref-

fiers affaissés dans des paperasses. La partie
antérieure de la salle était occupée par la
foule ; à droite et à gauche il y avait des
hommes de robe à des tables ; au fond, sur
une estrade, force juges dont les dernières
rangées s'enfonçaient dans les ténèbres ; faces
immobiles et sinistres. Les murs étaient se-
més de fleurs-de-lis sans nombre. On distinguait vaguement un grand christ au-dessus
des juges, et partout des piques et des hallebardes au bout desquelles la lumière des
chandelles mettait des pointes de feu.

— Monsieur, demanda Gringoire à l'un
de ses voisins, qu'est-ce que c'est donc que
toutes ces personnes rangées là-bas comme
prélats, en concile ?

— Monsieur, dit le voisin, ce sont les
conseillers de la grand'chambre à droite, et
les conseillers des enquêtes à gauche ; les
maîtres en robes noires et les messires en
robes rouges.

— Là, au-dessus d'eux, reprit Gringoire,
qu'est-ce que c'est que ce gros rouge qui
sue ?

'— C'est monsieur le président.

—Et ces moutons derrière lui? poursuivit Gringoire, lequel, nous l'avons déjà dit, n'aimait pas la magistrature. Ce qui tenait peut-être à la rancune qu'il gardait au Palais-de-Justice depuis sa mésaventure dramatique.

—Ce sont messieurs les maîtres des requêtes de l'Hôtel du roi.

—Et devant lui, ce sanglier?

—C'est monsieur le greffier de la cour de parlement.

—Et à droite, ce crocodile?

—Maître Philippe Lheulier, avocat du roi extraordinaire.

— Et à gauche, ce gros chat noir?

— Maître Jacques Charmolue, procureur de roi en cour d'église, avec messieurs de l'officialité.

—Or çà, monsieur, dit Gringoire, que font donc tous ces braves gens-là?

—Ils jugent.

— Ils jugent qui? je ne vois pas d'accusé.

—C'est une femme, monsieur. Vous ne

pouvez la voir. Elle nous tourne le dos, et elle nous est cachée par la foule. Tenez, elle est là où vous voyez un groupe de pertuisanes.

—Qu'est-ce que cette femme? demanda Gringoire. Savez-vous son nom?

—Non, monsieur; je ne fais que d'arriver. Je présume seulement qu'il y a de la sorcellerie, parce que l'official assiste au procès.

— Allons! dit notre philosophe, nous allons voir ces gens de robe manger de la chair humaine. C'est un spectacle comme un autre.

—Monsieur, observa le voisin, est-ce que vous ne trouvez pas que maître Jacques Charmoulue a l'air très-doux?

—Hum! répondit Gringoire. Je me défie d'une douceur qui a les narines pincées et les lèvres minces.

Ici les voisins imposèrent silence aux deux causeurs. On écoutait une déposition importante.

—Messeigneurs, disait au milieu de la salle, une vieille dont le visage disparaissait

tellement sous ses vêtemens qu'on eût dit un
monceau de guenilles qui marchait ; messeigneurs, la chose est aussi vraie qu'il est vrai
que c'est moi qui suis la Falourdel, établie
depuis quarante ans au Pont-Saint-Michel, et
payant exactement rentes, lods et censives,
la porte vis-à-vis la maison de Tassin-Caillart,
le teinturier, qui est du côté d'amont l'eau.
—Une pauvre vieille à présent, une jolie fille
autrefois, messeigneurs ! — On me disait depuis quelques jours : La Falourdel, ne filez
pas trop votre rouet le soir ; le diable aime
peigner avec ses cornes la quenouille des
vieilles femmes. Il est sûr que le moine-
bourru, qui était l'an passé du côté du
Temple, rôde maintenant dans la Cité. La
Falourdel, prenez garde qu'il ne cogne à
votre porte. —Un soir, je filais mon rouet ;
on cogne à ma porte. Je demande qui. On
jure. J'ouvre. Deux hommes entrent. Un
noir avec un bel officier. On ne voyait que
les yeux noirs, deux braises. Tout le reste
était manteau et chapeau. — Voilà qu'ils me
disent : La chambre à Sainte-Marthe.—C'est

ma chambre d'en haut, messeigneurs, ma
plus propre. — Ils me donnent un écu. Je
serre l'écu dans mon tiroir, et je dis : Ce
sera pour acheter demain des tripes à l'écor-
cherie de la Gloriette. —Nous montons. —
Arrivés à la chambre d'en haut, pendant
que je tournais le dos, l'homme noir dispa-
raît. Cela m'ébahit un peu. L'officier, qui
était beau comme un grand seigneur, redes-
cend avec moi. Il sort. Le temps de filer un
quart d'écheveau, il rentre avec une belle
jeune fille, une poupée, qui eût brillé comme
un soleil si elle eût été coiffée. Elle avait avec
elle un bouc, un grand bouc, noir ou blanc,
je ne sais plus. Voilà qui me fait songer. La
fille, cela ne me regarde pas, mais le bouc!...
Je n'aime pas ces bêtes-là, elles ont une barbe
et des cornes. Cela ressemble à un homme.
Et puis cela sent le samedi. Cependant, je
ne dis rien. J'avais l'écu. C'est juste ; n'est-ce
pas, monsieur le juge? Je fais monter la fille
et le capitaine à la chambre d'en haut, et je
les laisse seuls, c'est-à-dire avec le bouc. Je
descends et je me remets à filer. —Il faut

vous dire que ma maison a un rez-de-chaussée et un premier, elle donne par derrière
sur la rivière comme les autres maisons du
pont, et la fenêtre du rez-de-chaussée et la
fenêtre du premier s'ouvrent sur l'eau. —
J'étais donc en train de filer. Je ne sais pourquoi je pensais à ce moine-bourru que le
bouc m'avait remis en tête, et puis la belle
fille était un peu farouchement attifée. —
Tout-à-coup, j'entends un cri en haut, et
choir quelque chose sur le carreau, et que
la fenêtre s'ouvre. Je cours à la mienne qui
est au-dessous, et je vois passer devant mes
yeux une masse noire qui tombe dans l'eau.
C'était un fantôme habillé en prêtre. Il faisait
clair de lune. Je l'ai très-bien vu. Il nageait
du côté de la Cité. Alors, toute tremblante,
j'appelle le guet. Ces messieurs de la douzaine entrent, et même dans le premier moment ne sachant pas de quoi il s'agissait,
comme ils étaient en joie, ils m'ont battue.
Je leur ai expliqué. Nous montons, et qu'est-
ce que nous trouvons? ma pauvre chambre
tout en sang, le capitaine étendu de son long

avec un poignard dans le cou, la fille faisant
la morte, et le bouc tout effarouché. — Bon,
dis-je, j'en aurai pour plus de quinze jours
à laver le plancher. Il faudra gratter, ce
sera terrible.—On a emporté l'officier, pauvre jeune homme! et la fille toute débraillée.
—Attendez. Le pire, c'est que le lendemain,
quand j'ai voulu prendre l'écu pour acheter
les tripes, j'ai trouvé une feuille sèche à la
place.

La vieille se tut. Un murmure d'horreur
circula dans l'auditoire. — Ce fantôme, ce
bouc, tout cela sent la magie, dit un voisin
de Gringoire.—Et cette feuille sèche! ajouta
un autre. — Nul doute, reprit un troisième,
c'est une sorcière qui a des commerces avec
le moine-bourru pour dévaliser les officiers.

— Gringoire lui-même n'était pas éloigné de
trouver tout cet ensemble effrayant et vrai-
semblable.

— Femme Falourdel, dit monsieur le président avec majesté, n'avez-vous rien de plus
à dire à justice?

— Non, monseigneur, répondit la vieille,

II.   28

sinon que dans le rapport on a traité ma
maison de masure tortue et puante, ce qui
est outrageusement parler. Les maisons du
pont n'ont pas grande mine, parce qu'il y a
foison de peuple, mais néanmoins les bou-
chers ne laissent pas d'y demeurer, qui sont
gens riches et mariés à de belles femmes fort
propres.

Le magistrat qui avait fait à Gringoire l'effet d'un crocodile se leva. — Paix ! dit-il. Je
prie messieurs de ne pas perdre de vue
qu'on a trouvé un poignard sur l'accusée. —
Femme Falourdel, avez-vous apporté cette
feuille en laquelle s'est transformé l'écu que
le démon vous avait donné.

— Oui, monseigneur, répondit-elle ; je
l'ai retrouvée. La voici.

Un huissier transmit la feuille morte au
crocodile qui fit un signe de tête lugubre, et
la passa au président qui la renvoya au procureur du roi en cour d'église, de façon
qu'elle fit le tour de la salle. — C'est une
feuille de bouleau, dit maître Jacques Charmolue. Nouvelle preuve de la magie.

Un conseiller prit la parole. — Témoin,
deux hommes sont montés en même temps
chez vous. L'homme noir, que vous avez vu
d'abord disparaître, puis nager en Seine avec
des habits de prêtre, et l'officier. — Lequel
des deux vous a remis l'écu?

La vieille réfléchit un moment et dit : —
C'est l'officier.

Une rumeur parcourut la foule.

— Ah! pensa Gringoire, voilà qui fait hésiter ma conviction.

Cependant maître Philippe Lheulier, l'avocat extraordinaire du roi, intervint de nouveau. — Je rappelle à messieurs que dans sa
déposition écrite à son chevet, l'officier assassiné, en déclarant qu'il avait eu vaguement la pensée, au moment où l'homme noir
l'avait accosté, que ce pourrait fort bien être
le moine-bourru, ajoutait que le fantôme
l'avait vivement pressé de s'aller accointer
avec l'accusée; et sur l'observation de lui,
capitaine, qu'il était sans argent, lui avait
donné l'écu dont ledit officier a payé la
Falourdel. Donc l'écu est une monnaie de
l'enfer.

Cette observation concluante parut dissiper tous les doutes de Gringoire et des autres sceptiques de l'auditoire.

— Messieurs ont le dossier des pièces, ajouta l'avocat du roi en s'asseyant; ils peuvent consulter le dire de Phœbus de Chateaupers.

A ce nom l'accusée se leva; sa tête dépassa la foule. Gringoire épouvanté reconnut la Esmeralda.

Elle était pâle; ses cheveux, autrefois si gracieusement nattés et pailletés de sequins, tombaient en désordre; ses lèvres étaient bleues, ses yeux creux effrayaient. Hélas!

— Phœbus! dit-elle avec égarement, où est-il? O messeigneurs! avant de me tuer, par grâce, dites-moi s'il vit encore!

— Taisez-vous, femme, répondit le président; ce n'est pas là notre affaire.

—Oh! par pitié! dites-moi s'il est vivant! reprit-elle en joignant ses belles mains amaigries; et l'on entendait ses chaînes frissonner le long de sa robe.

— Eh bien! dit sèchement l'avocat du roi, il se meurt. — Êtes-vous contente?

La malheureuse retomba sur sa sellette, sans voix, sans larmes, blanche comme une figure de cire.

Le président se baissa vers un homme placé à ses pieds, qui avait un bonnet d'or et une robe noire, une chaîne au cou et une verge à la main. — Huissier, introduisez la seconde accusée.

Tous les yeux se tournèrent vers une petite porte qui s'ouvrit, et, à la grande palpitation de Gringoire, donna passage à une jolie chèvre aux cornes et aux pieds d'or. L'élégante bête s'arrêta un moment sur le seuil, tendant le cou, comme si, dressée à la pointe d'une roche, elle eût eu sous les yeux un immense horizon. Tout-à-coup elle aperçut la bohémienne, et sautant par-dessus la table et la tête d'un greffier, en deux bonds elle fut à ses genoux ; puis elle se roula gracieusement sur les pieds de sa maîtresse, sollicitant un mot ou une caresse ; mais l'accusée resta immobile, et la pauvre Djali elle-même n'eut pas un regard.

— Eh mais... c'est ma vilaine bête, dit la

vieille Falourdel, et je les reconnais belle-
ment toutes deux !

Jacques Charmolue intervint. — S'il plaît
à messieurs nous procéderons à l'interrogatoire de la chèvre.

C'était en effet la seconde accusée. Rien
de plus simple alors qu'un procès de sorcellerie intenté à un animal. On trouve, entre
autres, dans les Comptes de la prevôté pour
1466, un curieux détail des frais du procès
de Gillet-Soulart et de sa truie, *exécutés pour
leurs démérites à Corbeil.* Tout y est, le coût
des fosses pour mettre la truie, les cinq cents
bourrées de cotterets pris sur le port de Mor-
sant, les trois pintes de vin et le pain, dernier repas du patient fraternellement partagé
par le bourreau, jusqu'aux onze jours de
garde et de nourriture de la truie à huit
deniers parisis chaque. Quelquefois même
on allait plus loin que les bêtes. Les capitu-
laires de Charlemagne et de Louis-le-Débon-
naire infligent de graves peines aux fantômes
enflammés qui se permettraient de paraître
dans l'air.

Cependant le procureur en cour d'église
s'était écrié : — Si le démon qui possède
cette chèvre et qui a résisté à tous les exor-
cismes persiste dans ses maléfices, s'il en
épouvante la cour, nous le prévenons que
nous serons forcés de requérir contre lui le
gibet ou le·bûcher.

Gringoire eut la sueur froide. Charmolue
prit sur une table le tambour de basque de
la bohémienne, et, le présentant d'une certaine façon à la chèvre, il lui demanda : —
Quelle heure est-il?

La chèvre le regarda d'un œil intelligent,
leva son pied doré et frappa sept coups. Il
était en effet sept heures. Un mouvement de
terreur parcourut la foule. Gringoire n'y put
tenir.

— Elle se perd! cria-t-il tout haut, vous
voyez bien qu'elle ne sait ce qu'elle fait.

—Silence aux manans du bout de la salle!
dit aigrement l'huissier.

Jacques Charmolue, à l'aide des mêmes
manœuvres du tambourin, fit faire à la chèvre plusieurs autres momeries sur la date du

jour, le mois de l'année, etc., dont le lecteur a déjà été témoin. Et, par une illusion
d'optique propre aux débats judiciaires, ces
mêmes spectateurs, qui peut-être avaient
plus d'une fois applaudi dans le carrefour
aux innocentes malices de Djali, en furent
effrayés sous les voûtes du Palais-de-Justice.
La chèvre était décidément le diable.

Ce fut bien pis encore, quand, le procureur du roi ayant vidé sur le carreau un certain sac de cuir plein de lettres mobiles, que
Djali avait au cou, on vit la chèvre extraire
avec sa patte, de l'alphabet épars, le nom fatal : *Phœbus*. Les sortiléges dont le capitaine
avait été victime parurent irrésistiblement
démontrés, et, aux yeux de tous, la bohémienne, cette ravissante danseuse qui avait
tant de fois ébloui les passans de sa grâce,
ne fut plus qu'une effroyable stryge.

Du reste, elle ne donnait aucun signe de
vie ; ni les gracieuses évolutions de Djali, ni
les menaces du parquet, ni les sourdes imprécations de l'auditoire, rien n'arrivait plus
à sa pensée.

Il fallut, pour la réveiller, qu'un sergent la secouât sans pitié et que le président élevât solennellement la voix : — Fille, vous êtes de race bohème, adonnée aux maléfices. Vous avez, de complicité avec la chèvre ensorcelée, impliquée au procès, dans la nuit du 29 mars dernier, meurtri et poignardé, de concert avec les puissances de ténèbres, à l'aide de charmes et de pratiques, un capitaine des archers de l'ordonnance du roi, Phœbus de Chateaupers. Persistez-vous à nier?

— Horreur! cria la jeune fille en cachant son visage de ses mains. Mon Phœbus! Oh! c'est l'enfer!

— Persistez-vous à nier? demanda froidement le président.

— Si je le nie! dit-elle d'un accent terrible, et elle s'était levée et son œil étincelait.

Le président continua carrément : —Alors comment expliquez-vous les faits à votre charge.

Elle répondit d'une voix entrecoupée : — Je l'ai déjà dit. Je ne sais pas. C'est un prê-

tre, un prêtre que je ne connais pas ; un prêtre infernal qui me poursuit !

— C'est cela, reprit le juge : le moine-
bourru.

— O messeigneurs ! ayez pitié ! je ne suis
qu'une pauvre fille...

— D'Égypte, dit le juge.

Maître Jacques Charmolue prit la parole
avec douceur : — Attendu l'obstination douloureuse de l'accusée, je requiers l'application de la question.

— Accordé, dit le président.

La malheureuse frémit de tout son corps.
Elle se leva pourtant à l'ordre des pertuisa-
niers, et marcha d'un pas assez ferme, pré-
cédée de Charmolue et des prêtres de l'officialité, entre deux rangs de hallebardes, vers
une porte bâtarde qui s'ouvrit subitement et
se referma sur elle, ce qui fit au triste Gringoire l'effet d'une gueule horrible qui venait
de la dévorer.

Quand elle disparut on entendit un bêle-
ment plaintif. C'était la petite chèvre qui
pleurait.

L'audience fut suspendue. Un conseiller ayant fait observer que messieurs étaient fatigués, et que ce serait bien long d'attendre jusqu'à la fin de la torture, le président répondit qu'un magistrat doit savoir se sacrifier à son devoir.

— La fâcheuse et déplaisante drôlesse, dit un vieux juge, qui se fait donner la question quand on n'a pas soupé !

II.

SUITE DE L'ÉCU CHANGÉ

EN FEUILLE SÈCHE.

Après quelques degrés montés et descendus dans des couloirs si sombres qu'on les éclairait de lampes en plein jour, la Esmeralda, toujours entourée de son lugubre cortége, fut poussée par les sergens du palais dans une chambre sinistre. Cette chambre, de forme ronde, occupait le rez-de-chaussée de l'une de ces grosses tours qui percent en-

core, dans notre siècle , la couche d'édifices modernes dont le nouveau Paris a recou-
vert l'ancien. Pas de fenêtres à ce caveau ;
pas d'autre ouverture que l'entrée, basse,
et battue d'une énorme porte de fer. La clarté
cependant n'y manquait point ; un four était
pratiqué dans l'épaisseur du mur, un gros
feu y était allumé , qui remplissait le caveau
de ses rouges réverbérations , et dépouillait
de tout rayonnement une misérable chandelle posée dans un coin. La herse de fer
qui servait à fermer le four, levée en ce moment, ne laissait voir, à l'orifice du soupirail
flamboyant sur le mur ténébreux, que l'extrémité inférieure de ses barreaux , comme
une rangée de dents noires , aiguës et espa-
cées ; ce qui faisait ressembler la fournaise
à l'une de ces bouches de dragons qui jet-
tent des flammes dans les légendes. A la lumière qui s'en échappait, la prisonnière vit
tout au tour de la chambre des instrumens
effroyables dont elle ne comprenait pas l'u-
sage. Au milieu gisait un matelas de cuir
presque posé à terre, sur lequel pendait une

courroie à boucle , rattachée à un anneau
de cuivre que mordait un monstre camard ,
sculpté dans la clef de la voûte. Des tenailles , des pinces , de larges fers de charrue,
encombraient l'intérieur du four et rougis-
saient pêle-mêle sur la braise. La sanglante
lueur de la fournaise n'éclairait dans toute
la chambre qu'un fouillis de choses horribles.

Ce Tartare s'appelait simplement *la chambre de la question*.

Sur le lit était nonchalamment assis Pierrat
Torterue, le tourmenteur-juré. Ses valets ,
deux gnomes à face carrée, à tablier de cuir,
à brayes de toile , remuaient la ferraille sur
les charbons.

La pauvre fille avait eu beau recueillir son
courage; en pénétrant dans cette chambre ,
elle eut horreur.

Les sergens du bailli du Palais se rangè-
rent d'un côté , les prêtres de l'officialité de
l'autre. Un greffier, une écritoire et une table étaient dans un coin. Maître Jacques
Charmolue s'approcha de l'égyptienne avec
un sourire très-doux. — Ma chère enfant ,
dit-il , vous persistez donc à nier?

— Oui , répondit-elle d'une voix déjà
éteinte.

— En ce cas , reprit Charmolue, il sera
bien douloureux pour nous de vous question-
ner avec plus d'instance que nous ne le vou-
drions. — Veuillez prendre la peine de vous
asseoir. sur ce lit. — Maître Pierrat, faites
place à madamoiselle, et fermez la porte.

Pierrat se leva avec un grognement. — Si
je ferme la porte, murmura-t-il, mon feu va
s'éteindre.

— Eh bien, mon cher, repartit Charmolue,
laissez-la ouverte.

Cependant la Esmeralda restait debout. Ce
lit de cuir, où s'étaient tordus tant de misérables, l'épouvantait. La terreur lui glaçait la
moëlle des os ; elle était là, effarée et stupide. A un signe de Charmolue, les deux valets la prirent et la posèrent assise sur le lit.
Ils ne lui firent aucun mal ; mais quand ces
hommes la touchèrent, quand ce cuir la tou-
cha, elle sentit tout son sang refluer vers son
cœur. Elle jeta un regard égaré autour de la
chambre. Il lui sembla voir se mouvoir et

marcher de toutes parts vers elle , pour lui grimper le long du corps et la mordre et la pincer , tous ces difformes outils de la torture , qui étaient , parmi les instrumens de tout genre qu'elle avait vus jusqu'alors , ce que sont les chauves-souris , les mille-pieds et les araignées parmi les insectes et les oiseaux.

—Où est le médecin? demanda Charmolue.

— Ici , répondit une robe noire qu'elle n'avait pas encore aperçue.

Elle frissonna.

—Madamoiselle, reprit la voix caressante du procureur en cour d'église, pour la troisième fois persistez-vous à nier les faits dont vous êtes accusée ?

Cette fois elle ne put que faire un signe de tête. La voix lui manqua.

— Vous persistez! dit Jacques Charmolue. Alors , j'en suis désespéré , mais il faut que je remplisse le devoir de mon office.

—Monsieur le procureur du roi , dit brusquement Pierrat , par où commencerons-nous ?

Charmolue hésita un moment avec la grimace ambiguë d'un poète qui cherche une
rime. — Par le brodequin, dit-il enfin.

L'infortunée se sentit si profondément
abandonnée de Dieu et des hommes que sa
tête tomba sur sa poitrine comme une chose
inerte qui n'a pas de force en soi.

Le tourmenteur et le médecin s'approchèrent d'elle à-la-fois. En même temps les
deux valets se mirent à fouiller dans leur hideux arsenal. Au cliquetis de cette affreuse
ferraille, la malheureuse enfant tressaillit
comme une grenouille morte qu'on galva-
nise. — Oh! murmura-t-elle, si bas que nul
ne l'entendit, ô mon Phœbus! — Puis elle
se replongea dans son immobilité et dans
son silence de marbre. Ce spectacle eût déchiré tout autre cœur que des cœurs de juges. On eût dit une pauvre ame pécheresse
questionnée par Satan sous l'écarlate guichet
de l'enfer. Le misérable corps auquel allait
se cramponner cette effroyable fourmilière
de scies, de roues et de chevalets, l'être
qu'allaient manier ces âpres mains de bour-

reaux et de tenailles , c'était donc cette
douce , blanche et fragile créature , pauvre
grain de mil que la justice humaine donnait
à moudre aux épouvantables meules de la
torture !

Cependant les mains calleuses des valets
de Pierrat Torterue avaient brutalement mis
à nu cette jambe charmante , ce petit pied
qui avaient tant de fois émerveillé les passans de leur gentillesse et de leur beauté
dans les carrefours de Paris. — C'est dommage ! grommela le tourmenteur en considérant ces formes si gracieuses et si délicates. Si l'archidiacre eût été présent, certes,
il se fût souvenu en ce moment de son symbole de l'araignée et de la mouche. Bientôt
la malheureuse vit , à travers un nuage qui
se répandait sur ses yeux , approcher le *brodequin*, bientôt elle vit son pied emboîté entre les ais ferrés disparaître sous l'effrayant
appareil. Alors la terreur lui rendit de la
force. — Otez-moi cela ! cria-t-elle avec emportement ; et se dressant tout échevelée :
Grâce !

Elle s'élança hors du lit pour se jeter aux pieds du procureur du roi , mais sa jambe était prise dans le lourd bloc de chêne et de ferrures , et elle s'affaisa sur le brodequin , plus brisée qu'une abeille qui aurait un plomb sur l'aile.

A un signe de Charmolue, on la replaça sur le lit , et deux grosses mains assujettirent à sa fine ceinture la courroie qui pendait de la voûte.

—Une dernière fois, avouez-vous les faits de la cause ? demanda Charmolue avec son imperturbable bénignité.

— Je suis innocente.

—Alors , madamoiselle , comment expliquez-vous les circonstances à votre charge ?

— Hélas , monseigneur! je ne sais.

— Vous niez donc ?

— Tout !

— Faites , dit Charmolue à Pierrat.

Pierrat tourna la poignée du cric, le brodequin se resserra, et la malheureuse poussa un de ces horribles cris qui n'ont d'orthographe dans aucune langue humaine.

— Arrêtez , dit Charmolue à Pierrat. —
Avouez-vous ? dit-il à l'égyptienne.

— Tout ! cria la misérable fille. J'avoue !
j'avoue ! grâce !

Elle n'avait pas calculé ses forces en af-
frontant la question. Pauvre enfant dont la
vie jusqu'alors avait été si joyeuse , si suave,
si douce, la première douleur l'avait vaincue.

— L'humanité m'oblige à vous dire , observa le procureur du roi, qu'en avouant
c'est la mort que vous devez attendre.

— Je l'espère bien , dit-elle. Et elle retomba sur le lit de cuir, mourante, pliée en
deux, se laissant prendre à la courroie bouclée sur sa poitrine.

— Sus , ma belle, soutenez-vous un peu,
dit maître Pierrat en la relevant. Vous avez
l'air du mouton d'or qui est au cou de monsieur de Bourgogne.

Jacques Charmolue éleva la voix.

— Greffier, écrivez. — Jeune fille bohême,
vous avouez votre participation aux agapes,
sabbats et maléfices de l'enfer, avec les lar-
ves, les masques et les stryges? Répondez.

— Oui, dit-elle, si bas que sa parole se
perdait dans son souffle.

— Vous avouez avoir vu le bélier que
Béelzébuth fait paraître dans les nuées pour
rassembler le sabbat, et qui n'est vu que
des sorciers ?

— Oui.

— Vous confessez avoir adoré les têtes
de Bophomet, ces abominables idoles des
templiers ?

— Oui.

— Avoir eu commerce habituel avec le
diable sous la forme d'une chèvre familière,
jointe au procès ?

— Oui.

— Enfin, vous avouez et confessez avoir,
à l'aide du démon, et du fantôme vulgaire-
ment appelé le moine-bourru, dans la nuit·
du vingt-neuvième mars dernier, meurtri et
assassiné un capitaine nommé Phœbus de
Chateaupers ?

Elle leva sur le magistrat ses grands yeux
fixes, et répondit comme machinalement,
sans convulsion et sans secousse : — Oui.

— Il était évident que tout était brisé en elle.

— Écrivez, greffier, dit Charmolue. Et s'adressant aux tortionnaires : — Qu'on détache la prisonnière, et qu'on la ramène à l'audience. Quand la prisonnière fut *déchaussée*, le procureur en cour d'église examina son pied encore engourdi par la douleur. — Allons! dit-il, il n'y pas grand mal. Vous avez crié à temps. Vous pourriez encore danser, la belle! — Puis il se tourna vers ses acolytes de l'officialité. — Voilà enfin la justice éclairée! Cela soulage, messieurs! madamoiselle nous rendra ce témoignage, que nous avons agi avec toute la douceur possible.

III.

FIN DE L'ÉCU

CHANGÉ EN FEUILLE SÈCHE.

Quand elle rentra, pâle et boitant, dans
la salle d'audience, un murmure général de
plaisir l'accueillit. De la part de l'auditoire,
c'était ce sentiment d'impatience satisfaite
qu'on éprouve au théâtre, à l'expiration du
dernier entr'acte de la comédie, lorsque la
toile se relève et que la fin va commencer.
De la part des juges, c'était espoir de bien-

tôt souper. La petite chèvre aussi bêla de joie. Elle voulut courir vers sa maîtresse, mais on l'avait attachée au banc.

La nuit était tout-à-fait venue. Les chandelles, dont on n'avait pas augmenté le nombre, jetaient si peu de lumière qu'on ne voyait pas les murs de la salle. Les ténèbres y enveloppaient tous les objets d'une sorte de brume. Quelques faces apathiques de juges y ressortaient à peine. Vis-à-vis d'eux, à l'extrémité de la longue salle, ils pouvaient voir un point de blancheur vague se détacher sur le fond sombre. C'était l'accusée.

Elle s'était traînée à sa place. Quand Charmolue se fut installé magistralement à la sienne, il s'assit, puis se releva, et dit sans laisser percer trop de vanité de son succès: — L'accusée a tout avoué.

— Fille bohême, reprit le président, vous avez avoué tous vos faits de magie, de prostitution et d'assassinat sur Phœbus de Chateaupers?

Son cœur se serra. On l'entendit sangloter dans l'ombre. — Tout ce que vous vou-

drez , répondit-elle faiblement , mais tuez-
moi vite !

— Monsieur le procureur du roi en cour
d'église , dit le président, la chambre est
prête à vous entendre en vos réquisitions.

Maître Charmolue exhiba un effrayant
cahier, et se mit à lire avec force gestes et
l'accentuation exagérée de la plaidoirie une
oraison en latin où toutes les preuves du
procès s'échafaudaient sur des périphrases
cicéroniennes flanquées des citations de
Plaute, son comique favori. Nous regrettons
de ne pouvoir offrir à nos lecteurs ce morceau remarquable. L'orateur le débitait avec
une action merveilleuse. Il n'avait pas achevé
l'exorde , que déjà la sueur lui sortait du
front et les yeux de la tête. Tout-à-coup ,
au beau milieu d'une période, il s'interrompit , et son regard , d'ordinaire assez
doux et même assez bête, devint foudroyant.
— Messieurs , s'écria-t-il (cette fois en français , car ce n'était pas dans le cahier) , Satan est tellement mêlé dans cette affaire que
le voilà qui assiste à nos débats et fait sin-

gerie de leur majesté. Voyez ! En parlant
ainsi, il désignait de la main la petite chèvre
qui, voyant gesticuler Charmolue, avait cru
en effet qu'il était à propos d'en faire autant,
et s'était assise sur le derrière, reprodui-
sant de son mieux, avec ses pattes de devant
et sa tête barbue, la pantomime pathétique
du procureur du roi en cour d'église. C'é-
tait, si l'on s'en souvient, un de ses gentils
talens. Cet incident, cette dernière *preuve*,
fit grand effet. On lia les pattes à la chèvre,
et le procureur du roi reprit le fil de son
éloquence. Cela fut très-long, mais la péro-
raison était admirable. En voici la dernière
phrase ; qu'on y ajoute la voix enrouée et
le geste essoufflé de maître Charmolue. —
Ideò, Domni, coram stryga demonstrata, cri-
mine patente, intentione criminis existente,
in nomine sanctæ Ecclesiæ Nostræ Dominæ
parisiensis quæ est in saisina habendi omni-
modam altam et bassam justitiam in illa hac
intemerata Civitatis insula, tenore præsen-
tium declaramus nos requirere, primo, ali-
quamdam pecuniariam indemnitatem, secundo,

amendationem honorabilem ante portalium maximum Notræ - Dominæ, ecclesiæ cathedralis ; tertio , sententiam in virtute cujus ista stryga cum sua capella, seu in trivio vulgariter dicto la Grève, *seu in insula exeunte in fluvio Secanæ, juxtà pointam jardini regalis, executatæ sint.*

Il remit son bonnet, et se rassit.

— *Eheu !* soupira Gringoire navré, *bassa latinitas !*

Un autre homme en robe noire se leva près de l'accusée ; c'était son avocat. Les juges, à jeun, commencèrent à murmurer.

— Avocat, soyez bref, dit le président.

— Monsieur le président , répondit l'avocat, puisque la défenderesse a confessé lo crime , je n'ai plus qu'un mot à dire à messieurs. Voici un texte de la loi salique : « Si une stryge a mangé un homme, et qu'elle » en soit convaincue, elle paiera une amende » de huit mille deniers, qui font deux cents » sous d'or. » Plaise à la chambre de condamner ma cliente à l'amende.

— Texte abrogé, dit l'avocat du roi extraordinaire.

— *Nego,* répliqua l'avocat.

— Aux voix ! dit un conseiller ; le crime est patent, et il est tard.

On alla aux voix sans quitter la salle. Les juges *opinèrent du bonnet;* ils étaient pressés. On voyait leurs têtes chaperonnées se découvrir l'une après l'autre dans l'ombre, à la question lugubre que leur adressait tout bas le président. La pauvre accusée avait l'air de les regarder, mais son œil trouble ne voyait plus.

Puis le greffier se mit à écrire; puis il passa au président un long parchemin. Alors la malheureuse entendit le peuple se remuer, les piques s'entrechoquer et une voix glaciale qui disait :

— Fille bohême, le jour qu'il plaira au roi notre sire, à l'heure de midi, vous serez menée dans un tombereau, en chemise, pieds nus, la corde au cou, devant le grand portail de Notre Dame, et y ferez amende honorable avec une torche de cire du poids de deux livres à la main, et de là serez menée en place de Grève, où vous serez pendue et

étranglée au gibet de la Ville ; et cette votre
chèvre pareillement ; et paierez à l'official
trois lions d'or, en réparation des crimes,
par vous commis et par vous confessés, de
sorcellerie, de magie, de luxure et de meurtre sur la personne du sieur Phœbus de
Chateaupers. Dieu ait votre ame !

— Oh ! c'est un rêve ! murmura-t-elle,
et elle sentit de rudes mains qui l'empor-
taient.

IV.

LASCIATE OGNI SPERANZA.

Au moyen-âge, quand un édifice était complet, il y en avait presque autant dans la terre que dehors. A moins d'être bâtis sur un pilotis, comme Notre-Dame, un palais, une forteresse, une église avaient toujours, un double fond. Dans les cathédrales, c'était en quelque sorte une autre cathédrale souterraine, basse, obscure, mystérieuse,

aveugle et muette, sous la nef supérieure qui
regorgeait de lumière et retentissait d'orgues
et de cloches jour et nuit; quelquefois c'é-
tait un sépulcre. Dans les palais, dans les
bastilles, c'était une prison, quelquefois
aussi un sépulcre, quelquefois les deux ensemble. Ces puissantes bâtisses, dont nous
avons expliqué ailleurs le mode de forma-
tion et de *végétation*, n'avaient pas simplement des fondations, mais, pour ainsi dire,
des racines qui s'allaient ramifiant dans le
sol en chambres, en galeries, en escaliers,
comme la construction d'en haut. Ainsi,
églises, palais, bastilles avaient de la terre à
mi-corps. Les caves d'un édifice étaient un
autre édifice où l'on descendait au lieu de
monter, et qui appliquait ses étages souterrains sous le monceau d'étages extérieurs
du monument, comme ces forêts et ces montagnes qui se renversent dans l'eau miroi-
tante d'un lac au-dessous des forêts et des
montagnes du bord.

A la bastille Saint-Antoine, au Palais-de-
Justice de Paris, au Louvre, ces édifices

souterrains étaient des prisons. Les étages
de ces prisons, en s'enfonçant dans le sol,
allaient se rétrécissant et s'assombrissant.
C'était autant de zônes où s'échelonnaient
les nuances de l'horreur. Dante n'a rien pu
trouver de mieux pour son enfer. Ces en-
tonnoirs de cachots aboutissaient d'ordinaire
à un cul de basse fosse à fond de cuve où
Dante a mis Satan, où la société mettait le
condamné à mort. Une fois une misérable
existence enterrée là, adieu le jour, l'air, la
vie, *ogni speranza;* elle n'en sortait que pour
le gibet ou le bûcher. Quelquefois elle y
pourrissait; la justice humaine appelait cela
oublier. Entre les hommes et lui, le condamné sentait peser sur sa tête un entassement de pierres et de geôliers; et la prison
tout entière, la massive bastille n'était plus
qu'une énorme serrure compliquée qui le
cadenassait hors du monde vivant.

C'est dans un fond de cuve de ce genre,
dans les oubliettes creusées par saint Louis,
dans l'*in pace* de la Tournelle, qu'on avait,
de peur d'évasion sans doute, déposé la Es-

meralda condamnée au gibet, avec le colossal Palais-de-Justice sur la tête. Pauvre mouche qui n'eût pu remuer le moindre de ses moellons!

Certes, la providence et la société avaient été également injustes ; un tel luxe de malheur et de torture n'était pas nécessaire pour briser une si frêle créature.

Elle était là, perdue dans les ténèbres, ensevelie, enfouie, murée. Qui l'eût pu voir en cet état après l'avoir vue rire et danser au soleil, eût frémi. Froide comme la nuit, froide comme la mort, plus un souffle d'air dans ses cheveux, plus un bruit humain à son oreille, plus une lueur de jour dans ses yeux ; brisée en deux, écrasée de chaînes, accroupie près d'une cruche et d'un pain sur un peu de paille dans la mare d'eau qui se formait sous elle des suintemens du cachot, sans mouvement, presque sans haleine ; elle n'en était même plus à souffrir. Phœbus, le soleil, midi, le grand air, les rues de Paris, les danses aux applaudissemens, les doux babillages d'amour avec l'of-

ficier; puis le prêtre, la matrulle, le poignard, le sang, la torture, le gibet; tout
cela repassait bien encore dans son esprit,
tantôt comme une vision chantante et dorée,
tantôt comme un cauchemar difforme; mais
ce n'était plus qu'une lutte horrible et vague
qui se perdait dans les ténèbres, ou qu'une
musique lointaine que se jouait là-haut sur la
terre et qu'on n'entendait plus à la profondeur où la malheureuse était tombée. Depuis qu'elle était là, elle ne veillait ni ne
dormait. Dans cette infortune, dans ce cachot, elle ne pouvait pas plus distinguer la
veille du sommeil, le rêve de la réalité, que
le jour de la nuit. Tout cela était mêlé, brisé,
flottant, répandu confusément dans sa pensée. Elle ne sentait plus, elle ne savait plus,
elle ne pensait plus; tout au plus elle son-
geait. Jamais créature vivante n'avait été
engagée si avant dans le néant.

Ainsi engourdie, gelée, pétrifiée, à peine
avait-elle remarqué deux ou trois fois le
bruit d'une trappe qui s'était ouverte quelque part au-dessus d'elle, sans même laisser

passer un peu de lumière, et par laquelle
une main lui avait jeté une croûte de pain
noir. C'était pourtant l'unique communica-
tion qui lui restât avec les hommes, la visite périodique du geôlier. Une seule chose
occupait encore machinalement son oreille :
au-dessus de sa tête l'humidité filtrait à travers les pierres moisies de la voûte, et à intervalles égaux une goutte d'eau s'en détachait. Elle écoutait stupidement le bruit que
faisait cette goutte d'eau en tombant dans la
mare à côté d'elle.

Cette goutte d'eau tombant dans cette
mare, c'était là le seul mouvement qui re-
muât encore autour d'elle, la seule horloge
qui marquât le temps, le seul bruit qui vint
jusqu'à elle de tout le bruit qui se fait sur la
surface de la terre.

Pour tout dire, elle sentait aussi de temps
en temps, dans ce cloaque de fange et de
ténèbres, quelque chose de froid qui lui
passait çà et là sur le pied ou sur le bras, et
elle frissonnait.

Depuis combien de temps y était-elle? elle

ne le savait. Elle avait souvenir d'un arrêt
de mort prononcé quelque part contre
quelqu'un, puis qu'on l'avait emportée, elle,
et qu'elle s'était réveillée dans la nuit et dans
le silence, glacée. Elle s'était traînée sur les
mains ; alors des anneaux de fer lui avaient
coupé la cheville du pied, et des chaînes
avaient sonné. Elle avait reconnu que tout
était muraille autour d'elle, qu'il y avait au-
dessous d'elle une dalle couverte d'eau, et
une botte de paille. Mais ni lampe, ni soupirail. Alors, elle s'était assise sur cette paille
et quelquefois, pour changer de posture,
sur la dernière marche d'un degré de pierre
qu'il y avait dans son cachot. Un moment,
elle avait essayé de compter les noires minutes que lui mesurait la goutte d'eau, mais
bientôt ce triste travail d'un cerveau malade
s'était rompu de lui-même dans sa tête, et
l'avait laissée dans la stupeur.

Un jour enfin ou une nuit (car minuit et
midi avaient même couleur dans ce sépulcre), elle entendit au-dessus d'elle un bruit
plus fort que celui que faisait d'ordinaire le

guichetier quand il lui apportait son pain et
sa cruche. Elle leva la tête, et vit un rayon
rougeâtre passer à travers les fentes de l'espèce de porte ou de trappe pratiquée dans
la voûte de l'*in pace*. En même temps la
lourde ferrure cria, la trappe grinça sur ses
gonds rouillés, tourna, et elle vit une lanterne, une main et la partie inférieure du
corps de deux hommes, la porte étant trop
basse pour qu'elle pût apercevoir leurs têtes.
La lumière la blessa si vivement qu'elle
ferma les yeux.

Quand elle les rouvrit, la porte était re-
fermée, le fallot était posé sur un degré de
l'escalier, un homme, seul, était debout devant elle. Une cagoule noire lui tombait jusqu'aux pieds, un caffardum de même couleur lui cachait le visage. On ne voyait rien
de sa personne, ni sa face ni ses mains.
C'était un long suaire noir qui se tenait debout, et sous lequel on sentait remuer quelque chose. Elle regarda fixement quelques
minutes cette espèce de spectre. Cependant
elle ni lui ne parlaient. On eût dit deux

statues qui se confrontaient. Deux choses seulement semblaient vivre dans le caveau : la mèche de la lanterne, qui pétillait à cause de l'humidité de l'atmosphère, et la goutte d'eau de la voûte qui coupait cette crépitation irrégulière de son clapotement monotone, et faisait trembler la lumière de la lanterne en moires concentriques sur l'eau huileuse de la mare.

Enfin la prisonnière rompit le silence : — Qui êtes-vous?

— Un prêtre.

Le mot, l'accent, le son de voix, la firent tressaillir.

Le prêtre poursuivit en articulant sourdement. — Êtes-vous préparée?

— A quoi!

— A mourir.

— Oh ! dit-elle, sera-ce bientôt?

— Demain.

Sa tête, qui s'était levée avec joie, revint frapper sa poitrine. — C'est encore bien long ! murmura-t-elle; qu'est-ce que cela leur faisait, aujourd'hui?

— Vous êtes donc très-malheureuse ? demanda le prêtre après un silence.

— J'ai bien froid, répondit-elle.

Elle prit ses pieds avec ses mains, geste habituel aux malheureux qui ont froid, et que nous avons déjà vu faire à la recluse de la Tour-Rolland, et ses dents claquaient.

Le prêtre parut promener, de dessous son capuchon, ses yeux dans le cachot. — Sans lumière! sans feu! dans l'eau! c'est horrible !

— Oui, répondit-elle avec l'air étonné que le malheur lui avait donné. Le jour est à tout le monde. Pourquoi ne me donne-t-on que la nuit?

— Savez-vous, reprit le prêtre après un nouveau silence, pourquoi vous êtes ici?

— Je crois que je l'ai su, dit-elle en passant ses doigts maigres sur ses sourcils comme pour aider sa mémoire, mais je ne sais plus.

Tout-à-coup elle se mit à pleurer comme un enfant. — Je voudrais sortir d'ici, monsieur. J'ai froid, j'ai peur, et il y a des bêtes qui me montent le long du corps.

— Eh bien, suivez-moi.

En parlant ainsi, le prêtre lui prit le bras. La malheureuse était gelée jusque dans les entrailles. Cependant cette main lui fit une impression de froid.

— Oh! murmura-t-elle, c'est la main glacée de la mort. — Qui êtes-vous donc?

Le prêtre releva son capuchon; elle regarda. C'était ce visage sinistre qui la poursuivait depuis si long-temps, cette tête de démon qui lui était apparue chez la Falourdel au-dessus de la tête adorée de son Phœbus, cet œil qu'elle avait vu pour la dernière fois briller près d'un poignard.

Cette apparition, toujours si fatale pour elle, et qui l'avait ainsi poussée de malheur en malheur jusqu'au supplice, la tira de son engourdissement. Il lui sembla que l'espèce de voile qui s'était épaissi sur sa mémoire se déchirait. Tous les détails de sa lugubre aventure depuis la scène nocturne chez la Falourdel jusqu'à sa condamnation à la Tournelle, lui revinrent à-la-fois dans l'esprit, non pas vagues et confus, comme jusqu'alors, mais distincts, crus, tranchés, palpitans, terribles. Ces souvenirs à demi effacés, et presque oblitérés par l'excès de la souffrance, la sombre figure qu'elle avait devant elle les raviva, comme l'approche du feu fait ressortir toutes fraîches sur le papier blanc les lettres invisibles qu'on y a tracées avec de l'encre sympathique. Il lui sembla que toutes les plaies de son cœur se rouvraient et saignaient à-la-fois.

— Ah! cria-t-elle, les mains sur ses yeux et avec un tremblement convulsif, c'est le prêtre!

Puis elle laissa tomber ses bras découragés, et resta assise, la tête baissée, l'œil fixé à terre, muette, et continuant de trembler.

Le prêtre la regardait de l'œil d'un milan qui a long-temps plané en rond du plus haut du ciel autour d'une pauvre alouette tapie dans les blés, qui a long-temps rétréci en silence les cercles formidables de son vol, et tout-à-coup s'est abattu sur sa proie

comme la flèche de l'éclair , et la tient pan-
telante dans sa griffe.

Elle se mit à murmurer tout bas : —'Achevez ! achevez ! le dernier coup ! Et elle enfonçait sa tête avec terreur entre ses épaules , comme la brebis qui attend le coup de
massue du boucher.

— Je vous fait donc horreur ? dit-il enfin.

Elle ne répondit pas.

— Est-ce que je vous fais horreur ? ré-
péta-t-il.

Ses lèvres se contractèrent comme si elle
souriait. — Oui , dit-elle, le bourreau raille
le condamné. Voilà des mois qu'il me poursuit, qu'il me menace , qu'il m'épouvante !
Sans lui, mon Dieu, que j'étais heureuse !
c'est lui qui m'a jetée dans cet abîme ! O ciel !
c'est lui qui a tué... c'est lui qui l'a tué ! mon
Phœbus ! Ici , éclatant en sanglots et levant
les yeux sur le prêtre : — Oh ! misérable !
qui êtes-vous, que vous ai-je fait ? vous me
haïssez donc bien ? Hélas ! qu'avez-vous contre moi ?

— Je t'aime ! cria le prêtre.

Ses larmes s'arrêtèrent subitement, elle le regarda avec un regard d'idiot. Lui était tombé à genoux et la couvait d'un œil de flamme.

—Entends-tu? je t'aime! cria-t-il encore.

— Quel amour! dit la malheureuse en frémissant.

Il reprit : — L'amour d'un damné.

Tous deux restèrent quelques minutes silencieux, écrasés sous la pesanteur de leurs émotions, lui insensé, elle stupide.

— Écoute, dit enfin le prêtre, et un calme singulier lui était revenu ; tu vas tout savoir. Je vais te dire ce que jusqu'ici j'ai à peine osé me dire à moi-même, lorsque j'interrogeais furtivement ma conscience à à ces heures profondes de la nuit où il y a tant de ténèbres qu'il semble que Dieu ne nous voit plus. Écoute. Avant de te rencontrer, jeune fille, j'étais heureux.

— Et moi! soupira-t-elle faiblement.

— Ne m'interromps pas. — Oui, j'étais heureux; je croyais l'être, du moins. J'étais pur, j'avais l'ame pleine d'une clarté lim-

pide. Pas de tête qui s'élevât plus fière et
plus radieuse que la mienne. Les prêtres me
consultaient sur la chasteté, les docteurs
sur la doctrine. Oui, la science était tout
pour moi; c'était une sœur, et une sœur me
suffisait. Ce n'est pas qu'avec l'âge il ne me
fût venu d'autres idées. Plus d'une fois ma
chair s'était émue au passage d'une forme de
femme. Cette force du sexe et du sang de
l'homme, que, fol adolescent, j'avais cru
étouffer pour la vie, avait plus d'une fois
soulevé convulsivement la chaîne des vœux
de fer qui me scellent, misérable, aux froides pierres de l'autel. Mais le jeûne, la
prière, l'étude, les macérations du cloître,
avaient refait l'ame maîtresse du corps. Et
puis, j'évitais les femmes. D'ailleurs, je n'a-
vais qu'à ouvrir un livre pour que toutes les
impures fumées de mon cerveau s'évanouis-
sent devant la splendeur de la science. En
peu de minutes, je sentais fuir au loin les
choses épaisses de la terre, et je me retrou-
vais calme, ébloui et serein en présence du
rayonnement tranquille de la vérité éter-

nelle. Tant que le démon n'envoya pour
m'attaquer que de vagues ombres de femmes qui passaient éparses sous mes yeux,
dans l'église, dans les rues, dans les prés,
et qui revenaient à peine dans mes songes,
je le vainquis aisément. Hélas ! si la victoire
ne m'est pas restée, la faute en est à Dieu,
qui n'a pas fait l'homme et le démon de
force égale. — Écoute. Un jour...

Ici le prêtre s'arrêta, et la prisonnière en
tendit sortir de sa poitrine des soupirs qui
faisaient un bruit de râle et d'arrachement.

Il reprit :

—... Un jour j'étais appuyé à la fenêtre
de ma cellule... — Quel livre lisais-je donc ?
Oh ! tout cela est en tourbillon dans ma tête.
— Je lisais. La fenêtre donnait sur une
place. J'entends un bruit de tambour et de
musique. Fâché d'être ainsi troublé dans ma
rêverie, je regarde dans la place. Ce que je
vis, il y en avait d'autres que moi qui le
voyaient, et pourtant ce n'était pas un spectacle fait pour des yeux humains. Là, au
milieu du pavé,—il était midi,—un grand

soleil,—une créature dansait. Une créature
si belle que Dieu l'eût préférée à la Vierge,
et l'eût choisi pour sa mère, et eût voulu
naître d'elle si elle eût existé quand il se fit
homme ! Ses yeux étaient noirs et splendides ; au milieu de sa chevelure noire quelques cheveux, que pénétrait le soleil, blon-
dissaient comme des fils d'or. Ses pieds disparaissaient dans leur mouvement comme
les rayons d'une roue qui tourne rapidement. Autour de sa tête, dans ses nattes
noires, il y avait des plaques de métal qui
pétillaient au soleil et faisaient à son front
une couronne d'étoiles. Sa robe, semée de
paillettes, scintillait, bleue et piquée de
mille étincelles comme une nuit d'été. Ses
bras souples et bruns se nouaient et se dé-
nouaient autour de sa taille comme deux
écharpes. La forme de son corps était sur-
prenante de beauté. Oh ! la resplendissante
figure qui se détachait comme quelque chose
de lumineux dans la lumière même du soleil !... — Hélas ! jeune fille, c'était toi. —
Surpris, enivré, charmé, je me laissai aller

à te regarder. Je te regardai tant que tout-
à-coup je frissonnai d'épouvante : je sentis
que le sort me saisissait.

Le prêtre, oppressé, s'arrêta encore un
moment. Puis il continua :

— Déjà à demi fasciné, j'essayai de me
cramponner à quelque chose et de me retenir dans ma chute. Je me rappelai les em-
bûches que Satan m'avait déjà tendues. La
créature qui était sous mes yeux avait cette
beauté surhumaine qui ne peut venir que du
ciel ou de l'enfer. Ce n'était pas là une simple fille faite avec un peu de notre terre, et
pauvrement éclairée à l'intérieur par le vacillant rayon d'une ame de femme. C'était
un ange! mais de ténèbres; mais de flamme,
et non de lumière. Au moment où je pensais
cela, je vis près de toi une chèvre, une bête
du sabbat, qui me regardait en riant. Le
soleil de midi lui faisait des cornes de feu.
Alors j'entrevis le piége du démon, et je ne
doutai plus que tu ne vinsses de l'enfer et que
tu n'en vinsses pour ma perdition. Je le crus.

Ici le prêtre regarda en face la prisonnière, et ajouta froidement :

— Je le crois encore. — Cependant le
charme opérait peu à peu ; ta danse me tour-
noyait dans le cerveau ; je sentais le mystérieux maléfice s'accomplir en moi. Tout ce
qui aurait dû veiller s'endormait dans mon
ame ; et comme ceux qui meurent dans la
neige, je trouvais du plaisir à laisser venir
ce sommeil. Tout-à-coup tu te mis à chanter.
Que pouvais-je faire, misérable? Ton chant
était plus charmant encore que ta danse. Je
voulus fuir. Impossible. J'étais cloué, j'étais
enraciné dans le sol. Il me semblait que le
marbre de la dalle m'était monté jusqu'au
bout. Mes pieds étaient de glace, ma tête
bouillonnait. Enfin, tu eus peut-être pitié
de moi, tu cessas de chanter, tu disparus.
Le reflet de l'éblouissante vision, le retentissement de la musique enchanteresse, s'é-
vanouirent par degrés dans mes yeux et
dans mes oreilles. Alors je tombai dans l'en-
coignure de la fenêtre plus raide et plus
faible qu'une statue descellée. La cloche de
vêpres me réveilla. Je me relevai ; je m'en-
fuis ; mais, hélas ! il y avait en moi quelque

chose de tombé qui ne pouvait se relever,
quelque chose de survenu que je ne pou-
vais fuir.

Il fit encore une pause, et poursuivit : —
Oui, à dater de ce jour, il y eut en moi un
homme que je ne connaissais pas. Je voulus
user de tous mes remèdes : le cloître, l'autel, le travail, les livres. Folies ! Oh ! que
la science sonne creux quand on y vient
heurter avec désespoir une tête pleine de ·
passions ! Sais-tu, jeune fille, ce que je
voyais toujours désormais entre le livre et
moi ? Toi, ton ombre, l'image de l'apparition lumineuse qui avait un jour traversé
l'espace devant moi. Mais cette image n'a-
vait plus la même couleur ; elle était sombre,
funèbre, ténébreuse, comme le cercle noir
qui poursuit long-temps la vue de l'impru-
dent qui a regardé fixement le soleil.

Ne pouvant m'en débarrasser, entendant
toujours ta chanson bourdonner dans ma
tête, voyant toujours tes pieds danser sur
mon bréviaire, sentant toujours la nuit, en
songe, ta forme glisser sur ma chair, je

voulus te revoir, te toucher, savoir qui tu
étais, voir si je te retrouverais bien pareille
à l'image idéale qui m'était restée de toi,
briser peut-être mon rêve avec la réalité.
En tout cas, j'espérais qu'une impression
nouvelle effacerait la première, et la première m'était devenue insupportable. Je te
cherchai. Je te revis. Malheur! Quand je
t'eus vue deux fois, je voulus te voir mille,
je voulus te voir toujours. Alors, — comment enrayer sur cette pente de l'enfer? —
alors, je ne m'appartins plus. L'autre bout
du fil que le démon m'avait attaché aux
ailes, il l'avait noué à son pied. Je devins
vague et errant comme toi. Je t'attendais
sous les porches, je t'épiais au coin des
rues, je te guettais du haut de ma tour.
Chaque soir, je rentrais en moi-même plus
charmé, plus désespéré, plus ensorcelé,
plus perdu!

J'avais su qui tu étais; égyptienne, bohémienne, gitane, zingara. Comment douter
de la magie? Écoute. J'espérai qu'un procès
me débarrasserait du charme. Une sorcière

avait enchanté Bruno d'Ast ; il la fit brûler,
et fut guéri. Je le savais. Je voulus essayer
du remède. J'essayai d'abord de te faire interdire le Parvis Notre-Dame , espérant
t'oublier si tu ne revenais plus. Tu n'en tins
compte. Tu revins. Puis me vint l'idée de
t'enlever. Une nuit je le tentai. Nous étions
deux. Nous te tenions déjà, quand ce misérable officier survint. Il te délivra. Il commençait ainsi ton malheur, le mien et le
sien. Enfin , ne sachant plus que faire et que
devenir , je te dénonçai à l'official. Je pensais que je serais guéri, comme Bruno d'Ast.
Je pensais aussi confusément, qu'un procès
te livrerait à moi ; que dans une prison je
te tiendrais , je t'aurais ; que, là, tu ne pourrais m'échapper ; que tu me possédais depuis assez long-temps pour que je te possé-
dasse aussi à mon tour. Quand on fait le
mal , il faut faire tout le mal. Démence de
s'arrêter à un milieu dans le monstrueux !
L'extrémité du crime a des délires de joie.
Un prêtre et une sorcière peuvent s'y fondre
en délices sur la botte de paille d'un cachot !

Je te dénonçai donc. C'est alors que je
t'épouvantais dans mes rencontres. Le com-
plot que je tramais contre toi, l'orage que
j'amoncelais sur ta tête s'échappait de moi
en menaces et en éclairs. Cependant j'hési-
tais encore. Mon projet avait des côtés effroyables qui me faisaient reculer.

Peut-être y aurais-je renoncé; peut-être
ma hideuse pensée se serait-elle desséchée
dans mon cerveau, sans porter son fruit.
Je croyais qu'il dépendrait toujours de moi
de suivre ou de rompre ce procès. Mais
toute mauvaise pensée est inexorable et
veut devenir un fait; mais là où je me
croyais tout-puissant, la fatalité était plus
puissante que moi. Hélas! hélas! c'est celle
qui t'a prise, et qui t'a livrée au rouage terrible de la machine que j'avais ténébreuse-
ment construite! — Écoute. Je touche à la
fin.

Un jour, — par un autre beau soleil, —
je vois passer devant moi un homme qui
prononce ton nom et qui rit, et qui a la
luxure dans les yeux. Damnation! je l'ai
suivi. Tu sais le reste.

Il se tut. La jeune fille ne put trouver qu'une parole. — O mon Phœbus !

— Pas ce nom ! dit le prêtre en lui saisissant le bras avec violence. Ne prononce pas ce nom ! Oh ! misérables que nous sommes, c'est ce nom qui nous a perdus ! — Ou plutôt, nous nous sommes tous perdus les uns les autres, par l'inexplicable jeu de la fatalité ! — Tu souffres, n'est-ce pas? tu as froid, la nuit te fait aveugle, le cachot t'enveloppe ; mais peut-être as-tu encore quelque lumière au fond de toi, ne fût-ce que ton amour d'enfant pour cet homme vide qui jouait avec ton cœur ! Tandis que moi je porte le cachot au-dedans de moi ; au-dedans de moi est l'hiver, la glace, le désespoir ; j'ai la nuit dans l'ame. Sais-tu tout ce que j'ai souffert ? J'ai assisté à ton procès. J'étais assis sur le banc de l'official. Oui, sous l'un de ces capuces de prêtre, il y avait les contorsions d'un damné. Quand on t'a amenée, j'étais là ; quand on t'a interrogée, j'étais là. — Caverne de loups ! — C'était mon crime, c'était mon gibet que je

voyais se dresser lentement sur ton front.
A chaque témoin, à chaque preuve, à chaque plaidoirie, j'étais là ; j'ai pu compter
chacun de tes pas dans la voie douloureuse;
j'étais-là encore quand cette bête féroce....
— Oh! je n'avais pas prévu la torture ! —
Écoute. Je t'ai suivie dans la chambre de
douleur. Je t'ai vu déshabiller et manier
demi-nue par les mains infâmes du tourmenteur. J'ai vu ton pied, ce pied où j'eusse
voulu pour un empire déposer un baiser et
mourir, ce pied sous lequel je sentirais avec
tant de délices s'écraser ma tête, je l'ai vu
enserrer dans l'horrible brodequin qui fait
des membres d'un être vivant une boue sanglante. Oh! misérable! pendant que je
voyais cela, j'avais sous mon suaire un poignard dont je me labourais la poitrine. Au
cri que tu as poussé, je l'ai enfoncé dans ma
chair, à un second cri, il m'entrait dans le
cœur ! Regarde. Je crois que cela saigne
encore.

Il ouvrit sa soutane. Sa poitrine en effet
était déchirée comme par une griffe de tigre,

et il avait au flanc une plaie assez large et mal fermée.

La prisonnière recula d'horreur.

Oh! dit le prêtre, jeune fille, aie pitié de moi! Tu te crois malheureuse : hélas! hélas! tu ne sais pas ce que c'est que le malheur. Oh! aimer une femme! être prêtre! être haï! l'aimer de toutes les fureurs de son ame ; sentir qu'on donnerait pour le moindre de ses sourires son sang, ses entrailles, sa renommée, son salut, l'immortalité et l'éternité, cette vie et l'autre ; regretter de ne pas être roi, génie, empereur, archange, Dieu, pour lui mettre un plus grand esclave sous les pieds ; l'étreindre nuit et jour de ses rêves et de ses pensées ; et la voir amoureuse d'une livrée de soldat! et n'avoir à lui offrir qu'une sale soutane de prêtre dont elle aura peur et dégoût! Être présent, avec sa jalousie et sa rage, tandis qu'elle prodigue à un misérable fanfaron imbécile des trésors d'amour et de beauté! Voir ce corps dont la forme vous brûle, ce sein qui a tant de douceur, cette chair palpiter et rougir

sous les baisers d'un autre ! O ciel! aimer
son pied, son bras, son épaule, songer à
ses veines bleues, à sa peau brune, jusqu'à
s'en tordre des nuits entières sur le pavé de
sa cellule, et voir toutes les caresses qu'on
a rêvées pour elle aboutir à la torture ! N'a-
voir réussi qu'à la coucher sur le lit de cuir !
Oh! ce sont là les véritables tenailles rou-
gies au feu de l'enfer ! Oh! bienheureux celui
qu'on scie entre deux planches, et qu'on
écartelle à quatre chevaux! Sais-tu ce que
c'est que ce supplice que vous font subir,
durant les longues nuits, vos artères qui
bouillonnent, votre cœur qui crève, votre
tête qui rompt, vos dents qui mordent vos
mains ; tourmenteurs acharnés qui vous re-
tournent sans relâche comme un gril ardent,
sur une pensée d'amour, de jalousie et de
désespoir! Jeune fille, grâce! trêve un moment ! Un peu de cendre sur cette braise !
Essuie, je t'en conjure, la sueur qui ruis-
selle à grosses gouttes de mon front! Enfant ! torture-moi d'une main, mais caresse-
moi de l'autre! Aie pitié, jeune fillle! aie
pitié de moi !

Le prêtre se roulait dans l'eau de la dalle et se martelait le crâne aux angles des marches de pierre. La jeune fille l'écoutait, le regardait. Quand il se tut, épuisé et haletant, elle répéta à demi-voix : O mon Phœbus !

Le prêtre se traîna vers elle à deux genoux.

— Je t'en supplie, cria-t-il, si tu as des entrailles, ne me repousse pas ! Oh ! je t'aime ! je suis un misérable ! Quand tu dis ce nom, malheureuse, c'est comme si tu broyais entre tes dents toutes les fibres de mon cœur ! Grâce ! si tu viens de l'enfer, j'y vais avec toi. J'ai tout fait pour cela. L'enfer où tu seras, c'est mon paradis ; ta vue est plus charmante que celle de Dieu ! Oh ! dis ! tu ne veux donc pas ? Le jour où une femme repousserait un pareil amour, j'aurais cru que les montagnes remueraient. Oh ! si tu voulais !... oh ! que nous pourrions être heureux ! Nous fuirions, — je te ferais fuir, — nous irions quelque part, nous chercherions l'endroit sur la terre où il y a le plus de

soleil, le plus d'arbres, le plus de ciel bleu.
Nous nous aimerions, nous verserions nos
deux ames l'une dans l'autre, et nous au-
rions une soif inextinguible de nous-mêmes
que nous étrancherions en commun et sans
cesse à cette coupe d'intarissable amour!

Elle l'interrompit avec un rire terrible et
éclatant.—Regardez donc, mon père! vous
avez du sang après les ongles!

Le prêtre demeura quelques instans
comme pétrifié, l'œil fixé sur sa main.

— Eh bien, oui! reprit-il enfin avec une
douceur étrange, outrage-moi, raille-moi,
accable-moi! mais viens, viens. Hâtons-
nous. C'est pour demain, te dis-je. Le gibet
de la Grève, tu sais? il est toujours prêt.
C'est horrible! te voir marcher dans ce
tombereau! Oh! grâce! — Je n'avais jamais
senti comme à présent à quel point je t'ai-
mais. — Oh! suis-moi. Tu prendras le
temps de m'aimer après que je t'aurai sauvée. Tu me haïras aussi long-temps que tu
voudras. Mais viens. Demain! demain! le
gibet! ton supplice! Oh! sauve-toi! épar-
gne-moi!

Il lui prit le bras , il était égaré , il voulut l'entraîner.

Elle attacha sur lui son œil fixe. — Qu'est devenu mon Phœbus?

—Ah! dit le prêtre en lui lâchant le bras , vous êtes sans pitié !

— Qu'est devenu Phœbus? répéta-t-elle froidement.

— Il est mort! cria le prêtre.

— Mort! dit-elle toujours glaciale et immobile; alors que me parlez-vous de vivre?

Lui ne l'écoutait pas. — Oh , oui ! disait-il comme se parlant à lui-même , il doit être mort. La lame est entrée très-avant. Je crois que j'ai touché le cœur avec la pointe. Oh ! je vivais jusqu'au bout du poignard !

La jeune fille se jeta sur lui comme une tigresse furieuse, et le poussa sur les marches de l'escalier avec une force surnaturelle. — Va-t'en monstre! va-t'en, assassin ! laisse-moi mourir! Que notre sang à tous deux te fasse au front une tache éternelle! Être à toi, prêtre! jamais ! Jamais ! rien ne nous réunira ! pas même l'enfer ! Va , maudit ! jamais !

Le prêtre avait trébuché à l'escalier. Il dégagea, en silence, ses pieds des plis de sa robe, reprit sa lanterne, et se mit à monter lentement les marches qui menaient à la porte ; il rouvrit cette porte, et sortit. Tout-à-coup la jeune fille vit reparaître sa tête ; elle avait une expression épouvantable, et il lui cria, avec un râle de rage et de désespoir : — Je te dis qu'il est mort !

Elle tomba la face contre terre , et l'on n'entendit plus, dans le cachot, d'autre bruit que le soupir de la goutte d'eau qui faisait palpiter la mare dans les ténèbres.

V.

LA MÈRE.

Je ne crois pas qu'il y ait rien au monde de plus riant que les idées qui s'éveillent dans le cœur d'une mère à la vue du petit soulier de son enfant : surtout si c'est le soulier de fête, des dimanches, du baptême ; le soulier brodé jusque sous la semelle ; un soulier avec lequel l'enfant n'a pas encore fait un pas. Ce soulier-là a tant de grâce et

de petitesse, il lui est si impossible de marcher, que c'est pour la mère comme si elle
voyait son enfant. Elle lui sourit, elle le
baise, elle lui parle; elle se demande s'il
se peut, en effet, qu'un pied soit si petit;
et, l'enfant fût-il absent, il suffit du joli
soulier pour lui remettre sous les yeux la
douce et fragile créature. Elle croit le voir,
elle le voit, tout entier, vivant, joyeux,
avec ses mains délicates, sa tête ronde, ses
lèvres pures, ses yeux sereins dont le blanc
est bleu. Si c'est l'hiver, il est là, il rampe
sur le tapis, il escalade laborieusement un
tabouret, et la mère tremble qu'il n'approche du feu. Si c'est l'été, il se traîne dans
la cour, dans le jardin, arrache l'herbe
d'entre les pavés, regarde naïvement les
grands chiens, les grands chevaux, sans
peur, joue avec les coquillages, avec les
fleurs, et fait gronder le jardinier, qui
trouve le sable dans les plates-bandes et la
terre dans les allées. Tout rit, tout brille,
tout joue autour de lui comme lui, jusqu'au
souffle d'air et au rayon du soleil qui s'ébat-

tent à l'envi dans les boucles follettes de ses
cheveux. Le soulier montre tout cela à la
mère, et lui fait fondre le cœur comme le
feu une cire.

Mais quand l'enfant est perdu, ces mille
images de joie, de charme, de tendresse,
qui se pressent autour du petit soulier, de-
viennent autant de choses horribles. Le joli
soulier brodé n'est plus qu'un instrument de
torture qui broie éternellement le cœur de
la mère. C'est toujours la même fibre qui vi-
bre, la fibre la plus profonde et la plus sensible; mais au lieu d'un ange qui la caresse,
c'est un démon qui la pince.

Un matin, tandis que le soleil de mai se
levait dans un de ces ciels bleu foncé où le
Garofolo aime à placer ses descentes de
croix, la recluse de la Tour-Rolland entendit
un bruit de roues, de chevaux et de ferrail-
les dans la place de Grève. Elle s'en éveilla
peu, noua ses cheveux sur ces oreilles pour
s'assourdir, et se remit à contempler à genoux l'objet inanimé qu'elle adorait ainsi depuis quinze ans. Ce petit soulier nous l'avons

déjà dit , était pour elle l'univers. Sa pensée
y était enfermée , et n'en devait plus sortir
qu'à la mort. Ce qu'elle avait jeté vers le
ciel d'imprécations amères , de plaintes tou-
chantes , de prières et de sanglots , à propos de ce charmant hochet de satin rose ,
la sombre cave de la Tour-Rolland seule l'a
su. Jamais plus de désespoir n'a été répandu
sur une chose plus gentille et plus gracieuse.
Ce matin-là , il semblait que sa douleur s'é-
chappait plus violente encore qu'à l'ordinaire ; et on l'entendait du dehors se lamenter
avec une voix haute et monotone qui navrait
le cœur.

— O ma fille ! disait-elle , ma fille ! ma
pauvre chère petite enfant , je ne te verrai
donc plus ! c'est donc fini ! Il me semble
toujours que cela s'est fait hier! Mon Dieu ,
mon Dieu , pour me la reprendre si vite , il
valait mieux ne pas me la donner. Vous ne
savez donc pas que nos enfans tiennent à
notre ventre , et qu'une mère qui a perdu
son enfant ne croit plus en Dieu ? — Ah !
misérable que je suis , d'être sortie ce jour-

là ! — Seigneur ! Seigneur ! pour me l'ôter
ainsi, vous ne m'aviez donc jamais regardée
avec elle, lorsque je la réchauffais toute
joyeuse à mon feu, lorsqu'elle me riait en
me tétant, lorsque je faisais monter ses petits pieds sur ma poitrine jusqu'à mes lèvres ?
Oh ! si vous aviez regardé cela, mon Dieu,
vous auriez eu pitié de ma joie ; vous ne
m'auriez pas ôté le seul amour qui me restât
dans le cœur ! Étais-je donc une si misérable
créature, Seigneur, que vous ne pussiez me
regarder avant de me condamner ? — Hélas !
hélas ! voilà le soulier ; le pied, où est-il ?
où est le reste ? où est l'enfant ? Ma fille,
ma fille ! qu'ont-ils fait de toi ? Seigneur,
rendez-la-moi ! Mes genoux se sont écorchés
quinze ans à vous prier, mon Dieu ! est-ce
que ce n'est pas assez ? Rendez-la-moi, un
jour, une heure, une minute ; une minute,
Seigneur ! et jetez-moi ensuite au démon
pour l'éternité ! Oh ! si je savais où traîne
un pan de votre robe, je m'y cramponnerais
de mes deux mains, et il faudrait bien que
vous me rendissiez mon enfant ! Son joli

petit soulier, est-ce que vous n'en avez pas
pitié, Seigneur? Pouvez-vous condamner
une pauvre mère à ce supplice de quinze
ans? Bonne Vierge! bonne Vierge du ciel!
mon enfant-Jésus à moi, on me l'a pris, on
me l'a volé, on l'a mangé sur une bruyère,
on a bu son sang, on a mâché ses os! Bonne
Vierge, ayez pitié de moi. Ma fille! il me
faut ma fille! Qu'est-ce que cela me fait,
qu'elle soit dans le paradis? je ne veux pas
de votre ange, je veux mon enfant! Je suis
une lionne, je veux mon lionceau. — Oh!
je me tordrai sur la terre, et je briserai la
pierre avec mon front, et je me damnerai,
et je vous maudirai, Seigneur! si vous me
gardez mon enfant! Vous voyez bien que j'ai
les bras tout mordus, Seigneur! est-que le
bon Dieu n'a pas de pitié? — Oh! ne me
donnez que du sel et du pain noir, pourvu
que j'aie ma fille, et qu'elle me réchauffe
comme un soleil! Hélas! Dieu, mon seigneur,
je ne suis qu'une vile pécheresse; mais ma
fille me rendait pieuse. J'étais pleine de religion pour l'amour d'elle; et je vous voyais

à travers son sourire comme par une ouverture du ciel. — Oh! que je puisse seulement une fois, encore une fois, une seule fois, chausser ce soulier à son joli petit pied rose, et je meurs, bonne Vierge, en vous bénissant! — Ah! quinze ans! elle serait grande maintenant! — Malheureuse enfant! quoi! c'est donc bien vrai, je ne la reverrai plus, pas même dans le ciel! car, moi, je n'irai pas. Oh! quelle misère! dire que voilà son soulier, et que c'est tout!

La malheureuse s'était jetée sur ce soulier, sa consolation et son désespoir depuis tant d'années, et ses entrailles se déchiraient en sanglots comme le premier jour. Car pour une mère qui a perdu son enfant, c'est toujours le premier jour. Cette douleur-là ne vieillit pas. Les habits de deuil ont beau s'user et blanchir : le cœur reste noir.

En ce moment, de fraîches et joyeuses voix d'enfans passèrent devant la cellule. Toutes les fois que des enfans frappaient sa vue où son oreille, la pauvre mère se préci-

pitait dans l'angle le plus sombre de son sépulcre, et l'on eût dit qu'elle cherchait à
plonger sa tête dans la pierre pour ne pas
les entendre. Cette fois, au contraire, elle
se dressa comme en sursaut, et écouta avi-
dement. Un des petits garçons venait de
dire : — C'est qu'on va pendre une égyptienne aujourd'hui.

Avec le brusque soubresaut de cette araignée que nous avons vue se jeter sur une
mouche au tremblement de sa toile, elle
courut à sa lucarne, qui donnait, comme
on sait, sur la place de Grève. En effet,
une échelle était dressée près du gibet per-
manent, et le maître des basses-œuvres s'occupait d'en rajuster les chaînes rouillées par
la pluie. Il y avait quelque peuple à l'entour.

Le groupe rieur des enfans était déjà loin.
La sachette chercha des yeux un passant
qu'elle pût interroger. Elle avisa, tout à
côté de sa loge, un prêtre qui faisait semblant de lire dans le bréviaire public, mais
qui était beaucoup moins occupé du *lettrain
de fer treillissé* que du gibet, vers lequel il

jetait de temps à autre un sombre et farouche coup d'œil. Elle reconnut monsieur l'archidiacre de Josas, un saint homme.

— Mon père, demanda-t-elle, qui va-t-
on pendre-là ?

Le prêtre la regarda et ne répondit pas ;
elle répéta sa question. Alors il dit :

— Je ne sais pas.

— Il y avait là des enfans qui disaient
que c'était une égyptienne, reprit la recluse.

— Je crois qu'oui, dit le prêtre.

Alors Paquette-la-Chantefleurie éclata d'un
rire d'hyène.

— Ma sœur, dit l'archidiacre, vous haïssez donc bien les égyptiennes ?

— Si je les hais ! s'écria la recluse ; ce
sont des stryges, des voleuses d'enfans! Elles
m'ont dévoré ma petite fille, mon enfant,
mon unique enfant ! Je n'ai plus de cœur,
elles me l'ont mangé !

Elle était effrayante. Le prêtre la regardait froidement.

— Il y en a une surtout que je hais, et
que j'ai maudite, reprit-elle ; c'en est une

jeune, qui a l'âge que ma fille aurait , si sa
mère ne m'avait pas mangé ma fille. Chaque
fois que cette jeune vipère passe devant ma
cellule , elle me bouleverse le sang !

— Hé bien ! ma sœur , réjouissez-vous ,
dit le prêtre , glacial comme une statue de
sépulcre ; c'est celle-là que vous allez voir
mourir.

Sa tête tomba sur sa poitrine, et il s'éloigna lentement.

La recluse se tordit les bras de joie. — Je
le lui avais prédit, qu'elle y monterait !
Merci, prêtre ! cria-t-elle.

Et elle se mit à se promener à grands pas
devant les barreaux de sa lucarne , échevelée , l'œil flamboyant , heurtant le mur de
son épaule , avec l'air fauve d'une louve en
cage qui a faim depuis long-temps et qui sent
approcher l'heure du repas.

VI.

TROIS COEURS D'HOMME

FAITS DIFFÉREMMENT.

Phœbus, cependant, n'était pas mort. Les hommes de cette espèce ont la vie dure. Quand maître Philippe Lheulier, avocat extraordinaire du roi, avait dit à la pauvre Esmeralda, *Il se meurt*, c'était par erreur ou par plaisanterie. Quand l'archidiacre avait répété à la condamnée, *Il est mort*, le fait est qu'il n'en savait rien, mais qu'il le croyait, qu'il y comptait, qu'il n'en doutait pas, qu'il l'espérait bien. Il lui eût été par trop dur de donner à la femme qu'il aimait de bonnes nouvelles de son rival. Tout homme à sa place en eût fait autant.

Ce n'est pas que la blessure de Phœbus n'eût été grave, mais elle l'avait été moins que l'archidiacre ne s'en flattait. Le maître-myrrhe, chez lequel les soldats du guet l'avaient transporté dans le premier moment, avait craint huit jours pour sa vie, et le lui avait même dit en latin. Toutefois, la jeunesse avait repris le dessus; et, chose qui arrive souvent, nonobstant pronostics et diagnostics, la nature s'était amusée à sauver le malade à la barbe du médecin. C'est tandis qu'il gisait encore sur le grabat du maître-myrrhe qu'il avait subi les premiers interrogatoires de Philippe Lheulier et des enquêteurs de l'official, ce qui l'avait fort ennuyé. Aussi, un beau matin, se sentant mieux, il avait laissé ses éperons d'or en paiement au pharmacopole, et s'était esquivé. Cela, du reste, n'avait apporté aucun

trouble à l'instruction de l'affaire. La justice
d'alors se souciait fort peu de la netteté et
de la propreté d'un procès au criminel.
Pourvu que l'accusé fût pendu, c'est tout ce
qu'il lui fallait. Or les juges avaient assez de
preuves contre Esmeralda. Ils avaient cru
Phœbus mort, et tout avait été dit.

Phœbus, de son côté, n'avait pas fait une
grande fuite. Il était allé tout simplement
rejoindre sa compagnie, en garnison à Queue-
en-Brie, dans l'Ile-de-France, à quelques
relais de Paris.

Après tout, il ne lui agréait nullement de
comparaître en personne dans ce procès. Il
sentait vaguement qu'il y ferait une mine
ridicule. Au fond, il ne savait trop que penser de toute l'affaire. Indévot et supersti-
tieux, comme tout soldat qui n'est que soldat, quand il se questionnait sur cette
aventure, il n'était pas rassuré sur la chèvre,
sur la façon bizarre dont il avait fait rencontre de la Esmeralda, sur la manière non
moins étrange dont elle lui avait laissé deviner son amour, sur sa qualité d'égyptienne,

enfin sur le moine bourru. Il entrevoyait
dans cette histoire beaucoup plus de magie
que d'amour, probablement une sorcière,
peut-être le diable; une comédie enfin, ou,
pour parler le langage d'alors, un mystère
très-désagréable où il jouait un rôle fort
gauche, le rôle des coups et des risées.
Le capitaine en était tout penaud; il éprou-
vait cette espèce de honte que notre Lafon-
taine a définie si admirablement :

Honteux comme un renard qu'une poule aurait pris.

Il espérait d'ailleurs que l'affaire ne s'é-
bruiterait pas, que son nom, lui absent, y
serait à peine prononcé, et, en tout cas, ne
retentirait pas au-delà du plaid de la Tournelle. En cela, il ne se trompait point; il n'y
avait pas alors de *Gazette des Tribunaux*,
et comme il ne se passait guère de semaine
qui n'eût son faux-monnoyeur bouilli, ou sa
sorcière pendue, ou son hérétique brûlé, à
l'une des innombrables *justices* de Paris, on
était tellement habitué à voir dans tous les

carrefours la vieille Thémis féodale, bras nus
et manches retroussées, faire sa besogne aux
fourches, aux échelles et aux piloris , qu'on
n'y prenait presque pas garde. Le beau
monde de ce temps-là savait à peine le nom
du patient qui passait au coin de la rue, et
la populace tout au plus se régalait de ce
mets grossier. Une exécution était un incident habituel de la voie publique, comme
la braisière du talmellier ou la tuerie de l'é-
corcheur. Le bourreau n'était qu'une espèce
de boucher un peu plus foncé qu'un autre.

Phœbus se mit donc assez promptément
l'esprit en repos sur la charmeresse Esmeralda, ou Similar, comme il disait, sur le
coup de poignard de la bohémienne ou du
moine bourru (peu lui importait), et sur
l'issue du procès. Mais dès que son cœur fut
vacant de ce côté, l'image de Fleur-de-Lys y
revint. Le cœur du capitaine Phœbus, comme
la physique d'alors, avait horreur du vide.

C'était d'ailleurs un séjour fort insipide
que Queue-en-Brie, un village de maré-
chaux-ferrans et de vachères aux mains

gercées, un long cordon de masures et de
chaumières qui ourle la grande route des
deux côtés pendant une demi-lieue ; une
queue enfin.

Fleur-de-Lys était son avant-dernière passion, une jolie fille, une charmante dot; donc
un beau matin, tout-à-fait guéri, et présu-
mant bien qu'après deux mois l'affaire de la
bohémienne devait être finie et oubliée, l'a-
moureux cavalier arriva en piaffant à la
porte du logis Gondelaurier.

Il ne fit pas attention à une cohue assez
nombreuse qui s'amassait dans la place du
Parvis, devant le portail de Notre-Dame; il se
souvint qu'on était au mois de mai ; il supposa quelque procession, quelque Pentecôte,
quelque fête, attacha son cheval à l'anneau
du porche, et monta joyeusement chez sa
belle fiancée.

Elle était seule avec sa mère.

Fleur-de-Lys avait toujours sur le cœur
la scène de la sorcière, sa chèvre, son alphabet maudit, et les longues absences de Phœbus. Cependant, quand elle vit entrer son

capitaine, elle lui trouva si bonne mine, un hoqueton si neuf, un baudrier si luisant, et un air si passionné qu'elle rougit de plaisir. La noble damoiselle était elle-même plus charmante que jamais. Ses magnifiques cheveux blonds étaient nattés à ravir, elle était toute vêtue de ce-bleu-ciel qui va si bien aux blanches, coquetterie que lui avait enseignée Colombe, et avait l'œil noyé dans cette langueur d'amour qui leur va mieux encore.

Phœbus, qui n'avait rien vu en fait de beauté depuis les margotons de Queue-en-Brie, fut enivré de Fleur-de-Lys, ce qui donna à notre officier une manière si empressée et si galante que sa paix fut tout de suite faite. Madame Gondelaurier elle-même, toujours maternellement assise dans son grand fauteuil, n'eut pas la force de le bougonner. Quant aux reproches de Fleur-de-Lys, ils expirèrent en tendres roucoulemens.

La jeune fille était assise près de la fenêtre, brodant toujours sa grotte de Neptunus. Le capitaine se tenait appuyé au dossier de

II.   34.

sa chaise, et elle lui adressait à demi-voix
ses caressantes gronderies.

— Qu'est-ce que vous êtes donc devenu
depuis deux grands mois, méchant?

— Je vous jure, répondait Phœbus, un
peu gêné de la question, que vous êtes belle
à faire rêver un archevêque.

Elle ne pouvait s'empêcher de sourire.

— C'est bon, c'est bon, monsieur. Lais-
sez-là ma beauté, et répondez-moi. Belle
beauté, vraiment !

— Hé bien ! chère cousine, j'ai été rappelé à tenir garnison.

— Et où cela, s'il vous plaît ? et pourquoi n'êtes-vous pas venu me dire adieu?

— A Queue-en-Brie.

Phœbus était enchanté que la première
question l'aidât à esquiver la seconde.

— Mais c'est tout près, monsieur. Comment n'être pas venu me voir une seule fois?

Ici Phœbus fut assez sérieusement embar-
rassé.

— C'est que... le service... et puis, charmante cousine, j'ai été malade.

— Malade ! reprit-elle effrayée.

— Oui..., blessé.

— Blessé !

La pauvre enfant était-toute. bouleversée.

— Oh ! ne vous effarouchez pas de cela, dit négligemment Phœbus, ce n'est rien. Une querelle, un coup d'épée ; qu'est-ce que cela vous fait ?

— Qu'est-ce que cela me fait ? s'écria Fleur-de-Lys en levant ses beaux yeux pleins de larmes. Oh ! vous ne dites pas ce que vous pensez en disant cela. Qu'est-ce que ce coup d'épée ? Je veux tout savoir.

— Eh bien ! chère belle, j'ai eu noise avec Mahé Fédy, vous savez ? le lieutenant de Saint - Germain - en - Laye ; et nous nous sommes décousu chacun quelques pouces de la peau. Voilà tout.

Le menteur capitaine savait fort bien qu'une affaire d'honneur fait toujours ressortir un homme aux yeux d'une femme. En effet, Fleur-de-Lys le regardait en face tout émue de peur, de plaisir et d'admiration. Elle n'était cependant pas complètement rassurée.

— Pourvu que vous soyez bien tout-à-fait guéri, mon Phœbus! dit-elle. Je ne connais pas votre Mahé Fédy, mais c'est un vilain homme. Et d'où venait cette querelle ?

Ici, Phœbus, dont l'imagination n'était que fort médiocrement créatrice, commença à ne savoir plus comment se tirer de sa prouesse.

— Oh! que sais-je?... un rien, un cheval, un propos! — Belle cousine, s'écria-t-il pour changer de conversation! qu'est-ce que c'est donc que ce bruit dans le Parvis ?

— Il s'approcha de la fenêtre. — Oh! mon Dieu, belle cousine, voilà bien du monde sur la place !

— Je ne sais pas, dit Fleur-de-Lys ; il paraît qu'il y a une sorcière qui va faire amende honorable ce matin devant l'église pour être pendue après.

Le capitaine croyait si bien l'affaire de la Esmeralda terminée qu'il s'émut fort peu des paroles de Fleur-de-Lys. Il lui fit cependant une ou deux questions.

— Comment s'appelle cette sorcière ?

— Je ne sais pas, répondit-elle.

— Et que dit-on qu'elle ait fait?

Elle haussa encore cette fois ses blanches
épaules.

Je ne sais pas.

— Oh ! mon dieu Jésus! dit la mère, il y a
tant de sorciers maintenant qu'on les brûle,
je crois, sans savoir leurs noms. Autant vau-
drait chercher à savoir le nom de chaque
nuée du ciel. Après tout, on peut être tranquille. Le bon Dieu tient son registre. — Ici
la vénérable dame se leva et vint à la fenêtre. — Seigneur! dit-elle, vous avez raison,
Phœbus. Voilà une grande cohue de populaire. Il y en a, béni-soit-Dieu! jusque sur les
toits. — Savez-vous, Phœbus? cela me rappelle mon beau temps. L'entrée du roi Charles VII, où il y avait tant de monde aussi. —
Je ne sais plus en quelle année. — Quand
je vous parle de cela, n'est-ce pas? cela vous
fait l'effet de quelque chose de vieux , et à
moi de quelque chose de jeune. — Oh! c'é-
tait un bien plus beau peuple qu'à présent.

Il y en avait jusque sur les machi-coulis de la porte Saint-Antoine. Le roi avait la reine en croupe, et après leurs altesses venaient toutes les dames en croupe de tous les seigneurs. Je me rappelle qu'on riait fort, parce qu'à côté d'Amanyon de Garlande, qui était fort bref de taille, il y avait le sire Matefelon, un chevalier de stature gigantale, qui avait tué des Anglais à tas. C'était bien beau. Une procession de tous les gentilshommes de France avec leurs oriflammes qui rougeoyaient à l'œil. Il y avait ceux à pennon et ceux à bannière. Que sais-je, moi ? le sire de Calan, à pennon ; Jean de Chateaumorant, à bannière ; le sire de Coucy, à bannière, et plus étoffément que nul des autres, excepté le duc de Bourbon... — Hélas ! que c'est une chose triste de penser que tout cela a existé et qu'il n'en est plus rien !

Les deux amoureux n'écoutaient pas la respectable douairière. Phœbus était revenu s'accouder au dossier de la chaise de sa fiancée ; poste charmant d'où son regard libertin s'enfonçait dans toutes les ouvertures de

la collerette de Fleur-de-Lys. Cette gorgerette bâillait si à propos, et lui laissait voir
tant de choses exquises et lui en laissait deviner tant d'autres, que Phœbus, ébloui de
cette peau à reflet de satin, se disait en lui-
même : Comment peut-on aimer autre chose
qu'une blanche? Tous deux gardaient le silence. La jeune fille levait de temps en temps
sur lui des yeux ravis et doux, et leurs cheveux se mêlaient dans un rayon du soleil de
printemps.

— Phœbus, dit tout-à-coup Fleur-de-Lys
à voix basse, nous devons nous marier dans
trois mois ; jurez-moi que vous n'avez jamais
aimé d'autre femme que moi.

— Je vous le jure, bel ange! répondit
Phœbus; et son regard passionné se joignait,
pour convaincre Fleur-de-Lys, à l'accent
sincère de sa voix. Il se croyait peut-être lui-
même en ce moment.

Cependant la bonne mère, charmée de voir
les fiancés en si parfaite intelligence, venait
de sortir de l'appartement pour vaquer à
quelque détail domestique. Phœbus s'en

aperçut, et cette solitude enhardit tellement
l'aventureux capitaine qu'il lui monta au
cerveau des idées bien étranges. Fleur-de-
Lys l'aimait; il était son fiancé; elle était
seule avec lui; son ancien goût pour elle s'é-
tait réveillé, non dans toute sa fraîcheur,
mais dans toute son ardeur; après tout, ce
n'est pas grand crime de manger un peu son
blé en herbe; je ne sais si ces pensées lui
passèrent dans l'esprit; mais ce qui est certain, c'est que Fleur-de-Lys fut tout-à-coup
effrayée de l'expression de son regard. Elle
regarda autour d'elle, et ne vit plus sa mère.

— Mon Dieu! dit-elle rouge et inquiète,
j'ai bien chaud!

— Je crois en effet, répondit Phœbus, qu'il
n'est pas loin de midi. Le soleil est gênant.
Il n'y a qu'à fermer les rideaux.

— Non, non! cria la pauvre-petite, j'ai
besoin d'air au contraire.

Et comme une biche qui sent le souffle de
la meute, elle se leva, courut à la fenêtre,
l'ouvrit, et se précipita sur le balcon.

Phœbus, assez contrarié, l'y suivit.

La place du Parvis Notre-Dame, sur laquelle le balcon donnait, comme on sait, présentait en ce moment un spectacle sinistre et singulier qui fit brusquement changer de nature à l'effroi de la timide Fleur-de-Lys.

Une foule immense, qui refluait dans toutes les rues adjacentes, encombrait la place proprement dite. La petite muraille à hauteur d'appui qui entourait le Parvis n'eût pas suffi à le maintenir libre si elle n'eût été doublée d'une haie épaisse de sergens des onze-vingts et de hacquebutiers, la couleuvrine au poing. Grâce à ce taillis de piques et d'arquebuses, le Parvis était vide. L'entrée en était gardée par un gros de hallebardiers aux armes de l'évêque. Les larges portes de l'église étaient fermées, ce qui contrastait avec les innombrables fenêtres de la place, lesquelles, ouvertes jusque sur les pignons, laissaient voir des milliers de têtes entassées à peu près comme les piles de boulets dans un parc d'artillerie.

La surface de cette cohue était grise, sale

et terreuse. Le spectacle qu'elle attendait
était évidemment de ceux qui ont le privilége d'extraire et d'appeler ce qu'il y a de
plus immonde dans la population. Rien de
hideux comme le bruit qui s'échappait de ce
fourmillement de coiffes jaunes et de che-
velures sordides. Dans cette foule, il y avait
plus de rires que de cris, plus de femmes que
d'hommes.

De temps en temps quelque voix aigre et
vibrante perçait la rumeur générale.

. . . .

— Ohé! Mahiet Baliffre! est-ce qu'on va
la pendre là?

— Imbécile! c'est ici l'amende honorable
en chemise! le bon Dieu va lui tousser du
latin dans la figure! Cela se fait toujours ici,
à midi. Si c'est la potence que tu veux, va-
t'en à la Grève.

J'irai après.

. . . .

— Dites donc, la Boucanbry! est-il vrai
qu'elle ait refusé un confesseur?

— Il paraît que oui, la Bechaigne.

— Voyez-vous, la païenne !

. . . .

— « Monsieur, c'est l'usage. Le bailli du Palais est tenu de livrer le malfaiteur tout jugé, pour l'exécution, si c'est un laïc, au prevôt de Paris ; si c'est un clerc, à l'official de l'évêché.

— Je vous remercie, monsieur.

. . . .

— Oh ! mon Dieu ! disait Fleur-de-Lys, la pauvre créature !

Cette pensée remplissait de douleur le regard qu'elle promenait sur la populace. Le capitaine, beaucoup plus occupé d'elle que de cet amas de·quenaille, chiffonnait amoureusement sa ceinture par derrière. Elle se retourna suppliante et souriant. — De grâce, laissez-moi, Phœbus ! si ma mère rentrait, elle verrait votre main !

En ce moment midi sonna lentement à l'horloge de Notre-Dame. Un murmure de satisfaction éclata dans la foule. La dernière vibration du douzième coup s'éteignait à peine que toutes les têtes moutonnèrent comme les vagues sous un coup de vent, et qu'une immense clameur s'éleva du pavé, des fenêtres et des toits : — La voilà !

Fleur-de-Lys mit ses mains sur ses yeux pour ne pas voir.

— Charmante, lui dit Phœbus, voulez-vous rentrer ?

— Non, répondit-elle ; et ces yeux qu'elle venait de fermer par crainte, elle les rouvrit par curiosité.

Un tombereau, traîné d'un fort limonier normand et tout enveloppé de cavalerie en livrée violette à croix blanches, venait de déboucher sur la place par la rue Saint-Pierre-aux-Bœufs. Les sergens du guet lui frayaient passage dans le peuple à grands coups de boullayes. A côté du tombereau chevauchaient quelques officiers de justice et de police, reconnaissables à leur costume noir et à leur gauche façon de se tenir en selle. Maître Jacques Charmolue paradait à leur tête. Dans la fatale voiture, une jeune fille était assise, les bras liés derrière le dos,

sans prêtre à côté d'elle. Elle était en chemise, ses longs cheveux noirs (la mode alors
était de ne les couper qu'aux pieds du gibet)
tombaient épars sur sa gorge et sur ses épaules à demi couvertes.

A travers cette ondoyante chevelure, plus
luisante qu'un plumage de corbeau, on voyait
se tordre et se nouer une grosse corde grise
et rugueuse qui écorchait ses fragiles clavi-
cules et se roulait autour du cou charmant
de la pauvre fille comme un ver de terre sur
une fleur. Sous cette corde brillait une petite amulette ornée de verroteries vertes,
qu'on lui avait laissée sans doute parce qu'on
ne refuse plus rien à ceux qui vont mourir.
Les spectateurs placés aux fenêtres pouvaient
apercevoir au fond du tombereau ses jambes
nues qu'elle tâchait de dérober sous elle,
comme par un dernier instinct de femme. A
ses pieds il y avait une petite chèvre garrot-
tée. La condamnée retenait avec ses dents sa
chemise mal attachée. On eût dit qu'elle
souffrait encore dans sa misère d'être ainsi
livrée presque nue à tous les yeux. Hélas ! ce

n'est pas pour de pareils frémissemens que
la pudeur est faite.

— Jésus! dit vivement Fleur-de-Lys au
capitaine. Regardez donc, beau cousin, c'est
cette vilaine bohémienne à la chèvre.

En parlant ainsi, elle se retourna vers
Phœbus. Il avait les yeux fixés sur le tombereau. Il était très-pâle.

— Quelle bohémienne à la chèvre? dit-il
en balbutiant.

— Comment! reprit Fleur-de-Lys; est-ce
que vous ne vous souvenez pas?...

Phœbus l'interrompit. — Je ne sais pas ce
que vous voulez dire.

Il fit un pas pour rentrer; mais Fleur-de-
Lys, dont la jalousie, naguère si vivement
remuée par cette même égyptienne, venait
de se réveiller, Fleur-de-Lys lui jeta un coup
d'œil plein de pénétration et de défiance.
Elle se rappelait vaguement en ce moment
avoir ouï parler d'un capitaine mêlé au procès de cette sorcière.

— Qu'avez-vous? dit-elle à Phœbus; on
dirait que cette femme vous a troublé.

Phœbus s'efforça de ricaner. — Moi! pas le moins du monde! Ah! bien oui!

— Alors restez, reprit-elle impérieusement, et voyons jusqu'à la fin.

Force fut au malencontreux capitaine de demeurer. Ce qui le rassurait un peu, c'est que la condamnée ne détachait pas son regard du plancher de son tombereau. Ce n'était que trop véritablement la Esmeralda. Sur ce dernier échelon de l'opprobre du malheur, elle était toujours belle ; ses grands yeux noirs paraissaient encore plus grands à cause de l'apauvrissement de ses joues ; son profil livide était pur et sublime. Elle ressem blait à ce qu'elle avait été comme une Vierge du Masaccio ressemble à une Vierge de Raphaël : plus faible, plus mince, plus maigre.

Du reste, il n'y avait rien en elle qui ne ballottât en quelque sorte, et que, hormis sa pudeur, elle ne laissât aller au hasard, tant elle avait été profondément trompue par la stupeur et le désespoir. Son corps rebondissait à tous les cahots du tombereau comme une chose morte ou brisée ; son regard était morne et fou.

On voyait encore une larme dans sa prunelle,
mais immobile, et, pour ainsi dire, gelée.

Cependant la lugubre cavalcade avait traversé la foule au milieu des cris de joie et
des attitudes curieuses. Nous devons dire
toutefois, pour être fidèles historiens, qu'en
la voyant si belle et si accablée, beaucoup
s'étaient émus de pitié, et des plus durs. Le
tombereau était entré dans le parvis.

Devant le portail central, il s'arrêta. L'escorte se rangea en bataille des deux côtés.
La foule fit silence, et, au milieu de ce silence plein de solennité et d'anxiété, les
deux battans de la grande porte tournèrent,
comme d'eux-mêmes, sur leurs gonds qui
grincèrent avec un bruit de fifre. Alors on
vit dans toute sa longueur la profonde église,
sombre, tendue de deuil, à peine éclairée
de quelques cierges scintillant au loin sur le
maître autel, ouverte comme une gueule de
caverne au milieu de la place éblouissante
de lumière. Tout au fond, dans l'ombre de
l'abside, on entrevoyait une gigantesque
croix d'argent, développée sur un drap noir

qui tombait de la voûte au pavé. Toute la
nef était déserte. Cependant on voyait remuer
confusément quelques têtes de prêtres dans
les stalles lointaines du chœur, et au moment
où la grande porte s'ouvrit, il s'échappa de
l'église un chant grave, éclatant et monotone,
qui jetait comme par bouffées sur la tête de
la condamnée des fragmens de psaumes
lugubres.

« . . . . *Non timebo millia populi circum-*
» *dantis me : exsurge, Domine ; salvum me*
» *fac, Deus !*

» . . . . *Salvum me fac, Deus, quoniam*
» *intraverunt aquæ usquè ad animam meam.*

» . . . . *Infixus sum in limo profundi ; et*
» *non est substantia.* »

En même temps une autre voix, isolée du
chœur, entonnait sur le degré du maître-
autel ce mélancolique offertoire :

« *Qui verbum meum audit, et credit ei qui*
» *misit me, habit vitam æternam et in judi-*
» *cium non venit ; sed transit à morte in vitam.*

Ce chant, que quelques vieillards perdus
dans leurs ténèbres chantaient de loin sur

cette belle créature, pleine de jeunesse et de
vie, caressée par l'air tiède du printemps,
inondée de soleil, c'était la messe des morts.

Le peuple écoutait avec recueillement.

La malheureuse, effarée, semblait perdre
sa vue et sa pensée dans les obscures entrailles
de l'église. Ses lèvres blanches remuaient
comme si elles priaient, et quand le valet du
bourreau s'approcha d'elle pour l'aider à descendre du tombereau, il l'entendit qui répétait à voix basse ce mot : *Phœbus !*

On lui délia les mains, on la fit descendre
accompagnée de sa chèvre qu'on avait déliée
aussi, et qui bêlait de joie de se sentir libre ;
et on la fit marcher pieds nus sur le dur pavé
jusqu'aux bas des marches du portail. La
corde qu'elle avait au cou traînait derrière
elle. On eût dit un serpent qui la suivait.

Alors le chant s'interrompit dans l'église.
Une grande croix d'or et une file de cierges
se mirent en mouvement dans l'ombre. On
entendit sonner la hallebarde des suisses ba-
riolés ; et quelques momens après, une longue procession de prêtres en chasubles et

de diacres en dalmatiques, qui venait gravement et en psalmodiant vers la condamnée,
se développa à sa vue et aux yeux de la foule.
Mais son regard s'arrêta à celui qui marchait
en tête, immédiatement après le porte-croix :
— Oh ! dit-elle tout bas en frissonnant, c'est
encore lui ! le prêtre !

C'était en effet l'archidiacre. Il avait à sa
gauche le sous-chantre et à sa droite le chan-
tre armé du bâton de son office. Il avançait,
la tête renversée en arrière, les yeux fixes et
ouverts, en chantant d'une voix forte :

« *De ventre inferi clamavi et exaudisti vo-*
» *cem meam.*

» *Et projecisti me in profundum in corde*
» *maris, et flumen circumdedit me.* »

Au moment où il parut au grand jour sous
le haut portail en ogive, enveloppé d'une
vaste chape d'argent barrée d'une croix
noire, il était si pâle que plus d'un pensa,
dans la foule, que c'était un des évêques de
marbre agenouillés sur les pierres sépulcrales
du chœur, qui s'était levé et qui venait recevoir au seuil de la tombe celle qui allait
mourir.

Elle, non moins pâle et non moins statue, elle s'était à peine aperçue qu'on lui avait mis en main un lourd cierge de cire jaune allumé; elle n'avait pas écouté la voix glapissante du greffier lisant la fatale teneur de l'amende honorable; quand on lui avait dit de répondre *Amen*, elle avait répondu *Amen*. Il fallut, pour lui rendre quelque vie et quelque force, qu'elle vît le prêtre faire signe à ses gardiens de s'éloigner et s'avancer seul vers elle.

Alors elle sentit son sang bouillonner dans sa tête, et un reste d'indignation se ralluma dans cette ame déjà engourdie et froide.

L'archidiacre s'approcha d'elle lentement; même en cette extrémité, elle le vit promener sur sa nudité un œil étincelant de luxure, de jalousie et de désir. Puis il lui dit à haute voix : — Jeune fille, avez-vous demandé à Dieu pardon de vos fautes et vos manquemens? Il se pencha à son oreille, et ajouta (les spectateurs croyaient qu'il recevait sa dernière confession) : — Veux-tu de moi ? Je puis encore te sauver !

Elle le regarda fixement : — Va-t'en, démon ! ou je te dénonce.

Il se prit à sourire d'un sourire horrible.
— On ne te croira pas. — Tu ne feras
qu'ajouter un scandale à un crime. — Ré-
ponds vite ! veux-tu de moi ?

— Qu'as-tu fait de mon Phœbus ?

— Il est mort ! dit le prêtre.

En ce moment le misérable archidiacre
leva la tête machinalement, et vit à l'autre
bout de la place, au balcon du logis Gondelaurier, le capitaine debout près de Fleur-
de-Lys. Il chancela, passa la main sur ses
yeux, regarda encore, murmura une malédiction, et tous ses traits se contractèrent
violemment.

— Hé bien ! meurs, toi ! dit-il entre ses
dents. Personne ne t'aura. Alors levant a
main sur l'égyptienne, il s'écria d'une voix
funèbre : — *I nunc, anima anceps, et sit
tibi Deus misericors !*

C'était la redoutable formule dont on avait
coutume de clore ces sombres cérémonies.

C'était le signal convenu de prêtre au bourreau.

Le peuple s'agenouilla.

Kyrie Eleyson, dirent les prêtres, restés
sous l'ogive du portail.

Kyrie Eleyson, répéta la foule avec ce
murmure qui court sur toutes les têtes comme
le clapotement d'une mer agitée.

— *Amen*, dit l'archidiacre.

Il tourna le dos à la condamnée, sa tête
retomba sur sa poitrine, ses mains se croi-
sèrent, il rejoignit son cortége de prêtres,
et un moment après on le vit disparaître,
avec la croix. les cierges et les chapes, sous
les arceaux brumeux de la cathédrale ; et
sa voix sonore s'éteignit par degrés dans le
chœur, en chantant ce verset de désespoir :

« *Omnes gurgites tui et fluctus tui super*
» *me transierunt!* »

En même temps le retentissement inter-
mittent de la hampe ferrée des hallebardes
des suisses, mourant peu à peu sous les en-
trecolonnemens de la nef, faisait l'effet d'un
marteau d'horloge sonnant la dernière heure
de la condamnée.

Cependant les portes de Notre-Dame étaient restées ouvertes, laissant voir l'église vide, désolée, en deuil, sans cierges, sans voix.

La condamnée demeurait immobile à sa place, attendant qu'on disposât d'elle. Il fallut qu'un des sergens à verge en avertît maître Charmolue, qui, pendant toute cette scène, s'était mis à étudier le bas-relief du grand portail qui représente, selon les uns, le sacrifice d'Abraham, selon les autres l'opération philosophale, figurant le soleil par l'ange, le feu par le fagot, l'artisan par Abraham.

On eut assez de peine à l'arracher à cette contemplation, mais enfin il se retourna, et à un signe qu'il fit, deux hommes vêtus de jaune, les valets du bourreau, s'approchèrent de l'égyptienne pour lui rattacher les mains.

La malheureuse, au moment de remonter dans le tombereau fatal et de s'acheminer vers sa dernière station, fut prise peut-être de quelque déchirant regret de la vie. Elle

leva ses yeux rouges et secs vers le ciel,
vers le soleil, vers les nuages d'argent coupés
çà et là de trapèzes et de triangles bleus ; puis
elle les abaissa autour d'elle, sur la terre,
sur la foule, sur les maisons.... Tout-à-coup,
tandis que l'homme jaune lui liait les coudes,
elles poussa un cri terrible, un cri de joie. A
ce balcon, là-bas, à l'angle de la place, elle
venait de l'apercevoir, lui, son ami, son
seigneur, Phœbus, l'autre apparition de sa
vie ! Le juge avait menti ! le prêtre avait
menti ! c'était bien lui, elle n'en pouvait douter; il était là, beau, vivant, revêtu de son
éclatante livrée, la plume en tête, l'épée au
côté !

— Phœbus ! cria-elle, mon Phœbus !

Et elle voulut tendre vers lui ses bras
tremblans d'amour et de ravissement, mais
ils étaient attachés.

Alors elle vit le capitaine froncer le sourcil, une belle jeune fille qui s'appuyait sur
lui le regarder avec une lèvre dédaigneuse
et des yeux irrités; puis Phœbus prononça
quelques mots qui ne vinrent pas jusqu'à

elle, et tous deux s'éclipsèrent précipitamment derrière le vitrail du balcon qui se referma.

— Phœbus! cria-t-elle éperdue, est-ce que tu le crois?

Une pensée monstrueuse venait de lui apparaître. Elle se souvenait qu'elle avait été condamnée pour meurtre sur la personne de Phœbus de Chateaupers.

Elle avait tout supporté jusque là. Mais ce dernier coup était trop rude. Elle tomba sans mouvement sur le pavé.

— Allons! dit Charmolue, portez-la dans le tombereau, et finissons!

Personne n'avait encore remarqué dans la galerie des statues des rois, sculptée immédiatement au-dessus des ogives du portail, un spectateur étrange qui avait tout examiné jusqu'alors avec une telle impassibilité, avec un cou si tendu, avec un visage si difforme que, sans son accoutrement mi-parti rouge et violet, on eût pu le prendre pour un de ces monstres de pierre par la gueule desquels se dégorgent depuis six cents ans

II.   36.

les longues gouttières de la cathédrale. Ce
spectateur n'avait rien perdu de ce qui s'était
passé depuis midi devant le portail de Notre-
Dame ; et dès les premiers instans, sans que
personne songeât à l'observer, il avait fortement attaché à l'une des colonnettes de la
galerie une grosse corde à nœuds, dont le
bout allait traîner en bas sur le perron. Cela
fait, il s'était mis à regarder tranquillement,
et à siffler de temps en temps quand un merle
passait devant lui. Tout-à-coup, au moment
où les valets du maître des œuvres se dispo-
saient à exécuter l'ordre flegmatique de
Charmolue, il enjamba la balustrade de la
galerie, saisit la corde des pieds, des genoux et des mains ; puis on le vit couler sur
la façade, comme une goutte de pluie qui
glisse le long d'une vitre, courir vers les
deux bourreaux avec la vitesse d'une chat
tombé d'un toit, les terrasser sous deux poings
énormes, enlever l'égyptienne d'une main,
comme un enfant sa poupée, et d'un seul
élan rebondir jusque dans l'eglise, en élevant la jeune fille au-dessus de sa tête, et en
criant d'une voix formidable : Asile !

Cela se fit avec une telle rapidité que, si c'eût été la nuit, on eût pu tout voir à la lumière d'un seul éclair.

— Asile! asile! répéta la foule, et dix mille battemens de main firent étinceler de joie et de fierté l'œil unique de Quasimodo.

Cette secousse fit revenir à elle la condamnée. Elle souleva sa paupière, regarda Quasimodo, puis la referma subitement, comme épouvantée de son sauveur.

Charmolue resta stupéfait, et les bourreaux, et toute l'escorte. En effet, dans l'enceinte de Notre-Dame, la condamnée était inviolable. La cathédrale était un lieu de refuge. Toute justice humaine expirait sur le seuil.

Quasimodo s'était arrêté sous le grand portail. Ses larges pieds semblaient aussi solides sur le pavé de l'église que les lourds piliers romains. Sa grosse tête chevelue s'enfonçait dans ses épaules comme celle des lions, qui, eux aussi, ont une crinière et pas de cou. Il tenait la jeune fille toute palpitante, suspendue à ses mains calleuses,

comme une draperie blanche; mais il la
portait avec tant de précaution qu'il paraissait craindre de la briser ou de la faner. On
eût dit qu'il sentait que c'était une chose délicate, exquise et précieuse, faite pour d'autres mains que les siennes. Par momens il
avait l'air de n'oser la toucher, même du
souffle. Puis, tout-à-coup, il la serrait avec
étreinte dans ses bras, sur sa poitrine angu-
leuse, comme son bien, comme son trésor,
comme eût fait la mère de cette enfant. Son
œil de gnome, abaissé sur elle, l'inondait de
tendresse, de douleur et de pitié, et se relevait subitement plein d'éclairs. Alors les
femmes riaient et pleuraient, la foule trépi-
gnait d'enthousiasme, car en ce moment-là
Quasimodo avait vraiment sa beauté. Il était
beau, lui, cet orphelin, cet enfant trouvé,
ce rebut; il se sentait auguste et fort; il regardait en face cette société dont il était
banni, et dans laquelle il intervenait si puissamment, cette justice humaine à laquelle il
avait arraché sa proie, tous ces tigres forcés
de mâcher à vide, ces sbires, ces juges, ces

bourreaux, toute .cette force du roi qu'il venait de briser, lui infime, avec la force de Dieu.

Et puis c'était une chose touchante que cette protection tombée d'un être si difforme sur un être si malheureux, qu'une condamnée à mort sauvée par Quasimodo. C'était les deux misères extrêmes de la nature et de la société, qui se touchaient et qui s'entr'aidaient.

Cependant, après quelques minutes de triomphe, Quasimodo s'était brusquement enfoncé dans l'église avec son fardeau. Le peuple, amoureux de toute prouesse, le cherchait des yeux, sous la sombre nef, regrettant qu'il se fût si vite dérobé à ses acclamations. Tout-à-coup on le vit reparaître à l'une des extrémités de la galerie des rois de France, il la traversa en courant comme un insensé, en élevant sa conquête dans ses bras et en criant : Asile! La foule éclata de nouveau en applaudissemens. La galerie parcourue, il se replongea dans l'intérieur de l'église. Un moment après il reparut sur

la plate-forme supérieure, toujours l'égyptienne dans ses bras, toujours courant avec
folie, toujours criant : Asile! Et la foule ap-
plaudissait. Enfin, il fit une troisième apparition sur le sommet de la tour du bourdon ;
de là il sembla montrer avec orgueil à toute
la ville celle qu'il avait sauvée, et sa voix
tonnante, cette voix qu'on entendait si rarement et qu'il n'entendait jamais, répéta
trois fois avec frénésie jusque dans les nuages : Asile! asile! asile!

— Noël! Noël! criait le peuple de son
côté, et cette immense acclamation allait
étonner sur l'autre rive la foule de la Grève
et la recluse qui attendait toujours, l'œil
fixé sur le gibet.

FIN DU TOME SECOND.

TABLE DU SECOND VOLUME.

LIVRE HUITIÈME.

FIN DE LA TABLE.